大魚讀品
BIG FISH BOOKS

让日常阅读成为砍向我们内心冰封大海的斧头。

那时上帝是只兔子

[英] 莎拉·韦曼 ——著

温凯尔 ——译

四川文艺出版社

图书在版编目（CIP）数据

那时上帝是只兔子 /（英）莎拉·韦曼著；温凯尔译 . — 成都：四川文艺出版社，2019.5

ISBN 978-7-5411-4976-4

Ⅰ . ①那… Ⅱ . ①莎… ②温… Ⅲ . ①长篇小说—英国—现代 Ⅳ . ① I561.45

中国版本图书馆 CIP 数据核字（2019）第 038515 号

版权登记号：图进字 21-2019-091

NASHI SHANGDI SHI ZHI TUZI

那时上帝是只兔子

［英］莎拉·韦曼 著　温凯尔 译

策划出品　**磨铁图书**
责任编辑　**余　岚**
责任校对　**汪　平**

出版发行　**四川文艺出版社**
社　　址　**成都市槐树街 2 号**
网　　址　www.scwys.com
电　　话　028-86259287（**发行部**）　028-86259303
传　　真　028-86259306
邮购地址　**成都市槐树街 2 号四川文艺出版社邮购部**　610031
印　　刷　**北京嘉业印刷厂**
成品尺寸　146mm×210mm　　开　　本　32 **开**
印　　张　10.5　　字　　数　240 **千**
版　　次　2019 **年** 5 **月第一版**　　印　　次　2019 **年** 5 **月第一次印刷**
书　　号　ISBN 978-7-5411-4976-4
定　　价　49.80 **元**

献给父亲

我将我的生活分成两个部分。不完全是一前一后，它们更像是书立，从两头紧紧夹住中间那段松弛、充满无意义冥想的时光，那是从青春晚期到二十来岁、成人那套外衣还不太合适的时期。我不打算花时间回顾那些漫游的时光。

我看着那些年的照片，我在照片里，也许在埃菲尔铁塔前，或在自由女神像前，抑或在齐膝的海水中，挥手微笑着。但现在我知道，这些经历，带着单调无趣的色彩，甚至连彩虹看起来都是灰色的。

这个时期，她完全不在，我意识到她正是我缺失的色彩。她紧紧抓住这段等待岁月的两端，当作灯塔般举起来，而在那个单调晦暗的一月清晨，她出现在课堂上时，似乎她自己就是新年，带给我对未来的希望。但只有我能意识到这点。其他人，大概拘泥于传统，要么觉得她好笑，要么就嘲笑她。她来自另外一个世界，与众不同。但在那时，私下里，我也和大家不一样。她是我缺失的那部分，能补充我的那部分。

有一天她对我说：“看着。”然后从小臂里拿出一枚崭新的五十便士。我看到那个扁平的边缘像个订书钉一样，从她的皮肤上露出来。她并不是从空气里或袖子里把它变出来的——这种我以前见过——都不是，她真的是从肌肤中取出来的，还留下了一道血迹斑驳的伤痕。两天之后那道伤痕痊愈了，不过，那枚五十便士还在她的口袋里。如今我谈起这件事，没有人相信。硬币上的年代也很奇怪，是十九年之后：1995年。

我无法解释魔术的戏法，正如我无法解释那个在教堂的清晨，她突然弹起了钢琴。她并没接受过这方面的指导。就好像她能将自己的意愿投射到某种天赋里，并通过这样的愿力，获得一种意外而稍纵即逝的能力。我见证了这一切，惊奇不已。但只有我能看到这些瞬间：像是某种证明，证明在必要时刻，我要相信她。

/第一部/

1968

母亲去伊尔福德购物一无所获，从返程巴士下车时，我决定来到这个世界。她原本想要去换一条裤子，但我不断挪动胎位让她心烦意乱，一时间难以在补丁牛仔裤与天鹅绒喇叭裤之间做出选择，又担心我出生在百货商店，就趔趔趄趄地往家的方向奔。途中，倾盆大雨自天而降，她的羊水破了。在离家还有七十码[1]那一路，她的羊水混着十二月的雨水，齐齐打着旋流到排水沟里，直到生命的周期郑重地——也许诗意地——落下了大幕。

为我接生的是一位下了班的护士，就在我父母卧室里那条在一次抽奖中得来的羽绒被上。短短二十二分钟之后，我的脑袋就露出来了。护士大声地喊“使劲！”父亲也跟着大喊“使劲！”母亲也使着劲，最终我毫不费力地滑进了那传奇的一年。那一年巴黎发生五月风暴，北越发起新春攻势，马丁·路德·金为了一个梦想失去了生命。

1　1码约等于0.91米。

数月里，我都生活在一个无忧无虑的安静世界里，被珍爱宠溺着。直到有一天，母亲的乳汁干涸了，悲伤的洪水一时间吞没了她。那时，母亲得知她的父母在奥地利徒步旅行时不幸身亡了。

所有报纸都报道了。那场离奇的事故，卷走了二十七位游客的生命。模糊的照片上，一辆被轧坏的长途巴士如同一张吊床般，嵌入了两棵松树间。

这次事故只有一位幸存者，一名德国导游。他当时正试戴一顶新的滑雪防护头盔——显然那玩意救了他。他躺在维也纳一家医院的病床上，望着摄像镜头，同时正用着另一剂吗啡，他说，尽管这是一场凄惨的事故，但所幸当时大家刚刚饱食，也算走得安详。显然，从岩缝垂直跌落所带来的创伤已经抹去了他的记忆，又或是满腹饺子和果馅奶酪卷减轻了些冲击。这仅仅是猜测，我们无从考究。镜头久久停留在他瘀青的脸上，试图捕捉到清醒的一瞬，以慰藉一个个心碎的家庭，然而，那一刻从未到来。在我出生第二年的一整年里，母亲仍然悲痛欲绝，第三年依旧。她没什么那个时候的故事可讲，没有我们学走路或说出第一个有趣字词的故事。这些能为孩子将成长为一个什么样的大人提供一些线索的故事，她一个也没有。每一天都朦朦胧胧，像是一扇她无心去擦拭的模糊的窗。

“发生什么了？”马文·盖伊[1]唱道，但没人知道答案。

就在那时，哥哥拉住了我的手，守护般带我走进他的世界。

1　美国歌手，著名歌曲 *What's going on*（《发生什么了》）发行于 1971 年。

在童年时代，他像是月亮一样持续环绕在我身旁，在好奇与冷漠之间反复抓紧或推开我。要不是那个关键而悲剧性的下午，命运击中了那辆大巴，他大概会一直这样。

哥哥比我年长五岁，拥有一头天生的金色鬈发，这在我家就好像父亲有一天会买的那辆新车一样不寻常。他与同龄的男孩相比很不同，像个外星人一样，他会在晚上偷偷涂抹母亲的口红，在我脸上留下一个像脓包一样的唇印。那是他对保守世界的发泄方式。一个彻头彻尾的局外人的沉默反叛。

渐渐地，我长成一个充满好奇心又能干的小孩。四岁我就能读会写，与人谈论的话题通常是八岁孩子才知道的。这并不是因为我早熟或更有天赋，仅仅是受到了哥哥的影响。他那时已经迷恋上了埃诺尔·考沃德[1]的诗和坎德尔与艾伯[2]的歌。他给我们无聊枯燥的生活提供了更丰富的选择。每一天，我都等着他放学回来，这份渴望日益不安、日益具体。没有他，我就无法感到完整的自己。事实上，永远也不会。

1 英国剧作家。
2 《芝加哥》一剧的词曲搭档约翰·坎德尔与弗莱德·艾伯。

“上帝爱每一个人吗？”我问母亲，伸手越过一碗芹菜，去拿最后一块绿茶蛋糕。父亲从报纸里抬头观望。只要有人谈及上帝，他每次都会这样抬起头来。这是他的条件反射，就好像被什么击中了一样。

“当然了。”母亲放下熨斗回答道。

“那他爱杀人犯吗？”我继续问。

“爱。”她说。父亲看着她，发出不耐烦的啧啧声。

“强盗呢？”

“也爱。”

“大便呢？”

“大便不是一种生物，亲爱的。”她认真地说。

“但如果是呢？上帝会爱它吗？”

“当然，我想他会。”

但知道这些于我没有任何安慰。听起来上帝眷爱一切，除了我。我剥掉巧克力的最后一层锡纸，露出里面的白色软糖与夹心果酱。

“你还好吧？”母亲问我。

“我不会再去主日学校[1]了。”我说。

“噢，上帝，”父亲说，“太好了。”

“我以为你很喜欢主日学校。”母亲说。

“不再喜欢了，”我说，“我只是有点喜欢唱歌。”

“你可以在家里唱，”父亲说道，眼神重新回到报纸上，“每个人都可以在家唱歌。”

“是有什么原因吗？”母亲问，似乎感到我有所抵触。

“没有。”我说。

“你想谈谈吗？”她平静地问道，试图拉我的手。（她那时刚开始阅读一本关于儿童心理的书，书中鼓励孩子们多谈谈自己的感受，但这反而使我们不愿开口。）

“不。”我又轻声说了一遍。

说起来，那是一个简单的误会。我想说的是，耶稣的出生也许就是一个错误，仅此而已。一次意外怀孕。

“意外？”那牧师尖叫起来，“你从哪里学来这亵渎神明的脏话？你这个放肆的孩子！”

“我不知道，”我说，“这不过是一个想法。”

“只是一个想法？”他重复道，“你真以为上帝会爱那些质疑他神圣计划的人吗？小姐，我告诉你，绝对不会。”他忽然伸出手臂并指向一边，驱赶我出去。“到角落去。”他说。我溜达着，走向那面潮湿、布满裂痕的绿墙对面的椅子。

---

1 基督教堂或犹太教堂在星期天为儿童提供宗教教育的地方。

我坐在凳子上，回想着那天晚上父母蹑手蹑脚走进我卧室时说的话："我们想跟你说件事。哥哥一直跟你说的那件。关于你的出生是个错误。"

"噢，那个啊。"我说。

"嗯，我想说，你并不是一个错误，"母亲说，"只是没计划好。我们没有预料到你的到来，就是这样。"

"就像哈里斯先生？"我说。（哈里斯先生是个似乎总知道我们何时会坐下来进餐的男人。）

"类似吧。"父亲说。

"就像耶稣吗？"

"没错，"母亲淡然地说，"正像耶稣那样。你降生的那一刻就像是一个奇迹。此生最好的奇迹。"

父亲将报纸放进他那破旧的公文包里，坐到我旁边。

"你不一定要去主日学校或教堂来使上帝爱你，"他说，"或者使任何人来爱你。你知道的，对吗？"

"是的。"我说，但并不相信他。

"长大后，你会明白更多。"他又说道。但我已经等不及了。我那会儿已下定决心，如果这个上帝不爱我，那么我很清楚要另找一个爱我的人。

“我们现在需要另一场战争，”新搬来的隔壁邻居亚伯拉罕·戈兰先生说，“人们需要战争。”

“人们需要智慧。”他的妹妹埃丝特说，并对我眨眨眼。她正在他脚边用着吸尘器，结果吸走了一根松散的鞋带，绞断了风扇皮带，整个屋子散发出一种橡胶燃烧的气味。我喜欢橡胶烧着的气味。我也喜欢戈兰先生。我欣赏他在晚年与妹妹而不是妻子生活在一起，在遥远的未来，我希望哥哥也会做出同样的选择。

戈兰先生与他妹妹是在九月搬到我们这条街道的，十二月时，他们在每一个窗口都点燃了蜡烛，以这种照明方式来表明他们的信仰。一个天气温暖的周末，哥哥和我倚靠在墙后面，看见了那辆蓝色的皮克福德货车。我们看着那些板条箱与家具被那些嘴里叼着烟、裤子后口袋里掖着报纸的男人粗鲁地搬来运去。

“看起来有什么东西曾死在那张椅子上。”一张椅子从我们跟前搬过时，哥哥说。

“你怎么知道？”我问。

“就是知道。”他轻轻拍打着鼻子，展示着他的第六感——另外五感已经多次被证明并不可靠。

一辆黑色的和风牌汽车歪斜地停在前面的人行道上，一个老人下了车，一个比我以前见过的人都要老的男人。他有一头鹅羽般的白发，一件奶油色夹克像松弛的肌肤一样挂在他的身躯上。他上下打量着马路，随后朝屋子前门走去。经过我们面前的时候，他停下来，说道：“早上好。”他有着奇怪的口音——后来我们知道，是匈牙利口音。

“你真老。”我说。（但我本意是跟他问好。）

“我跟时间老人一样老。”他笑着说，“你叫什么名字？”

我告诉了他，他朝我伸出手，我坚定地握了上去。那时我四岁九个月零四天。他八十岁。不过我们之间的年龄差距如同阿司匹林溶进水中一样迅速消失了。

很快我就脱离惯常的生活，融入了戈兰先生那时刻充盈着蜡烛与祈祷的违禁世界。一切都像是秘密，我像看护易碎的鸡蛋般小心翼翼地保护着它们。他告诉我，星期六这天除了电视机以外，其他东西都不能使用。每当他从犹太教堂回来后，我们总是会吃一些我从未尝试过的奇异食物，比如犹太逾越节薄饼[1]、剁碎的肝脏、鲱鱼，以及鱼丸冻，他声称“能够唤起人们对古老国家的记忆”的食物。

“啊，克里考伍德[2]。”他这么说着，擦去从他阴郁而浑浊的

1 犹太人过逾越节吃的一种食物，有不同的种类，均为饼状。
2 位于伦敦。

眼睛中流下的一滴眼泪。直到事后到了夜里，父亲坐到我的床边告诉我，克里考伍德既不与叙利亚也不与约旦接壤，它当然没有自己的军队。

有一天戈兰先生对我说："我是个犹太人，但是个高于一切的人。"我点头，似乎自己真的明白其中的含义。随着时间的流逝，我开始聆听他的祈祷，聆听《施玛篇》[1]，并坚信上帝不会拒绝如此动人的声音。他常常拉起小提琴，用这种方式将他的祷告转达给神灵。

"你听到它是怎么哭泣的吗？"当琴弓滑过琴弦时，他问我。

"我知道，我知道。"我说。

我一坐就是几个小时，聆听那你所能听到的最悲伤的音乐，返回家后我就吃不下食物，甚至无法说话，我稚嫩的脸颊也会变得苍白。这时，母亲会坐在我床边紧紧挨着我，用她冰凉的手触探着我的额头问："怎么样？你觉得不舒服吗？"但是一个刚开始懂得理解别人疼痛的孩子能说些什么呢？

"也许她不应该花太多时间与老亚伯拉罕待在一起，"我听见父亲在房门外说，"她需要与她年纪相仿的朋友。"但我没有这样的朋友，更何况我离不开他。

"我们首先要寻找的，"戈兰先生说，"就是生存的原因。"他看着在自己掌心里滚动的彩色药片，迅速地吞了下去。他开始大笑。

---

1 从法律书中节选出来的祷告合集，常在教堂诵读。

“好的。”我说，也跟着大笑，以至于胃部十分不适。多年之后我的胃疼被心理学家诊断为神经性胃疼。

随后，他打开一本总是随身携带的书说：“如果没有原因，活着不就一直被困扰吗？生存需要目的，为了有尊严地忍受生活中的伤痛，为了给我们一个坚持的理由。这种价值必须进入到我们心里，而不是头脑。我们必须清楚受苦受难的意义。”

我看着他苍老的双手，同他翻过的书页一样干燥。他凝视着天花板而不是我，就好像他的理想已经奔上天国。我被那些难以理解的思想所困扰着，没什么可说的，只觉得自己那会儿不得不保持安静。然而，我的腿很快就开始发痒，在我短袜底下避难的一块牛皮癣痒得越发强烈，炽热而浮凸起来。我急需抓挠——起初只是慢慢地挠，之后便一发不可收拾，似乎悄然驱散了屋里神秘的气氛。

戈兰先生有些困惑地看着我。

“我刚才讲到哪儿？”他说。

我犹豫了一阵。

“受难。”我轻轻地说。

那天晚些时候，我问父母和他们的客人们：“难道你们还不明白吗？”当时这些大人正静静地围在芝士加热器旁边。房里格外平静，只有格鲁耶尔芝士与艾门塔尔芝士混合在一起发出的轻微汩汩声和一股恶臭。

“他就是那种知道为了什么而活着并且能无条件忍受的人，”我严肃地说，“他就是尼采。”

“你该睡了，而不是思考什么死亡。”住在37号的哈里斯先生说。自从他太太前年离开，爱上了另一个女人之后，他心情一直不好。

“我决定要成为犹太人。”我宣布。哈里斯先生正将一大块面包浸泡在冒泡的芝士里。

“我们明天早上再来谈论这个。”父亲一边说，一边给客人斟满酒杯。

母亲跟我一起躺在我的床上，她身上的香水味随着呼吸朝我扑面而来，她的话语夹杂着杜本内酒和柠檬水的气味。

“你说过当我长大之后可以成为任何我想成为的人。”我说。

她微笑着说：“当然可以，但是成为犹太人并不容易。”

“我知道，”我有些愁苦，“我需要一个号码。”

她忽然没了笑容。

那是一个气候宜人的早春，我真的鼓足勇气问了他。我以前就注意到了，这是当然，因为孩子就是会注意到。我们都在花园里，他卷起了衬衣的袖子，露出了那些号码。

“那是什么？”我指着他的手臂内侧问道。

“这是我曾经的一个标识，”他说，“在战争期间的营地里。”

“是个怎样的营地？”我问。

“就像一个监狱。”他说。

“你做了什么坏事吗？”我说。

“不，不是的。”他说。

“那你为什么在那儿？”我继续问。

“啊，”他竖起一根食指说，“这确实是个问题。为什么我们会在那儿？到底为什么会在那儿呢？”

我看着他，等待着答案，但他并没有回答。我的视线又回到那串号码上：六个数字，字迹粗糙但颜色很深，就好像是昨天才被写上去的。

“只有一种故事发生在那样的地方，”戈兰先生轻轻地说，“关于恐怖与痛苦的，那不是你这个年纪适合知道的。”

“但是我想知道，”我说，“我想知道恐怖，还有痛苦。”

戈兰先生闭上眼睛，一只手轻轻抚过手臂上那串数字，仿佛那是保险箱的密码。

“那我告诉你吧，”他说，“靠近一些，坐在这儿。”

那天我的父母正在花园里，他们在苹果树一根低矮结实的枝杈上固定一个鸟笼。我听到了他们的笑声、尖叫声，以及时不时发出的“高点”“不，低点”这样相互矛盾的指挥。通常我会跟他们一起待在外面，做那样的事足以让我感到开心，况且那天天气很好。但在过去的几个星期，我变得更加沉默，陷入了内省当中，并且徜徉在书本里。哥哥打开门，笨拙地倚靠在门框边的时候，我正坐在沙发上看书。他看起来很糟糕。而我向来知道他怎么回事，他的沉默不攻自破，他的渴望在躁动。

“什么事？”我说着，放下了书本。

“没什么。”他说。

我重新拿起书本，这时他又说：“他们要切除我的‘把手’，你知道的。或者切掉一部分。这叫切割包皮，我昨天就是因为这个事情进医院的。”

“哪一部分？”我问。

“最上面的一点。”他说。

“会疼吗？”

“很有可能。”

“他们为什么要这么做？”

“那部分的皮肤太紧了。”

“噢。”我说，满脸疑惑。

“听着，是这样的，”他为了让我更好地理解，解释道，“你还记得当时你努力想将头挤出那件蓝色领口的套头衫，却因为领口太小而卡在那儿的事吗？”

“记得。”

“那你应该知道那种想出却出不去的疼痛感。”

“我想是的。”

“你的头就好比是我的‘把手’，他们不得不切除一部分的皮肤——就是衣领部分——好让头能挤出去。”

“然后做成圆领吗？”我恍然大悟。

“差不多。”他说。

那几天，他步履蹒跚，边咒骂着，边不断地挪动裤子裤裆的部分，就像住在公园里的那个疯子——我们总被告诫不要接近他，但从来都不听。哥哥回避我的提问，拒绝了我看他伤口的要求。但在大概十天之后，他原本肿胀的伤口渐渐恢复了。那天晚上，我们在卧室里玩耍时，我问他那是怎么样的。

“高兴吗？”我吃完最后一块雅法蛋糕[1]。

“我想是的，”他试着挤出一个微笑，“我现在看起来跟霍华德一样，我有一根犹太人的阴茎。”

“就像戈兰先生的阴茎。”我说着躺回枕头，丝毫没察觉到房间里变得异常安静。

“你怎么知道戈兰先生的阴茎的？”

他脸色霎时惨白。我听见他咽了下口水。我坐起来，沉默不语。只能听见外面微弱的狗吠声。

一片寂静。

“到底是怎么知道的？”他又问一遍，“告诉我。”

我感到脑袋受到什么重击，身子有些摇晃。

“你不能告诉任何人。”我说。

他磕磕碰碰地走出我的卧室，并承受着重担；事实上，那是他这个年纪远无法承担的。但他一直自己扛着，没有告诉任何人，如他发誓的那样。我不知道那天晚上他离开我的卧室之后发生了什么，即使到现在也不知道——他从不告诉我。我只是再也没有见过戈兰先生。嗯，不管怎样，他已经不在世了。

哥哥回来之后发现我躲在被子下，因为紧张而厌烦，呼吸出了异味。我陷在床上，头脑混沌，有气无力地说：“他是我的朋友。”但我不确定那还是不是我的声音。

“我会让你认识更合适的朋友。”在那个黑夜里，这是他抱

---

1 一种蛋糕状饼干。主要消费区在英国和爱尔兰。

着我所说的唯一一句话，像花岗石一样坚毅而冷酷。我们蜷缩着躺在床上，假装生活仍旧如从前。那时我们都还是孩子，那时，信任就像时间一样，亘古不变。当然，也会一直都在。

父母当时正在厨房里为一只火鸡涂油汁。烤肉的味道弥漫整个屋子，令我跟哥哥都想作呕，因为那会儿我们正试图吃光最后两块巧克力牛奶夹心太妃糖。我们站在圣诞树前，因为接近星星的某个地方接错了线（母亲已经警告过我不要湿着手去触碰），缠绕在树上的彩灯令人害怕地闪烁不定，还不时发出嗡嗡的声音。我们沮丧地看着散落在圣诞树下那堆未拆封的礼物，在吃完午餐之前我们连摸一摸它们都不行。

“只剩一个小时了。”父亲边说边蹦到客厅，穿得像个精灵。帽檐下，他那年轻的面孔尤为突出，令我惊讶的是，他看起来更像是彼得·潘——永远长不大的男孩——而不是满怀恶意的精灵。

父亲喜欢打扮。他很把那当回事，就像对待他的律师工作一样严谨。每一年，他都喜欢以带有节日特征的新形象给我们惊喜，会这样陪我们度过整个圣诞假期，就好像有一位不速之客莫名闯入了我们的生活。

“你们听到我说的了吗？”父亲说，“再过一个小时就吃午饭了。”

“我们要出去。”哥哥闷闷不乐地说。

我们觉得无聊乏味。街道上的每一个人都已经拆开了自己的礼物，并在我们羡慕的目光里将那些礼物区分为“有用的”和“无用的”。我们垂头丧气，倚靠在潮湿的外墙上。哈里斯先生从我们面前跑过，炫耀着他崭新的运动服，一套不幸地让他身体暴露了太多的运动服。

“这是我妹妹温迪送我的。”他说罢，完全没必要地一路冲刺下去，朝着想象中的终点线大张双臂。

哥哥看着我说：“他讨厌他妹妹温迪。”

我看着身穿紫、橙、绿三色运动服的哈里斯消失在街角，差一点就撞上奥莉芙·班伯里和她的拐杖。心想温迪可能也不太喜欢他吧。

“吃饭了！”一点五十七分，父亲朝我们大喊。

“来吧，”哥哥说，“让我们再赴战场。”[1]

“再回到哪里？”我问。但他没回答，只是领着我到餐厅去。

我一眼就看到了那只盒子，一只老旧轻薄的电视机包装盒。哥哥将它举在身前，因此挡住了自己的视线，双脚像是盲人专用的白色手杖那样寸寸前移。

1　引自莎士比亚的《亨利五世》，这是亨利在战前激励士气的名句。

“我是不是快到了？”他边问边朝着桌子走来。

“差不多。”我说。

他将盒子放到桌面上。我闻到一股稻草的浓郁潮湿的气味。盒子颠簸移动着，但我没害怕。哥哥打开盒盖，从里面抱出一只我至今见过的最大的兔子。

“我说过要给你找一个合适的朋友。”

“是只兔子！”我兴奋地尖叫起来。

“事实上，这是一只比利时野兔。”他以一种兄长的亲切口吻说道。

“比利时野兔。”我轻声重复，好像这几个字与“爱”有着同等的意义。

“你想怎么称呼它？”他问。

“埃莉·波特曼。”我说。

“你不能用自己的名字来称呼它。”哥哥笑了。

“为什么不可以？”我有点泄气。

“因为它是个男孩。”他说。

“噢。”我看着他那栗色的软毛、洁白的尾巴，还有两粒从他屁股掉下来的小粪便，心想他确实像个男孩。

“那你认为我该怎么称呼他呢？”我问。

“上帝。”哥哥庄重地说。

“笑一个！”父亲正举着他新的宝丽来相机对着我。就在闪光的瞬间，我的眼睛看不见任何东西，兔子也在我怀里挣扎了一下。

“你还好吗？”父亲很兴奋，他将胶片用手臂夹住。

“也许吧。”我说着，不小心撞到了桌子。

“大家都过来吧！过来看看这个。”他大声说。大家围成一团看着正在显影的照片，在一片“噢”“啊”“她出来了”的惊叹中，我那张模糊不清的脸逐渐成形，变得清晰。

“你看起来非常漂亮。”母亲说。

“是啊。”父亲也说。

但我只觉得自己就像一个男孩。或许我曾经就是一个男孩。

1975年的一月没有下雪，气候温和。这是一个单调且毫无生气的月份，雪橇没有派上用场，生活中没有什么值得一提。我做了很多事情来拖延返校时间，但最终还是踏入那扇沉重的灰色大门。圣诞节过去了，我感到胸口发闷、内心惆怅。我预感到这将会是一个乏味的新学期，我断言要尽我所能躲开那些令人麻木的事情。直到那天，我在教室外转角处遇见一个新来的女孩。

我首先注意到的是她的头发，杂乱、浓密，像羊毛一样有些卷；松了的爱丽丝发带下，几绺发丝散落下来，滑到她光洁的额头前。她身穿一件过长的手工制羊毛衫，大概受反复手洗及拧干晾晒的影响，衣服垂落到她的膝盖处，只比我们平日都被要求穿上的灰色校裙短一点点。我经过她身边的时候，她没有注意到我，即使我咳嗽了几声。她当时盯着她的手指。我回头看了看，她在手指顶端的肌肤上画了一只眼睛。后来她告诉我，她在练习催眠术。

我举起最后一张兔子的照片，班里的同学们都流露出困惑的神情。

“……所以，在这个圣诞节里，‘上帝’终于和我生活在一起了。”我得意扬扬地结束了课堂展示。

我停下来微笑着，等着同学们给我掌声。但什么也没有，教室里寂静无声，讲台下一片漆黑，头顶上的灯光似乎形同虚设，教室外面乌云密布。突然地，那个新来的女孩，詹妮·潘妮，开始拍掌欢呼。

“闭嘴！”我的老师葛洛格尼小姐喊道，随后她的双唇紧闭成一条线。那时，我并不知道她是传教士的后代。他们一生都在非洲一个非常荒凉的地方进行关于上帝的说教工作，却发现穆斯林先到了那里。

我准备朝我的课桌走去。

“站在那儿。”葛洛格尼小姐语气坚定地说，我只好停在那儿，感到一股温热的压力涌入自己的膀胱里。

“你觉得对吗，称呼一只兔子为——”葛洛格尼小姐说。

“事实上，那是一只野兔，”詹妮·潘妮打断她，“它被称为比利时——”

“你觉得称呼一只兔子为‘上帝’对吗？”葛洛格尼小姐继续问，语气加重。

我感到这是一个刁钻的问题。

“我带着‘上帝’出门到商店去，你觉得这样说对吗？”

“可我这么做过。”我说。

“你知道‘亵渎神明’是什么意思吗？”她问。

我茫然不解。这个词又出现了一次。这时詹妮·潘妮举起了手。

“请说。”葛洛格尼小姐说。

“‘亵渎神明’意味着愚蠢。”詹妮·潘妮说。

“‘亵渎神明’不是愚蠢。”

“那，粗鲁呢？”她问。

“意思是，”葛洛格尼小姐大声说，“侮辱上帝或者其他神圣的事物。你听到了吗，埃莉·波特曼？神圣的事物。如果你在别的国家这么说，是会被扔石头的。”

我不禁打了个冷战，因为我清楚地知道谁会第一个朝我扔石头。

詹妮·潘妮等在学校大门口，单脚轮流跳跃着，在她的自我世界里玩得不亦乐乎。那是一个奇怪的世界，早课刚结束，就引起了一阵残酷的耳语，然而那个世界让我好奇，并以一记重击般的果断击垮了我对常态的理解。我看着她将卷曲的头发裹进一顶透明的塑料雨帽中，只露出脸颊。我原以为她只是在等雨停，但事实上她在等我。

“我一直在等你。”她说。

我的脸红了。

“谢谢你为我鼓掌。”我说。

“我觉得你说得非常好，”她说，或许是雨帽的蝴蝶结系得太紧，她几乎不能张开嘴巴，“比其他人好多了。”

我撑开粉色的雨伞。

“很漂亮，”她说，“如果我表现好的话，我妈妈的男朋友会给我买一把这样的伞，或者是瓢虫伞。”

但我没有听进去她对雨伞的赞美，而是注意到她提到的一个词。

“为什么你妈妈会有男朋友？”

“因为我没有爸爸，我出生前他就离开了。”

“天哪！”我惊叹。

“但是我叫他‘叔叔’，我妈妈所有的男朋友我都叫‘叔叔’。”

“为什么？”

“妈妈说更方便些。否则人们会对此说三道四，给她起一些外号。”

“比如？”

“荡妇。”

“荡妇是什么？”

“一个拥有过许多男朋友的女人。”她解释，并解下那顶雨帽，一点点靠近我的伞下。我挪挪位置，给她留出一些空间。她身上发出一股炸薯条的味道。

“要‘火箭炮’[1]吗？”我拿出口香糖。

“不，”她说，“我最后一次吃的时候几乎窒息了，妈妈说我差一点就死去。”

“噢。”我只好把口香糖放回口袋，期盼我买了别的没那么危险的东西。

“不过我想看看你的兔子，”詹妮·潘妮喜形于色地说，“带着它出去散步，或者跟它一起蹦蹦跳跳。”

“可以。”我看着她，“你住在哪里？”

1　口香糖品牌。

“就住在你的街区。我们两天前刚搬进去。”

我立刻想起大家都在谈论的那辆半夜出现的黄色汽车，后面还拖着一辆凹损的拖车。

“我哥哥一会儿就到这里，”我说，“如果你愿意，可以跟我们一同回家。”

“行。”她说，嘴唇弯弯上扬，“总好过我一个人走回去。你哥哥是个怎样的人？”

“与众不同。”我说。我找不到更准确的词来形容他了。

“很好。”说完，她又开始单脚跳跃起来。

“你在干什么？”我问。

“假装自己正走在玻璃上。”

“好玩吗？”

“你可以试试的。”

“好。”我说着，也跳了下。奇怪的是，竟真有趣。

门铃响的时候，我们正在看《两代同乐》[1]，大喊着“公仔，公仔”。母亲起身出去，离开了很长一段时间，错过了传送带那部分，最精彩的那部分。她回来后越过我们，径直走到父亲身旁低声耳语。他迅速地站起来说：“乔，看好你的妹妹，我们要到隔壁去，一会儿就回来。”

“好的。”哥哥说。等到门关上之后，哥哥看着我说：“行动吧。”

那天晚上很冷，似乎要结霜。我们穿着拖鞋，举步维艰地沿着树篱的阴影走到戈兰先生家的前门。值得庆幸的是，门没有上闩。我在门口停下来——距离上一次经过这里已经三个月了，这期间我常常避开父母的追问以及戈兰先生的恳求和那双泪汪汪的眼睛。哥哥向我伸出手，我们一起穿过充满旧外套与陈腐食物味道的

1　英国广播公司出品的一个电视游戏节目，每个家庭由两个不同年代的成员组成，进行游戏比赛。

走廊，朝厨房走去，那里他们低沉的话语如同闪耀的诱饵般吸引着我们。

哥哥用力捏了捏我的手，低声问道：“还好吗？”

门是半掩着的。埃丝特静坐在椅子上，母亲正在打电话，而父亲背对着我们。没有人注意到我们。

“我们认为他了结了自己的生命。”我们听见母亲说，“是的，到处都是药丸。我是他的邻居。不，刚才跟你说话的是他妹妹。好的，当然，我们会在这儿。”

我看着哥哥，他转过了头。父亲朝窗口那边走去，就在那时我再一次看到了戈兰先生。但这一次，他躺在地板上，双腿并拢，一只手臂向外伸直，另一只弯曲在胸前，看起来就像死于练习跳探戈舞的瞬间。我想要靠近一些，哥哥试图阻止我，但我躲开了他的手。

“他的号码哪儿去了？”我大声问。

屋里的人都转过来看着我，我母亲也放下了话筒。

“离远点，埃莉。”父亲朝我伸手。

“不，”我后退了两步，“他的号码在哪里？他手臂上的号码哪儿去了？”

埃丝特看着母亲。母亲把头转向一边。埃丝特朝我张开双臂：“过来，埃莉。”

我走向她，站在她面前。她闻起来有股甜蜜的气息。我想，是土耳其快乐糖[1]。

“他从没有过什么号码。”她温柔地说。

“他有，我看到过。”

1　一种软糖，又叫洛卡姆（Lokum），是土耳其著名的甜点。

“他从没有过什么号码。”她轻轻地重复了一遍，“他过去常常在身上画些数字，当他感到难过的时候。”

那会儿我忽然意识到，那些看上去仿佛就是昨天才画上去的数字，很有可能就是这么回事。

“我不明白。”我说。

“你不该明白。”父亲有些生气。

“但关于那个恐怖的营地又是怎么回事？”我问。

埃丝特将双手搭在我肩膀上：“噢，那些营地是真实存在的，恐怖也是真的，这些我们从不会忘记。”

她把我拉进怀里，说话的声音有些颤抖：“但亚伯拉罕没在那儿待过，”她摇摇头，“从来没有。他只是精神错乱。”她随意地说出这句话，就好像在谈论一种新的发色，“他在1927年来到这个国家，一直过着幸福快乐的生活；也许有些人会说那是一种自私的生活。他带着他的音乐到过许多地方，也曾获得过极大的成就。如果坚持服药，他还会是我熟悉的亚伯；可一旦停下，不管对他自己还是别人，他都会是一个问题……”

“那他为什么对我说那些事？”我的泪水流过脸颊，“他为什么要撒谎？”

她忽然停下来看着我，欲说未说。我相信我在她眼里看到的与她从我身上所领悟的事实一样——恐惧，她知道我发生了什么。我伸出手，给她看我的掌纹生命线。

她把脸转了过去。

“为什么他会对你撒谎？”她仓促地说，“罪过，仅此而已。有时生活给予了你太多美好的事物，你却视而不见。”

埃丝特·戈兰的话将我淹没。

母亲将之归咎为惊吓，是突然失去父母之后的延迟反应。她说，自己就是这样长了肿块，同时将贝克韦蛋挞[1]端上桌面，并将盘子递给我们。她说，像是有股不寻常的力量在体内触发，不断旋转、积聚，有一天，当你洗完澡准备擦干身体时，你感到那股力量就在你的乳房里。你知道它不该在那儿，但起初你不会太在意。过了数月，肿块渐渐变大，恐惧滋生。最后，你会坐在医生面前，解开羊毛衫说："我长了一个肿块。"

我父亲确信这是癌症肿块，但不是因为母亲有易于患癌症的基因。他向来悲观，总是留心提防破坏美好生活的事物。他认为美好不能久存，甚至一个半满的玻璃杯在他眼里也会变成半空。看着他的理想主义迅速转变为胡说八道颇有几分怪异。

母亲要做活组织切片检查，但她不会离开太久，最多几天，她沉着冷静地收拾着行李，就好像要去某个地方度假。她只带了

1　一种油酥松饼果酱夹心糕点。

几件她最好的衣服、一瓶香水，还有一本她最爱的小说。衬衫与压在棉花和纸巾之间的薰衣草香囊叠在一起，也许医生很快就会惊觉：“你很好闻，是薰衣草香，对吧？”她便会向围在她病床边的医科学生们点头，他们正一个一个地针对在她体内偷偷增长的细胞提出自己的诊断意见。

她将一套新睡衣放进她的格子呢旅行袋里，我伸手摸了摸。

“是丝绸的，”母亲说，“你姑姑南希送的礼物。”

“她很会挑选礼物，不是吗？”我说。

“她会过来陪你们住一段时间，你知道的。”

“我知道。”

“替爸爸照顾你们。”

“我知道。”

“你很高兴，对吧？”她说。

（又是那本书。叫作“如何告诉小孩子不易开口的事”的那章。）

“是的。”我轻声说。

母亲要离开了，这感觉很奇怪。在我们年幼的生命里她的存在从不含糊，一直可靠。她一直在这儿。我们就是她的事业，在很久之前她就放弃了另一种生活，选择日夜守护着我们。未来某一天，她会告诉我们，她所屏蔽的，是门外的警察、电话里的陌生人，和宣告生活又一次分崩离析的阴沉声音，来避免心头遭遇无法愈合的伤口。

我坐在床上，深知她的种种品质是大部分人宁愿留到碑文上的那种。我的恐惧，如同那些增长的细胞般沉默无声。我的母亲很漂亮。当她说话的时候，她可爱的手使谈话变得很愉快；即使她听不见，她打出的手语也会像诗人念诗一样优雅。我凝视着她蓝色的眼睛：蓝色，蓝色，蓝色，和我一样。我在脑海里歌唱着这个颜色，直到它像深海一样将我淹没。

母亲停下来，轻轻伸出手捂住胸口。也许她在尝试与肿块道别，或想象着伤口。也许她在想象手术时伸进来的手。也许，只是我在想象。

我浑身战栗着说：“我也有一个肿块。”

“在哪？”她问我。

我指着喉咙。她将我拉进怀里抱住，我闻到了从她衬衫上飘逸出来的薰衣草香气。

“你会死吗？”我问。她笑了，就好像我讲了个有趣的笑话，那笑声对我来说比单纯地回答“不”更有力。

南希姑姑没有小孩。她喜欢孩子，至少她是这么对我们说的。我常常听母亲说南希的生活里没有给孩子腾出的空间，我觉得很奇怪，因为她一个人住在伦敦一个相当大的公寓里。南希是一名电影明星，以今天的标准来看，她算不上什么大明星，但仍然是个电影明星。她还是个同性恋。她的性向与她所拥有的天赋构成了她。

她常常说我父亲得到了智慧与俊朗的外表，而她得到的则是除此之外的所有。当然，我们都知道那是假的。当她露出电影明星那种职业微笑时，我明白了人们为什么会爱她，因为事实上，我们都有点爱她。

她活泼机智，总是匆匆来访。她就是突然现身——有时也不知是从哪里来——像“神仙教母”般，只是想将事情引往正确的方向。她过去在我们家的时候习惯同我睡在一起，每当她在身边我便感觉生活变得更美妙。她为我们这个阴沉昏暗的乡镇带来一丝温暖和光明。她大方得体，善解人意，身上散发着美好的香味。我从来不知道那是什么味道，反正那是她。人们说我长得像她，尽管我从未对此有所表示，但实际上我很高兴。有一天我父亲说南希长大得太快了。“你怎么长大得那么快？”我跟着问。父亲让我别再提，但我一直都没放下。

十七岁的时候，南希加入了一个激进派电影剧团，坐着一辆陈旧的货车游走整个国家，去不同的酒吧和俱乐部即兴表演。她曾在一个谈话节目中说戏剧是她的初恋，我们挤在电视机前大声叫喊：“骗人！”因为我们都知道凯瑟琳·赫本才是她的初恋。不是那个影星凯瑟琳·赫本，而是一位厌世且魁梧的舞台经理。在《往返地狱》和《没关系》这两幕没有前途的话剧合作演出之后，她向南希表白了。

她们当时住在楠特威奇[1]的一个小村庄。第一次相遇是在一条叫“母鸡松鼠”的小巷里。人们通常都去那个地方小便，但在那个晚上，南希说空气里弥漫着浪漫的气息。她们搬着表演道具，肩并肩走回货车，突然，凯瑟琳·赫本将南希推到卵石墙上，狂热地亲吻她的唇舌及其他部位。南希手里的一盒刀具掉在地上，女人味十足的猛攻和狂吻让她惊讶得喘不过气。事后她说：“那种感觉很自然，很迷人。就好像与我自己亲吻。”——这是一个获

1 位于英格兰西北部。

奖女演员发出的至高赞赏。

父亲以前从未遇见过女同性恋，很不幸，凯瑟琳·赫本是他遇见的第一个，他被揭去了自由主义的外衣，流露了过多的偏见。南希说她感受到凯瑟琳·赫本身上有一种不可思议的内在美，父亲对此难以赞同。他说那必定是极其隐蔽的，即使像考古学家一样长时间日夜挖掘也未必能有所发现。事实证明他是对的。凯瑟琳·赫本确实有所隐瞒，隐瞒着她的真实身份：卡罗尔·本奇利。她自认是个超级影迷，对电影知识的了解仅次于精神健康的知识。她常常悄然跨线——那条使多萝西走在黄砖路上[1]而我们只能安逸地坐在床上欣赏的“电影线”，分不清虚幻和现实。

“抱歉，我来晚了！”有一次南希急匆匆走进餐馆，与凯瑟琳·赫本见面。

“坦白说，亲爱的，我不在意。”凯瑟琳说。

“那就好。”南希便坐下来。

凯瑟琳环顾四周，提高了音量：“世界上有这么多城镇，城镇里又有这么多酒馆，而她偏偏走进了我的小酒馆。”[2]

南希注意到餐馆里的客人都在看她们。

“要三明治吗？”她低声问道。

“哪怕让我撒谎、行窃、欺骗或者杀人，上帝为我做证，我无论如何都不要忍饥挨饿了。”[3]

“我对此表示赞同。”南希说，随后拿起菜单。

---

1 出自电影《绿野仙踪》。
2 出自电影《卡萨布兰卡》。
3 出自《飘》。

大多数人立马会意识到这些对话有失常态，但南希没有。她年轻，爱冒险，她只是对她的第一次同性恋情感到兴奋。

“她是个不错的恋人。”南希常常说。每当这时，父亲或母亲就会站起来说：“总之……”哥哥同我一直等着他们要往下说的话，但什么都没有，直到我们长大，总之……

我以前从未看到过父亲哭泣，母亲离开的那个晚上，父亲第一次哭了。我坐在楼梯脚偷听南希与父亲的对话，我听见他哭得语无伦次。

“要是她死了怎么办？”他说。

哥哥沿着楼梯爬下来坐到我身旁，用一张还带着余温的毛毯裹住我们。

“她不会死的。”南希坚定地说。

我与哥哥相互看了一眼，他没说什么，只是将我抱得更紧，我能感受到他加快的心跳。

“阿尔菲，听着，她不会就这么死去的。有些事情我清楚。你必须相信。她的时间还没到。”

“上帝啊，我会做任何事，”父亲说，“任何事。我会做任何事，只要她能平安无事。”

就在那时，我见证了父亲第一次与他从不相信的上帝谈条件。第二次是在将近三十年之后。

母亲没有死，五天之后她就回来了，气色看起来比前些年都要好。活组织检查很成功，那个良性肿块很快就被移除了。我让母亲给我看看——我曾想象它与煤炭一样黑，但哥哥叫我住嘴，他说我的行为很不可思议。母亲走进门的那一刻，南希哭了。她哭的方式很奇怪，我想那就是她能成为一个好演员的缘故。但当天晚上，哥哥在他的房间里告诉我，那是因为南希第一次遇见母亲的时候就悄悄地爱上了她。

他告诉我，南希在念大学的最后一年里与她的哥哥（当然，就是父亲）去布里斯托尔度假。他们沿着门迪普丘陵[1]散步，路上寒风刺骨，于是他们走进一家酒吧，在烈火熊熊的壁炉前茫然地坐下。

南希正在吧台点一杯啤酒与柠檬水，这时，一位浑身湿透的年轻女人，穿过门口，朝她的方向走来。南希仿佛被钉住了一般。南希看着年轻女人点了一杯苏格兰威士忌，看着她一口气喝光，看着她点燃一支烟。南希笑起来。

她们很快就开始交谈。南希了解到女人名叫凯特，那一刻，她感到脉搏疯狂跳动。凯特在校念大二，英文专业，上个星期才跟男朋友分手。真是个笨蛋，她说，同时仰头大笑起来，展现出脖颈的柔韧。南希紧抓吧台，脸颊泛红，双腿涌起一股微弱无力的感觉，并渐渐向上蔓延。就在那一刻她决定，如果她不能拥有这个女人，那么她哥哥应该得到她。

“阿尔菲！”她尖叫，“快过来见见这个美人儿！”

就这样，是南希在大学最后一个假期替父亲追求母亲。是南希送花给母亲，南希打的电话，南希预订的烛光晚餐。到了最后，是南希替不知情的父亲写了情诗，让母亲爱上了他并“发

---

1 位于英格兰的索美塞德山丘内，全长三十七公里，分东门迪普丘陵与西门迪普丘陵。

现”了他迟钝表象下隐藏的深情。新学期开始之后，父母已经陷入了热恋。而南希正处在十五岁的迷茫年纪，受伤的心让她黯然离去。

“她现在还爱着母亲吗？”我问。

哥哥叹息道：“谁知道呢？”

“早上好。”在一个十一月的阴暗的清晨，南希醒来时对我说道。

“哈喽。”我说。

“怎么了？”她翻过身子面对着我。

“今天是话剧试演。”我静静地答道，并将红蓝相间的学校领带从头上套进去。

她很快坐起来：“什么剧？”

“《耶稣的诞生》。”

“我不知道你对这个感兴趣。”

“本来是不感兴趣，但詹妮·潘妮说服了我。”

“你打算演哪个角色？”她问。

“玛丽、约瑟夫，通常那些，”我说，“重要角色。”（除去婴儿时期的耶稣，因为这是没台词的角色，并且我不清楚在说了他的出生是个错误之后，自己是否被原谅了。）

“你需要怎么试演？”她问我。

“就站在那儿。”我说。

“没有了吗？”

“没有了。”

“你确定？”

“是的，詹妮·潘妮是这么说的，”我说，“她说评委单凭这些就能判断你是否拥有明星气质。”

“好吧，那么祝你好运，小天使。”她撑起身，拉出床头柜的抽屉。

“戴上这个，”她说，“祈求好运。它能激发你体内的明星气质，至少在我这儿，它一直奏效。”

我从未听她用过这个词，激发。后来我也尝试用上这个词。

我步履轻快地走到道路尽头，那里有一座房屋，外围用水蜡树结成栅栏。我跟詹妮·潘妮总是在这儿碰头，一起走去上学。我们从不会在她家里见面，那是因为对她来说不太方便，与她妈妈的新男友有关。当她妈妈在家，她跟他相处尚算可以，她说。但她妈妈并不总是在家，最近迷上了葬礼。我猜她妈妈只是比较喜欢哭吧。

“大笑？哭泣？其实都一样，不是吗？”詹妮·潘妮说。

尽管不太认同她的观点，但我没说什么，因为我很清楚我们的世界不一样。

我抬头看着路面，詹妮·潘妮正朝我跑来，丰满的上唇边还挂着闪闪发亮的水珠。

“抱歉，我晚了。”她说。

她总是因为一头很难打理的头发而迟到。

“没关系。”我说。

“眼镜很漂亮，”她说，“南希给你的吗？”

“是的，”我有些自豪，“她参加首映式戴的。”

“我猜也是。”詹妮说。

“它看上去不会太大吧？”我鼓起勇气问。

“不，不会。”她说，“但镜片真的很黑，你能看见吗？”

“当然。”我在说谎，就在刚才我差点撞上一根街灯柱，还很不幸地在那个地方踩到了狗屎，鞋底好像涂上了一层油脂，一股酸臭味扑鼻而来。

“是什么气味？”潘妮说，四处张望。

“冬季渐临的气味。”我重重地叹了口气，抓住她的胳膊一起朝黑色的铁门走去。

事后想来，可能我应该摘下眼镜，当时我就像一个年迈的预言家蹒跚地走进学校礼堂。

“确定可以吗？”一个学长扶着我的手臂带路。

“嗯，我很好。”刚说完我就被他的鞋子绊倒了。随后大门打开了，詹妮·潘妮跑出来。

“怎么样？”我急切地问。

“很好。”她跷起大拇指。

“他们给你什么角色？”我细声问道。

“章鱼，没有台词。”她说，“这正是我想要的。”

“我不知道剧本里还有章鱼。”我说。

“本来是没有的，”她说，“他们让我扮演一只骆驼。但所有的动物都是成双成对走的，那必定会有章鱼。”

“那是挪亚方舟。”我说。

“都是一样的，仍然是《圣经》。”她说，“他们不会知道这两者的区别。”

“很可能。”我努力表示赞同。

“我会自己做演出服。”她说。我忽然感到很紧张。

当我走进礼堂时，桌后面的五张脸我几乎无法辨认，不过有一张脸如同荷鲁斯那全视之眼，径直穿越黑暗：我从前的老师，葛洛格尼小姐。《耶稣的诞生》这出剧就是她的“孩子”，她吹嘘说由她一个人完成创作，令人诧异地直接忽略掉马修与卢克。

“埃莉·波特曼？”一个男人说。

“是的。”我回应。

“你还好吗？”他问。

“还好。”

“你的眼睛没问题？”

“没有。”我紧张地调整镜框。

“别慌！”葛洛格尼小姐喊道，我等着她加一句——你这个亵渎神明的家伙。

“你准备了些什么？”那个男人问。

“什么？”我说。

“你的试演片段。”葛洛格尼小姐说。

因为毫无准备，我感到一阵恐慌。

“好了吗？”葛洛格尼小姐说，“快点开始。”

我慢慢走近舞台中央，脑海里不断浮动着各种台词，有一些非常明晰，但大多数是胡乱组成的。直到一组词聚在一起，我想到一段连贯而有节奏的台词。我不能完全记得，但它是南希最喜爱的台词之一，我曾听她认真地反复练习。我当然不明白当中的意思了，但或许评委们懂，我清了清喉咙说："一段来自电影《契约》杰姬的台词，我准备好了。"

"开始吧。"葛洛格尼小姐说。

我深呼吸，然后张开双臂。

"我知道你不会为我的鞋子或者裙子埋单。但堕胎的钱呢？该死的！起码给钱让我买一瓶杜松子酒吧！"

"够了！"葛洛格尼小姐尖叫起来并指着我，"你，等着。"

我站在自己强加的漆黑当中，看着他们凑在一起小声议论。我听到他们说"挺有趣的"。我听到他们说"好主意"。但我没听到他们提到"玛丽"或者"约瑟夫"。

那天晚上，母亲端出一盘热气腾腾的锅炖杂烩，那是她的拿手菜。厨房里很暗，烛光轻轻摇曳，明灭不定。

母亲揭开盖子，浓郁的肉香、洋葱和酒精味混合在一起。

"我希望我们每天晚上都能像现在这样进餐。"哥哥说。

"进餐"是他最近常用的新词，接下来是"美味佳肴"。

"也许晚点我们可以举行个降神会？"南希说，母亲立即瞪着她——那是我常常看见的眼神——就好像在说："南希，如果你有孩子，就会知道这是多么烂的建议。"

"你很安静，埃莉，还好吗？"母亲问道。

我点点头。如果我开口，眼泪会在说完之后胡乱地往下掉。于是我站起来，含糊地说："忘记喂'上帝'了。"我朝后门走去，哥哥给我一支手电筒，我又往口袋里装了两根胡萝卜，悄悄走进寒冷的夜色中。

我原以为很晚了，但并没有，是因为我们黑漆漆的房子让天色看起来很晚。攀登架在黄昏里被削成一副形状诡异的骨架，就像一根向后弯曲的脊柱。来年春天，它就会被拆卸下来用作烧柴。我沿着小径朝兔子笼走去。“上帝”试图挣脱笼子的铁线，鼻子抽动着，像只小狗一样，嗅着我带来的悲伤气息。我弹开笼钩，他朝我走来。一缕蓝绿相间的皮毛在手电筒光下清晰可见。这是在一个无聊的周末哥哥与南希一起想出的主意，给“上帝”的皮毛上色，还把他放在头顶上拍了照片。“上帝”跟南希一样热爱表演。我把“上帝”抱上我的大腿。他感觉不错，感觉很温暖，我俯身亲吻他。

“别担心，”他用压抑过的微弱的声音说，“事情到最后都会好起来的。统统如是。”

“好的。”我静静地说，尽管这是第一次听到他的声音，但我镇定自若。

我看见南希沿着小径大步朝我走来。她的手里捧着杯子，蒸汽在十一月冰冻的夜空中盘旋上升。

“跟我谈谈吧。”南希蹲下来，“今天的试演怎么样？”

我太过心烦意乱，嘴巴微微张开却没有发出声音，于是不得不放低了声音。

“什么？”显然南希没有听清，她向我凑近。

我将手握成圈状，在她耳边又说了一遍。

“旅店老板？”她说，“该死的，旅店老板？”

我摇摇头，身体也随之晃动。我看着她说：“是个失明的旅店老板。”

表演当天，詹妮悄悄溜到后台，看上去更像一只狼蛛，而不是章鱼。葛洛格尼小姐看见她的时候气得大声尖叫，好像喉咙被魔鬼刺破了似的。但那时她已经没有时间让詹妮换上骆驼戏服了，只好命令詹妮站在舞台偏远的黑暗角落，并警告她如果有一根触角露出来，便会用塑料袋闷死她。“婴儿耶稣”吓哭了，葛洛格尼小姐让他闭嘴，还说他大煞风景。

我躲在帷幕后透过缝隙迅速扫视观众，看看母亲与南希是否在那儿。台下很壮观，几乎座无虚席，比收获节好多了。当时，因为不幸和本地一场足球赛撞期，只来了二十个人领礼品，结果一下领取到两打烘豆罐头、十块烤面包和一箱苹果。

南希看到了我并朝我眨眼，随后葛洛格尼小姐结实的双手搭在我的肩上，将我拉回基督时代。

“你总往外看，会破坏表演效果的。”她对我说。

我想无论如何我都会破坏的，因为我紧张到胃部打结。

“骆驼在哪儿？”葛洛格尼小姐喊。

“他们跟你一样驼着背。”新来的格利佛先生说。我们都笑了。

“这不好笑，格利佛先生。”她慢慢走下舞台，脚趾踢到了一个沙袋。

“祝你好运。”我小声对詹妮·潘妮说，我看到她摇摇晃晃地走进一个马槽，怪异的身影投射到后墙上。她回头给了我一个笑容。她甚至将牙齿都涂黑了。

灯光渐暗，音乐响彻整个礼堂，我感到全身无力，手心出汗，腰带上也留下我擦干手掌的印痕。我戴上太阳眼镜，在黑暗里我什么都看不见。无意中，我的白色手杖还戳到了一只“羊”的屁股，他竟然哭了。我向葛洛格尼小姐道歉，并表明我看不见自己做了什么。她说：“好在上帝没这么瞎。”我感到背脊发凉。

马槽里的秸秆发出浓烈的气味，那是从我家带来的，虽然不太干净，但很真实。扮演“婴儿耶稣”的迈克尔·雅各布斯一进入那个马槽就开始抓挠自己，灯光下，他肥胖的脸庞沾上了许多污渍，让他看起来像是蓄了络腮胡。我依靠着白色手杖为自己摸索方向。

《天使加百列》那场戏似乎演得很不错。新来的希腊女孩玛利亚忘记了台词，于是她简单地说着“你在这儿，玛丽，你怀孕了，去伯——恒[1]”时，我听见观众的欢呼声和掌声。她能得到一个如此重要的角色，是因为葛洛格尼小姐能随时光临她父母经营的一家希腊餐馆。直到有天晚上，葛洛格尼小姐打碎了他们的

1　伯利恒（Bethlehem），巴勒斯坦中部城市。原文为“Bef-lem”，表示扮演者忘词。

碟子。

那些牧羊人昏头昏脑地朝相反的方向指着星星，漫步的时候一副野蛮的样子，仿佛即将诞生的是一只雪貂，而不是上帝之子。当“东方三博士”[1]上台之后，舞台上才有了些气氛。然而，一个人失手掉落了一盒乳香，盒子里其实是一只装有伯爵红茶的瓷茶叶罐。观众席传来一阵啜泣声，原来是他母亲在为失去一件传家之宝而用手帕捂嘴抽泣。他事先没有告诉她，就像他也没坦白自己抽了她的烟一样。在她的啜泣声中，一只“羊”慢慢离开舞台，忽然一声惨叫，他就地倒下，锋利的瓷片刺入了他瘦削的膝盖。三博士从他身上跨过，退出了舞台。只有葛洛格尼小姐在场景切换之时悄悄爬上舞台将这只笨重的“羊”拖走。

我站在道具门内准备就绪。忽然，我听到一阵敲门声。

“谁呀——”我按照南希教我的方式，一边说一边打开门，朝玛丽走去。观众们倒吸一口冷气。南希说我的装扮介于罗伊·奥比森[2]与电影《威尼斯疑魂》[3]里的侏儒之间。但我知道我谁也不像。

“我是玛丽，这是约瑟夫。我们没有地方可住，请问你的旅店还有房间吗？”

我的心怦怦跳，舌头又厚又重。我在心里对自己说：“说出来，说出来。”

---

1 《圣经》中的人物，指来自东方的三位国王，分别向耶稣赠送了黄金、乳香以及没药。

2 美国著名歌手、作曲家、蓝调摇滚音乐创始人。

3 1973年上映的英国悬疑电影，本片在*Time Out* 2011年的“史上最佳100部英国电影”评选活动中排名第一。

“你需要一间房吗？”我忽然跳出了剧本的台词。我看见玛丽与约瑟夫相互看了一眼。葛洛格尼小姐在舞台侧面凝视着我，举起剧本并指着它示意我要讲对台词。

“让我想想。”我说。

整个剧院悄无声息，观众满心期待。我的心跳得很快，喉咙发紧。“说出来。”我再次对自己说，然后我做到了。

“是的，”我说，“有一间风景宜人且价格合适的房间，请跟我来。”我用白手杖轻敲地面，引领着玛丽（她正在哭）和约瑟夫来到一间带有电视与迷你吧台的双人房。两千年来的基督教立即遭遇到挑战。

当中场休息提前开始，帷幕关上后，那个满脸胡子的“婴儿耶稣”被忘在了舞台角落的一个大摇篮里，四处望着。詹妮·潘妮蜘蛛般的身影悄悄朝他爬过去之后，他突然一阵恐慌，试图逃出马槽，然而很不幸，他的双脚被襁褓绊住，跌落到一块纸制的岩石上。后来葛洛格尼小姐告诉警察，那块岩石比想象中要坚硬。

他的尖叫让所有观众不寒而栗。当詹妮·潘妮试图以《普世欢腾》的诗篇引领观众时，第一拨救护车与警车的鸣笛就传了过来。

“婴儿耶稣”昏迷

这是早期的头条。没有迈克尔·雅各布斯的照片，只有一位哭泣的“东方博士”。很显然，他哭泣不是因为这场意外，而是因为他母亲责骂了他的偷窃行为。一位目击者声称这意味着社区里圣诞节的终结，但哥哥说我们不该如此悲观，“耶稣”很快会站起来的。“但至少在复活节前不能。”詹妮·潘妮捂着枕头哭泣说。

显然，葛洛格尼小姐指控我跟詹妮·潘妮是罪魁祸首，也这般告诉了警察，但他们并没有听信。这是安全问题，她才是这场麻烦（他们确实使用了这个词）的安全监管，她有责任承担一切。在被审讯之前她已经辞职了，在她看来这个事件是关乎信仰的问题。因为这件事，她放弃了舒适的生活，到黑潭[1]去做善事。

当天我母亲尝试联络潘妮夫人，但一直都没能联系上。后来她联系了母亲，说正在滨海绍森德[2]吃鸟蛤，拜托母亲照顾詹妮一个晚上。“当然。”母亲说，并立即告诉她发生了什么。

“我尽可能早点赶回去。”潘妮夫人说，“明天可以吗？”就像一只闻到血腥味的野狗，她急切地补充了一句：“葬礼几时举行？”

“他还没死。”母亲严厉地说，虽然有些粗鲁。

“婴儿耶稣”死亡

这是后期的头条。父亲沉默地将《晚报》递给我们看。所有生命迹象已完全消失，他那无神论的家属同意取掉维持生命的呼吸机。

“上帝，那也太快了吧！”南希说，“他们要做什么？省电吗？”

1　黑潭，又称布莱克浦、黑池，英国中部城市，是英国最受欢迎的海滨度假胜地。
2　英格兰东南部城市，位于泰晤士河北岸，著名的海滨浴场。

“南希，这不好笑，”母亲捂着脸，“一点也不好笑。”

但我看见父亲笑了，还有哥哥，詹妮·潘妮发誓当她喝完热巧克力抬起头时看见我母亲也在笑。她很喜欢这样的时刻。一种家庭的包容。我猜那是因为她没拥有过。

詹妮的母亲跟我母亲有着天壤之别，事实上，她自己就是个没有长大的孩子，随时需要“同辈人”的赞美，不管她处在什么年纪里。

“我看上去怎么样，姑娘们？”

“给我弄弄头发，姑娘们。”

“我漂亮吗，姑娘们？”

一开始还会觉得很有趣——就像给一个更大一点的娃娃打扮，但久而久之她的欲望变得越来越强。她逐渐流露出的强烈不甘就像宴会里的俗气灯光，只会慢慢暴露出她的青春不再。

“‘潘妮夫人’听起来太老了，埃莉。我们是朋友，叫我海莉，或者海尔斯。”

“好的，潘妮夫人，下次我会的。”我这么说，但从没叫出口。

她的每一天都令人捉摸不透：她没有工作，但很少待在家里。詹妮·潘妮对她母亲的生活也一概不知，除了知道她向来爱交男朋友，以及喜欢发展各种适合她们吉卜赛人生活方式的爱好。

“什么是吉卜赛人？”我问。

“那些四处流浪的人。”詹妮·潘妮说。

“你们也那样跑来跑去吗？”

“是的。”

“有趣吗？”我问。

“不一定。”她说。

“为什么？”

“因为人们在追赶我们。”

“什么人？”

“女人们。”

在她们生活的世界里，男人们来来去去，是个如同乐高积木一样能迅速轻松地坍塌又重组的世界。屋里大多数墙面错落地悬挂着织物，门框上到处都是红粉相间的手掌印花图案，在幽暗的灯光下，就好像犯罪现场里逃犯出逃时留下的血迹斑斑的手印。地板上到处散落着一块块小地毯，墙角边，有盏台灯架在一本裸体人像书上，洋红色的丝质灯罩让整个房间都渗透着一种妓院的色调。我当时并不了解妓院是什么，但那种怪异的红令人窒息，让我感到难为情。

我很少到楼上去，因为潘妮夫人的男友通常在那儿睡觉。他们有一些共性：夜间出去工作和大半夜喝酒。但我常常听得见楼上的脚步声、冲厕所的声音，也注意到詹妮脸上的忧虑。

“嘘，”她说，“我们得保持安静。”

因为这些限制，我们很少在她的房间里玩耍——并不是说她房间里有很多可玩的，但是有一张吊床吸引了我，在它下面有一张静谧的蓝色大海的海报。

“我往下看，摇着床，做着梦。”她自豪地对我说，“失落的亚特兰蒂斯就在我身下的某个地方。一场奇幻的冒险在等着我。”

“你以前看过大海吗？”我问。

“没有。”她转过身，擦去镜子上的小小指纹。

“在绍德森的时候呢？”我问。

“那会儿已经退潮了。”

“你知道，它会回来的。”

“我妈妈等不及涨潮了。不过我能闻到，我想我是喜欢大海的，埃莉，我知道我会的。”

我只见过一次潘妮夫人的男朋友。当时我一个人，原本要到楼上的洗手间去，但好奇心促使我悄悄走进潘妮夫人的房间。房间很暖和，但有一股霉味，床脚边有一面大镜子。我只看到他的背。熟睡中，那裸露而结实的后背显得他有些粗野，或许醒来之后也是那么回事。那面镜子没有映到他的脸，只有我自己。我站在房里，有一会儿被左边的墙面给迷住了，看得出在那里，潘妮夫人用口红一次又一次地写着“我是我”，直到各种颜色的字迹重叠，变成了“我是我吗”的表达。那些字迹一直萦绕在我心里。

不管这个家看起来多么奇怪，想到这间房子里的种种可能，我还是惊呆了。这些与我平静的生活毫不相称：一排排带有矩形花园的连栋房屋，像坚固的椅子般稳定的日常。这个世界里，无所谓搭不搭配。这是个缺乏和谐的世界。这是个戏剧般的世界，充满悲剧与喜剧的冲突。

“有给予者就会有索取者。”潘妮夫人说这话的时候，我们正坐下来享用糖果和果汁饮料，“我是一个给予者。你呢，埃莉？”

“她是给予者。”詹妮防护地说。

“女人是给予者，男人是索取者。”这位“神使”说。

“但我父亲付出很多，”我说，“事实上，他一直在付出。”

“那他就是稀有动物。”说完，她把话题转向无人能反驳的事情上。詹妮离开房间时，潘妮夫人拉过我的手，问我是否留意过掌纹。她说自己很擅长读掌纹、塔罗牌，还有茶叶，她能读懂一切。这归于她体内流着吉卜赛人的血。

“书呢？”我天真地问。

她霎时脸红，然后大笑起来，那神情像是在生气。

“好了，姑娘们，”当詹妮回来的时候她说，“我已经受够了你们无聊的游戏了，我要带你们出去。”

“去哪儿？”詹妮问。

“惊喜。”她母亲语调极平静地说，“你喜欢惊喜，不是吗，埃莉？”

“嗯。”我说，但不确定是否会喜欢她的惊喜。

“来！外套！”她把外套扔给我们，随后朝大门快速走去。

她的驾驶技术非常糟糕，毫无章法。不管有没有必要，她总像拿着锤子敲击似的按喇叭。我们后面，满是凹痕的拖车咣当直响，在转角处又被甩入人行道，差一点就碾到路上行人的脚，十分危险。

“为什么不把拖车拆下来？”上车时我就问过。

“拆不掉，”潘妮夫人启动车子挂上一挡，“焊接上了。我到哪儿，它就到哪儿，就像我的女孩。”说完她哈哈大笑。

詹妮低头看着她的鞋子。我也低头看着自己的。我脚边，凌乱不堪，有可口可乐罐、纸巾、糖果包装纸，还有一个看上去像泄了气的气球模样的奇怪东西。

我们看见一座教堂，接着就毫无预兆地转弯进入一个停车场。

“滚开！”潘妮夫人没好气地停在一辆灵车后大喊——那辆车装饰俗丽，像在嘲讽着逝者。人家让她离开这里。她不情愿地开走了。

“看在上帝的分上，”她说，“他还能在意什么？”

“他不在意，”丧葬承办人说，“但我们不能把棺材抬出来了。”

我们一起走进教堂，潘妮夫人牵着我们，走在中间，身子前倾，以示悲伤。她领我们到座位去，向大家分发着纸巾。抬着头，向那些真正失去亲人的人温柔地微笑。她在赞美诗书里的角落做上记号，为唱诗做准备，然后放下地垫，跪下祈祷。她表现得流畅优雅——甚至很专业？——口中哼唱着奇怪的梦幻曲，连换气时都不曾间断。这是我认识她之后第一次发现，她好像天生就适合这些场合。

教堂的人渐渐多了起来，詹妮·潘妮拉我靠近她，示意我跟在她后面。我们溜了出去，沿着墙走了很长一段路后，走到一扇厚重的木门边，上面写着：合唱室。我们走了进去。里面空荡荡的，一点不透气，很不舒服。

“你以前也这样做过吗？”我问，“我的意思是参加葬礼。”

“就一次。”她说，看起来没什么兴趣，“你看！”她走到一架钢琴边。

“那你有看过尸体吗？”

“看过，”她说，“在棺材里。盖子是打开的，他们让我亲吻它。”

“为什么？”

“谁知道。”

“感觉怎么样？”

“就像亲吻一台冰箱。”

她按下一个琴键，一个清脆的中音响了起来。

“也许你不该碰任何东西。”我说。

“没关系的，没人能听到。”她说着又按了一遍。叮、叮、叮，她闭上双眼，屏气凝神。然后她将双手放到胸前，又放回到那黑白琴键上。

“你会弹吗？”我小声地问。

“不会，”她说，“不过我在尝试。”她按下琴键，一连串美妙的音符将我击中，那是我听过的最美的音乐。我看着她随着节奏轻轻摇晃，陶醉其中。那种兴奋溢于言表，散发出柔光。那一刻，我看着她变成了另外一个人，不再被推来搡去，不再得过且过，也不用再去承受那些讨厌的风言风语，直到永远。她那样完整。当她睁开眼睛的时候，我猜她也知道。

“再来一次。”我说。

“我做不到的。”她有些难过。

忽然，整个教堂响起了管弦乐。隔着石墙，乐声微弱，但重低音音符在我体内回响着，撞击着肋骨又反弹到骨盆。

“应该抬出棺材了。”詹妮说，“走吧，我们去看看，真的很酷。”她推开门时，我们刚好看见抬棺材的人们缓缓行进。

我们在墙外坐着等待。云飘得很低，仿佛从塔尖上便触手可及，一直下落着，下落着。我们听着那歌声。是两首歌，欢快而充满希望的歌。虽然我们都会唱，但并没有加入。我们踢着腿，沉默不语。詹妮伸手抓住我。她的掌心很滑。我没办法去看她。我们的罪过和眼泪不为我们自身存在，而是给予那天的逝者的。

“你们两个太无聊了。”潘妮夫人说，我们正坐在餐厅[1]里准备吃午餐。

她看起来已经恢复了精神，精力充沛，脸上没了早上活动时那悲悯的神色。通常来说，我会对平日里很少吃到的食物充满食欲，但那天我甚至吃不完我的牛排汉堡、薯条，也喝不完像靴子般大的可口可乐。我的食欲，随着那个人的生命，暂时消失了。

“我今晚外出，詹妮宝贝，”潘妮夫人说，“加里说他会照顾好你。”

詹妮抬头看，点点头。

“我要出去找乐子！”潘妮夫人大口咬下四分之一的小圆面

---

1 原文为“Wimpy Bar”，是一种有柜台出售汉堡、牛排、三明治的餐厅。

包，留下了唇印在上面，看上去就好像是番茄酱，“我敢打赌你们已经等不及长大了，是吧？”

我看着詹妮。看着摆在我盘边的小黄瓜切片。看着擦拭干净的桌面。看着所有东西，除了她。

一整个夜晚，那个不足两英尺[1]长的小小白色棺材一直浮现在我脑海里。它用粉色的玫瑰和泰迪熊装饰着，如同新生婴儿般被有力的臂膀搬抬着。我从没告诉母亲我那天去了什么地方，也没告诉父亲；只有乔听我谈到那陌生的一天，它让我明白，即使是婴儿也会死去。

我们为什么会在那儿？潘妮夫人为什么会在那儿？一些不寻常的事物将人们的世界紧紧联系在一起，而在当时的年纪里，我还无法用语言来形容自己的感受。哥哥说那大概是由各种感情相互交织着的心碎，有失望，有遗憾。我年纪尚小，无法提出异议，又或者说，我还不能完全懂得他所说的话。

1　1英尺约等于0.3米。

三月里的星期一，一列驶离西汉姆站的地铁发生了爆炸。爆炸的时候，父亲因为提早结束了他的会议，也在那趟列车里。反正他在那通简短的电话中是这样告诉我们的，说他很好，真的没事，不要担心。当天晚上，他走进家门的时候还送了我母亲一束花，给我们提早带来了复活节彩蛋。他的西服上沾着灰尘，还有在车厢地板上被踩过的印痕。他的嘴角有一小块结痂的瘀血，耳边散发出一种奇怪的气味——像是点燃了的火柴与烧焦了的头发味。震惊中，他咬到了舌头，再检查竟然奇迹般完好无损后，他冷静地站起来，有序地同其他乘客一起离开安全出口，重新呼吸到车厢外的新鲜空气。

那几天，他在花园里跟哥哥玩橄榄球，笑声不断。他俯身拦球，全然不顾膝盖沾满烂泥。他所做的一切不过是为了向我们表明死亡离他非常遥远。然而，当我跟哥哥都假装上床睡觉又悄悄溜回楼梯上后，我们听见了父亲的呻吟。毫不夸张地说，他几乎精神崩溃。

“越来越近了。”他说。

“别说傻话。”我母亲说。

“去年发生那样的事，今年又一起，它对我穷追不舍。”

去年九月，父亲在帕克街的希尔顿酒店见一位重要客户，正要离开的时候，一枚炸弹在大厅爆炸，导致两人死亡，多人受伤。令人欣慰的是，在那紧急关头，父亲忍不住要到卫生间小便，躲过了一劫。不然的话，在那个黑色星期里，他的名字就会在伤亡人员名单里了。换句话说，脆弱的膀胱拯救了他。

随着时间的推移，与其说自己两次奇迹般地从死亡中幸存，父亲更确信正义女神的复仇正隐隐向他逼近。他认为只是时间问题，他迟早会被关进鬼门关，成为地狱之门背后的囚徒，并意识到一切都不复存在，而生命终将消失。

足球六合彩很快成为我父亲的救生索——或者说爱好——中彩对他来说变得那样必要，某些清晨他会使自己相信这已然发生了。他会在餐桌前指着一本杂志问，今天我们买哪套房子呢？这套还是这套？而我只是看着这个自欺欺人、伪装成我父亲模样的男人，静静地伸手拿起一片吐司。以前他从未为钱烦恼过，也许那时也没有，但能中彩成为对信念的考验。他只是需要证明自己仍是一个幸运的男人。

每一周，我始终选择同样的数字：我的生日、詹妮的生日以及圣诞节，总之是对我而言重要的日子。哥哥从不选什么数字，他每次都闭上眼睛，让铅笔旋在网格[1]上自由停落，就好似别人

1 指投注六合彩所用彩票票面。

在桌面上用杯子玩的降神游戏。他相信他得到了上帝的指引，这让他与众不同。我说是那些在晚上偷偷穿上的鞋让他变得与众不同。

另一方面，我母亲凡事都喜欢插一手。“让我看看。”她常常这么说。这时我就会叹口气，因为她其实并没有什么想法，她也只是随机选取。这种随意让我厌烦。就好像一个粗心大意的人用蓝色水笔去给一个橙子上色。我很确信这是为什么我们从来没有也不会中奖的原因所在。但我父亲仍然在写着“不公开”的盒子上做标记，将它放到壁炉上，等待每周三的数字收集。每次他都会信誓旦旦地说：“到了星期六，我们的生活就会彻底改变。”

那个星期六，我们期待着生活能在橄榄球球场——看起来像其他地方一样好——的边线上迎来改变。那次正好是哥哥的第一次橄榄球比赛。在这之前，他是个只会玩板栗游戏[1]的男孩，而现在他蹦蹦跳跳，急切地等待下半场比赛的开始，就像其他正常的男孩一样，正常得让我都不习惯。在此前一年，他已经进入了一所私立学校就读，为此父亲已经“搭进去了一只胳膊与一条腿”（他说，另外剩下的为我留着）。就是在这所学校，哥哥开始变得完全不一样。他变成哪样，我都喜欢，只是担心这个拥有了正常爱好的他，是否还会喜欢我。想到这些，我就会双脚无力，感到地面就好像是会轻易碎掉的鸡蛋壳。

---

1 是英国的一种传统游戏，使用七叶树属植物的果实互相敲击，坚果未被敲碎的一方获胜。

一名队员跑到我哥哥面前跟他低声说着什么。“策略。”父亲说。哥哥点点头，弯腰抓了一把泥土在手中反复揉搓。他的举动如此反常、奇怪，让我不禁为想象中可怕的后果而倒吸冷气，然而，又一次地，什么也没发生。

一股冰冷刺骨的寒意笼罩着我们这边的球场，早上还照射着我们的太阳此刻也显得无精打采，躲进了运动场附近高耸的政务大楼后面，令我们在阴影中瑟瑟发抖。我试图鼓掌，但一双手几乎动弹不得。我紧紧裹在那件哈里斯先生一个星期前给我买的大衣里——那完全是一次错误的购物行为，受益的只有商家。那天我第一次穿上它，当我终于挤进去之后，我惊叹于它可怕的视觉冲击，但我当时已经没有时间将它脱下来了，不得不穿着上车赶去橄榄球场。

哈里斯先生是在折扣卖场看到这件外套的。当时他肯定在想：这难看的家伙正是埃莉的尺码，她穿上会不会很蠢呢？而不是想：埃莉会喜欢这件外套吗？这件外套适合她吗？它的袖子和背面是黑色的，其余全是白色的，就跟护膝一样紧绷却毫不实用。虽然也能抵御些海边的寒风，但我感觉只是因为寒风在靠近我的时候停下大笑起来，而不是因为它有什么实际用处。我的父母太过礼貌（软弱），说不出我不用穿那样的话。他们只能说人家是好意，天气也很快就会回暖。我说坚持到那时我可能已经死去。

口哨响起，橄榄球被踢到半空中。哥哥一边跑向球，一边抬着头，眼睛也不眨一下，本能地越过妨碍他的其他队员，跑得惊人地快，接着跳跃起来。他拿到了球，停了下来，手腕轻轻一转，递给了另一位队员。哥哥的手跟母亲的一样：他让球说话了。我欢呼着，想扬起双臂却无法动弹，两边臂膀都变得十分僵硬，如同瘫痪。

“加油，蓝队！”母亲大声喊。

“加油，蓝队！”

我的尖叫让母亲跳了起来说：“嘘——”

哥哥一直向前跑，球夹在手臂间。三十码，二十码，他向左边的人做了个假动作。

“加油，乔！”我尖叫着，“冲啊，乔！冲啊！”

他的脚踝被别人绊了一下，但没有跌倒，依然没人能追上他。到十五码的时候，他看见了球门线，四处张望，寻找队友。突然，不知从哪儿冒出来一道由五人组成的人墙。他全速撞了上去，硬骨软骨牙齿一齐冲撞着，而后倒在一片血迹斑驳的淤泥里。好几个身体从两侧压倒在哥哥身上，场上一片寂静。

太阳缓缓从大楼后面探出来，照亮了这尊压在哥哥身上的人体雕塑。我抬头看着父母，母亲因太过害怕而转过身去，捂着嘴的双手直抖。父亲则拍掌大声鼓励：“干得好，孩子！干得好！”这是个不寻常的回应，人家脖子可能都断了。显然只有我一个人意识到危机。我冲进球场，跑到一半，就听见有人喊：“有——有——有一只企鹅！”

我停下来，四处张望。人们都在嘲笑我，甚至包括我的父母。

裁判上前将受伤的运动员拉开，直到露出哥哥，他扭曲地躺在那儿，一动不动，有一半的身子嵌入了淤泥中。我试图俯身凑近他，但紧绷的外套妨碍了我，我挣扎着却因此失去了平衡，倒在他身上。这一动作让他忽然坐了起来。

“嘿，”我说，“你还好吗？”

他奇怪地看着我，没有认出我。

“是我，埃莉。”我说，在他面前摇摇手，“乔？”我本能地扇了他一巴掌。

“哎哟，”他说，“你为什么打我？”

“电视里都是这样演的。”

“你为什么穿得像只企鹅？”他问。

“为了逗你开心啊。”我说。

他真的笑了。

“你的牙齿哪儿去了？”我说。

“我想已经被我吞下去了。”

我们是最后离开球场的，他们都爬进后座后，车里的温度才慢慢升高。

“坐得下吗？”母亲从前面问。

“噢，可以，很宽敞，波特曼夫人。”查理·亨特说，他是哥哥最好的朋友。空间当然够大，因为母亲将座椅向前拉过，她的脸几乎要贴到挡风玻璃上了。

查理在比赛中打前锋位置（他们告诉我的），我认为这是最重要的一个位置，因为他可以决定球的去向。在回家的车上我对他说：“如果你是乔最好的朋友，为什么不多传些球给他呢？”他笑着揉揉我的头，没有回答。

我喜欢查理。他闻起来有一股棕榄香皂和薄荷糖的气味，长得也很像我哥哥，只是肤色更黑一些。也因此他看起来比真实年纪要大一些，也更聪慧。他跟我哥哥一样爱咬指甲，我坐在他们中间，看着他们像啮齿动物一样咬着手指。

母亲和父亲也喜欢查理，总是会在比赛结束后载他一程。他父母从没有来看过比赛，我父母觉得那很遗憾。我却觉得那很幸运。他父亲在一家石油公司上班，带着家人在两个石油资源丰富的国家之间来回，直到资源都枯竭。他的父母离婚了——这件事让我感到兴奋——他选择跟父亲生活在一起，而不是最近嫁给一位发型师的母亲（那位发型师叫伊恩）。查理平日自己做饭，房间里有一台电视机。他性子桀骜不驯，但他可以自给自足。我同哥哥一致认为，如果我们遇上了海难，只要查理在，情况就不会太糟糕。车子转弯的时候我故意倒在查理身上，看看他是否会推开我，但他没这样做。后座的温度越来越高，我来回看着哥哥跟查理，感到脸颊发烫。

查理的家在富人区，离我们不远。那里有美化过的花园、修剪精致的狗，以及保养得宜的车子。这种生活，就像父亲那半满的玻璃杯也被喝光了一样，让他在周末的交通中变得颓丧起来。

“多么漂亮的房子啊。”母亲赞叹道，但她并不嫉妒。

她一直这样，感恩生活所赐。她的玻璃杯不止一半，而是镀了金并永久装满的。

“谢谢你们送我回来。”查理打开车门。

“不客气，查理。”父亲说。

“再见，查理。”母亲说，手已经搭在座椅控杆上。查理越过乔的时候，凑近他悄悄地说待会儿再谈。我也靠过去说一会儿再谈，但他已经下车了。

当天晚上，客厅的电视里嗡嗡地报道着足球赛结果。不及时的新闻就好似航海预报，只不过它不如后者重要、有趣。通常我们到厨房用餐时，也会开着客厅的电视。那是一种陪伴。我想，仿佛我们家注定是一个大家庭，那些时断时续的电视声会让我们变得更完整。

厨房里很温暖，充满着松脆饼的气味，窗外花园里的黑暗紧拽着窗户，有如饥饿的客人。那棵悬铃木光秃秃的，枝蔓交错着向墨蓝色的夜空延伸。母亲将天空的这种颜色称为法国海军蓝。她打开收音机，传来卡朋特乐队的歌曲《昨日重现》。她神情落寞，甚至有些悲伤。父亲在晚餐前一刻因一通电话离开了，要为一个别人都说不配得到法律帮助的流氓提供法律帮助。母亲开始唱歌，她将芹菜与田螺端到桌面，还有我最爱的水煮蛋——她用模具把它们做成了好看的样子。

哥哥刚从热气腾腾的浴室出来，容光焕发，面色绯红。他坐到我身旁。我看着他说："笑一个。"他笑了，趁这个时候，我迅速把一颗田螺扔进他嘴里。

"埃莉，住手！"母亲大声呵责，并转身关掉了收音机。

"还有你，"她指着哥哥，"不要再纵容她了。"

我看到哥哥倾靠着后门沉思。这些新的伤痕与全新的他很配，他轻轻触摸着眼睛周围肿起来的地方。母亲砰地在他面前放下一大杯茶，什么也没说。这一行为纯粹是为了打断他在沉湎的自豪。我拿起另一只田螺，试着用别针将螺肉从壳里挑出来，却没弄出来。它反而很诡异地紧贴住壳。即便已然死去，却仍像在说："我不会放手的。"不会放手。

"你感觉怎么样？"母亲问。

"不算太坏。"我说。

“不是问你，埃莉。”

“我很好。”哥哥说。

“不感到恶心吗？”

“没有。”

“头晕吗？”

“也没有。”

“就算有，你也不打算告诉我，是吗？”她说。

“是的。”他笑着说。

“我不希望你再打橄榄球。”母亲简短地说。

他平静地看着母亲：“我不在意你怎么想，我还是要打。”说完他拿起茶杯连喝了三大口，我想他的喉咙肯定烫到了，但他没说什么。

“太危险了。”母亲说。

“生活就是危险的。”

“我看不下去。”

“那就别看了，”他说，“但我还是会继续。因为我现在更能感受到快乐，一种不曾有的活力，这更像我自己。”他起身离开了餐桌。

母亲转过身面向水槽，用手擦了擦脸颊。也许她哭了。我意识到，这是因为哥哥第一次将自己同“快乐”联系起来。

我将“上帝”抱进笼子里，也为他准备好了深夜餐食。他的笼子现在在院子里，隔壁新建的栅栏可以为他挡风。我们对新来的邻居都不太熟悉，他们是在戈兰先生去世之后搬来的。有时候，我仍然能感到戈兰先生那张苍老的脸就在栅栏背后窥视，尽管他的眼睛已经接近失明。

我披着毛毯，坐在院子冰冷的石板上，看着“上帝”在报纸下来回挪动。天空无边无际，一片漆黑，没有星星，也没有一架飞机来打破阴沉的寂静。那一刻，我的心也变得如夜空般寂静。这是我的一部分，就像一个雀斑，一道伤痕，一个无人知道的中名[1]。

我伸出手指去触碰“上帝”的鼻子。

“事情过去了。”他悄悄地说。

“你肚子饿吗？”

“有一点。”他说。我给他塞了一根胡萝卜。

“谢谢，”他说，“好多了。”

我听见附近传来声音，起初，我以为是只狐狸在抽鼻子，但又像是树叶簌簌落下的声音。我拿起去年夏天之后就没再碰过的板球棒，循着声音走近栅栏后面，看见她的身体从暗处掉下来，毛茸茸、粉粉的一堆，卧在一捆稻草上。她看着我，满脸尘土。

“你没事吧？”我问。

“没事。”她说。我扶她起来，替她拍掉她这身心爱睡衣上的枝叶。

“我不得不出来，他们又吵架了。”詹妮说，“声音非常大，我妈妈将一盏台灯砸到墙上去了。”

我牵起她的手，带她沿着小路走回屋子里。

“我能在你家待一晚吗？”

“我问问妈妈，”我说，“不过她肯定会答应的。”母亲很

---

1 英国人的全名一般有三部分，前名、中名和姓氏，中名较少用到。

少对人说“不”。

我们坐在兔子笼边，相互依偎着抵御寒冷。

“你在这外面跟谁说话？”詹妮问。

“我的兔子。他会说话，你知道的。声音就像哈罗德·威尔逊。”我说。

“真的？那他会跟我说话吗？”

“不知道，你试试。”

“嘿，兔子，兔子，”她用粗壮的手指戳他的肚子，“说点什么。”

“哎呀，你这个小浑蛋，”“上帝”说，“疼。”

詹妮静静地等了一会儿，随后看着我，又等了片刻。

“什么也听不见。”最后她说。

“也许他累了。”

“我以前也有过一只兔子，”她说，“那时我还很小，我们住在一辆大篷车里。”

“后来怎么了？”我问，但这会儿我已经感知到它无法逃避的命运了。

“他们吃了它。”她说着，一颗寂寞的眼泪沿着满是泥土的脸颊流到嘴边，“他们说它自己跑掉了，但我知道真相。不是所有肉的味道都像鸡肉。”她刚刚讲完，就在那个寒冷的夜晚里，露出了膝盖处雪白的肌肤，狠狠地与粗糙的地板摩擦，鲜血马上流出来了。我凝视着她，她突然的暴力行为、脸上的镇定，既吸引我，又使我抗拒。这时，后门推开了，我哥哥走了出来。

“外面冻死了！你们两个在这里干什么？”

我们还没说话，哥哥就看见了詹妮的腿：“该死的。”

“她摔跤了。”我说，但没有看着詹妮。

哥哥弯下腰，将她的腿挪到厨房照出来的光束下。

“让我看看怎么回事。”哥哥说，“我的天，疼吗？”

“没那么疼了。”詹妮说，将双手放进睡衣那过大的口袋里。

“你需要一管药膏。”

“很可能，”她说，“甚至两管。”

“先进来吧。”哥哥扶詹妮起来，将她抱在胸前。

我以前从未发觉詹妮如此弱小。她的那些夜间活动，因为被忽视而迫不得已要自立，都让人感觉到她的成熟。但那天晚上，在我哥哥的怀里，她看起来弱小而脆弱，需要呵护。他抱着她走进屋去，她的脸庞平静地窝在哥哥的脖颈处，闭着眼睛，感受着他的关爱。我没有跟着他们走进屋里，不想打扰她难得安宁的一刻。我希望在那一刻她可以拥有一个好梦，相信我所拥有的也会属于她。

几天后，我跟哥哥被外面可怕的尖叫惊醒。我们在楼梯平台那里会合，拿着各自的武器——我，拿一把滴水的马桶刷，他，握一把长长的木质鞋拔——直到母亲跟着父亲跑来楼梯。他看上去苍白又憔悴，好似在一夜间瘦了十四磅[1]。

“我早就说过了，不是吗？”他告诉我们，疯狂的神情使我们感到陌生。

哥哥和我一头雾水。

“我说过我们会中奖的，不是吗？我是一个幸运的男人，一个受到上帝保佑的人。”说完，他坐在楼梯顶端哭了起来。

他抽泣着，肩膀上下起伏，多年来的苦楚在那一刻终于得以释放，他的自尊似乎被夹在他拇指与食指间的那张纸支撑了起来。他就像个蜷缩的婴儿，母亲爱抚着他的头，随后离开，留下他自己继续哭泣。她让我们一起进了卧室，里面仍然充满着睡眠的气

1　1 磅约等于 0.45 千克。

息。窗帘拉上了，床铺冰冷而凌乱。我跟哥哥都忽然感到紧张。

“坐下。”母亲说。

我们照做了。我坐在她的暖水袋旁边，感受到它的余温。

“我们中了足彩。”她坦率地说。

“天哪。”哥哥说。

“那爸爸是怎么了？”我说。

母亲在床上坐下，抚平皱褶的床单。

“他受到了创伤。”她毫不掩饰地说。

“什么意思？”

“精神创伤。”哥哥小声说。

“你们知道你们的父亲对上帝或其他这类事物的看法，是吧？”母亲仍然低头看着床单，双手好像被催眠了似的重复画着圆圈。

“是的，”哥哥说，“他一点都不相信。”

“对，现在情况更复杂了。他一直为此祈祷，现在有了回应，上帝给他打开了一扇指引的门。而要走进那扇门，他知道他必须为此放弃一些东西。”

“他会放弃什么？”我问，以为会是我们。

“他自己是坏人的想法。”母亲说。

我们中彩票这件事，除了家里人以外没告诉任何人，当然，南希知道。她当时正和一个新恋人，一个叫伊娃的美国演员，在佛罗伦萨度假。他们甚至不允许我告诉詹妮·潘妮。我给她画了一堆硬币暗示她，但她误以为那是某种密码信息，提示她从她母亲的钱包里偷些钱，而她还真的这样做了，并买了冰冻果子露。

在外，我们从不提起中彩票的事。在家里，我们也停止谈论这件事。很快我们就把它当成过眼云烟，而不是一件足以改变我们命运的大事。而大多数情况下，人们都会让它成为后者。母亲依旧在商店里看折扣商品，禁不住时时勤俭。她给我们织袜子，补牛仔裤，甚至我臼齿疼得厉害时，牙仙子也不再赠予我钱币，即便我留了张便条跟她说每拖一天都要给利息。

六月的一天，大概在中彩票之后的两个月，父亲开着一辆崭新的带有遮光车窗的银色奔驰停在家门口，是那种通常配给外交官使用的车型。整条街的人都出来观看这赤裸裸的炫耀。父亲推开车门从里面走下来时，街道邻里一阵惊讶，似乎连下巴都掉在地上了。父亲微笑着，试着说了些苍白的话，关于“奖金”之类的，但他不知道的是，自己已经在无意中攀上精英阶层的梯子，开始轻视那些认识多年的熟悉脸庞。我觉得有些尴尬，走进了屋子。

当天晚上我们沉默地吃饭。每个人嘴边都是关于“那辆车子”的事，这使我们吃下的每一口都不是滋味。母亲终于忍不住了，她起身拿过一杯水，冷静地问：“为什么？”

“我不知道，”父亲说，“我有这个能力，就买了。”

我和哥哥看着母亲。

“这不属于我们，这辆车不属于我们，它象征着世界上一切丑陋的事物。”她说。

我们又看向父亲。

“我以前从未买过一辆新车。”他说。

“这不是新旧的问题，噢，看在上帝的分上！对于大部分人来说，那辆车是他们血淋淋的房屋首付。那辆车代表的，是我们所不是的那类人。它不只是车，更是这个国家所有不恰当状况的血腥明证。我不允许它在这儿，要么它走，要么我走。”

“那就这样吧。”父亲说完，起身离开了餐桌。

当我们等待着父亲在妻子与车子之间做出选择时，母亲却消失了，只留下一张便条：“不要担心我（我们原本不担心，但她这么说反而让人担心），我会想你们的，我最宝贵的孩子们。”言语间对父亲的忽视，明显得就像是去年圣诞节已经发臭的斯提尔顿芝士的气味。

在试分居期间，突然恢复到单身的父亲依旧开车到法律援助中心上班，毫不犹豫地将这部豪车驶进坑坑洼洼的停车场，那是他们办公室与一家廉价餐馆共享的地方。每当有罪犯走进办公室，都会点名求见“拥有外面那辆车”的律师。他们将这视作一种成功的徽章，却并不清楚戴着它的人从未更失败过。

一天晚上，父亲在厨房拦住我，问我关于车子的事。

“你喜欢它，不是吗，埃莉？”

“不喜欢。”我说。

“但这是一辆漂亮的车。”

“但其他人没有。”

“这是好事，不是吗？与他人区分开来，与众不同。”他说。

“我不确定，”我说，异常清醒地意识到自己想去融入他人的无声渴望，“我不想让别人知道我跟他们不同。”

我抬起头，看到哥哥就站在门口。

自从家庭分裂之后，我的学校生活也受到了影响。我有意让老师发现家里的问题，好开心地逃掉阅读与写作作业，我利用每一个机会和可能去接受自己来自一个破碎家庭。我告诉詹妮，我父母很有可能要离婚。

“要多久？”她问。

“能多久就多久。”我重复母亲最后留下的戏剧性话语，当时她当着父亲的面摔门而出，我无意中听到了那些话。

我很享受这种新生活，只有詹妮跟我。我们常常待在棚屋里，远离喧嚣、混沌与不安，那是属于我们的安静而富足的地方。哥哥之前已经把里面整理得很舒适，有一个小小的电热器，“上帝”很喜欢坐在它面前，也因此他的毛会被烤焦，发出一股酸酸的气味。我坐在那张过去常放在休息室里、磨损了的扶手椅上，递给詹妮一只木酒箱。我假装向我们所幻想的侍应点伏特加马提尼——富人的饮品，哥哥常说，那是久经世故的人喝的。这酒有一天会标志着我十八岁生日的到来。

“干杯！”我说，抿了一小口。

“干杯。”詹妮说，面露忧愁。

“怎么了？”

“没什么。”

“你可以告诉我任何事情。”我说。

“我知道。”她说，随后假装喝完她手中的马提尼。

“究竟怎么了？”我又问了一遍。

她看起来比平常更忧伤。

“如果你的爸爸妈妈永远分开了，那我该怎么办？我将与他们中的谁继续接触？”

我能说什么？我甚至自己都没有做出决定。父母两人都有正反两面，对于我来说都不完整。我把“上帝”交给她，他的毛发正发出一股刺鼻的气味。他立刻开始安慰她，容忍她用胖乎乎的手指粗鲁地抚摩着，没注意到他的一绺毛发掉到了地上。

“哎哟，”他说，“笨蛋，哎哟。”

我弯腰拿起自己的杯子，忽然发现有一本杂志藏在椅子下。打开之前，我就猜到是什么——封面已经说明了一切——但我还是打开了。一个又一个赤裸的身体用他们的私处展示着各种奇怪的动作。在那个年纪，我并不知道阴茎和阴道是这样用的，但我知道人们喜欢经常触摸它们。

“你看看。”我把那些图片挪到詹妮面前，但她没看，也不笑，出乎意料地一个字也不说，而是忽然哭着跑了出去。

我在一棵杏树的阴影下发现了詹妮，她缩成一团，在那条我们曾发现了一只死猫咪（可能是中毒而死）的小巷中。暮色下，她看起来好斗而孤单，周围尿液与粪便的气味与温暖的微风混合在一起。人们以前把这条小巷当成厕所和垃圾场，现在基本荒废了。我在她身旁坐下，将她嘴边与额际散乱的头发拢好。

“我打算离开。”她说。

“去哪儿？”

“亚特兰蒂斯。”

“它在哪儿？”

“没有人知道它在哪儿，”她说，“但我会找到它，去那儿，他们就会担心我了。”她看着我，深邃的双眼渐渐融入了黑夜。

“跟我一起走吧。”她请求。

“好的，但在下个星期之前不可以。”我说（因为我跟牙医约好了），她同意了。我们背靠着栅栏，她看起来平静了些。

“亚特兰蒂斯很特别，埃莉。我最近听说了的。它在许多年前被一场巨浪海啸吞没，是一个遍布神奇人物的神奇之地。一些丧失的人类文明很可能仍然存在。”詹妮说。我震惊于她声音里的笃定。似乎能催眠，甚至超凡脱俗，让一切成为可能。

“那个地方有许多漂亮的花园、图书馆、学院，每一个人都很聪明、很漂亮，他们心平气和，也乐于助人，有着独特的能力，清楚宇宙间的奥秘。埃莉，我们在那里可以做任何事，成为任何人，那是属于我们的城市，我们会过得非常幸福。”

“那我们所要做的就是找到它吗？”我问。

“是的。”她说，仿佛这是世界上最容易做的事。但我当时脸上必定充满疑惑，因为就在那一刻，她忽然说：“看这个！”然后表演了个魔术，从她粗壮的手臂里变出一枚五十便士的硬币。

“给。”她把硬币递给我。

我把它握在手里，感觉血腥又温暖，就像她一样。我期待着它消失，就这样离奇地融入夜色当中。

“现在你相信我了吧！”她说。

我说我相信，低头看着硬币上奇怪的日期。

母亲在八天之后回来了，看起来比上次移除肿块的时候更加神采奕奕。南希带她去了巴黎，她们待在圣日耳曼[1]，还遇见了杰拉尔·德帕迪约[2]。进屋时她拎着大包小包，还化了新妆，似乎年轻了十岁。当她站在父亲面前，说“还好吗”的时候，我们立马知道他输了。他什么也没说，那个中午之后，我们再也没看见那辆车。事实上，为了避免父亲堕入惭愧的深渊以及自我的失忆之中，我们不被允许再去谈论它。

父母在餐厅一起写着圣诞卡片，没有哥哥在身边陪伴，我觉得很无聊。我决定去棚屋，将那本悉心藏好的杂志看完。

花园里很黑，树影在微风中朝我倾斜。冬青树上结了坚硬的浆果，每个人都说很快就要下雪了。在那个年纪，我一直对雪充满期待。父亲已经给我准备了新的雪橇，打了蜡的金属滑板闪闪发光，随时等待着滑行。当我经过窗户时，我看见棚内闪着手电筒的微光。我拿起板球棍，笨拙而缓慢地走向门边，但棚屋的门卡在混凝土的台阶上很难打开，我只好将门迅速拉向自己，于是，我看到了那破碎的画面——查理跪在我那裸体而颤抖的哥哥面

---

1 指巴黎市郊 Saint-Germain-en-Laye，法国国王路易十四诞生地。

2 法国男演员。

前，而哥哥正爱抚着查理的头发。

我逃跑了。但并不是因为害怕，完全不是。我在那本杂志里看过这样的动作，那次是一个女人。也许还有人在看着，我不确定。我逃跑，是因为我侵犯了他们的私密世界，也因为我意识到棚屋不再是为我留存的地方。

我坐在房间里，看着闹钟的指针缓慢而疲倦地旋转，楼下传来母亲唱颂歌的声音，就好像在唱诗班一样，歌声嘹亮。富有让她唱得更自信了。他们进来的时候，我在睡觉。哥哥叫醒了我，只有当事情很重要的时候他才会这么做。“让一下。”他们说，然后都挤进我的床，带着外来的寒气。

“你不能告诉任何人。”他们说。

“我不会的。”我说。

“你保证？”

“保证。”

我还告诉哥哥，我之前也看过这些，就在棚屋里的那本杂志上。可他说那杂志不是他的，随后我们都“噢”了一声，同时可怕地意识到那有可能是父亲或母亲（或者他们俩）的秘密慰藉。从我的角度来说，或许那个棚屋给了我性爱的启蒙。我忽然为隐藏在我们家族基因里无法控制的生理冲动而感到内疚。

“我现在想睡觉了。”我说。他们俯身亲吻我的额头，道了晚安后悄悄离开了。

在黑暗中，我想起了那些画面，还有关于戈兰先生的，我感到自己老了。也许这就是父亲说南希成长得太快所表达的意思吧。我忽然理解了。

彩旗挂了起来，温度也升高了。国旗做成的斗篷迎风飘扬，又落在年轻人的脊背上。那是五月的最后一个星期，1977年[1]。我们的女王从来没这么受欢迎过。

唱机里传出性手枪乐队的高声演奏，那台机器是潘妮夫人半小时前在街道派对上租回来的。

她穿了一双高跟鞋，走在路上风姿绰约；一件纽扣解开的丝绸衬衫，让我们想起来邻居哥布小姐说的那句："像一幅被卡住的窗帘，但没人愿意看到她的客厅里发生了什么。"

潘妮夫人在第一张支架台前停下来，交出她带来的盒子。

"这是我自己做的。"她说。

"你做的？"奥利弗·宾斯布里有些紧张。

"不，我偷的。"

一片沉默。

1　1977年，英国女王继任25周年庆典。

“开玩笑的啦，”潘妮夫人说，“这是维多利亚海绵蛋糕，女王老了之后的样子。”每个人都笑了，好大声。好似他们其实在害怕。

她蹦蹦跳跳地，又吐口水，又伸拳头，结果差点被电死。她那四英寸的细高跟鞋绊到了不那么牢实的延长引线上，而电线在布满青苔的墙边已经磨损。父亲迅速思考后极快地反应过来，及时阻止了她烧成炭渣的可怕后果。他轻轻地将她放在一堆豆袋椅上，并把她露腰的裙子拉高了两英寸。

“噢，阿尔菲，你很淘气！”她大笑着又掉进沟里，父亲上前帮她，她一使劲将他拉倒在她的大腿上（哥布小姐说过她穿的小皮裙做成钱包会更合适）。父亲重新站起来，拍拍身上的灰尘，试图摆脱她身上像手指紧扒悬崖边缘般黏腻的香水味。

“要不我们再试一次？”父亲说，帮她抬起双脚。

“你是我的英雄。”她噘起涂过紫色口红的双唇，伸出舌头舔着。

父亲提心吊胆地笑着：“你不必像一个保皇党员那样摔倒，海莉。”

“你真是心如止水，阿尔菲。”她说着朝父亲的屁股伸出手去，却碰到了母亲的手。

“凯特，亲爱的，我没看到你在这儿。”潘妮夫人说。

“你能帮一下格雷格·哈里斯管制交通巡逻吗？”

“我会在其他方面帮他。”潘妮夫人说。她摇晃地走向我们那还没得到警察批准的临时路障，它暂时封锁了通向伍德福德大道[1]的路。

1　埃塞克斯的一条主干道。

詹妮和我负责支架台的工作，我们要给它们铺上印有英国国旗的桌布纸，再在边缘以合理的间距摆上纸杯与一次性餐具。我们还摆好了果酱挞、巧克力蛋卷和马车轮甜品[1]，它们在阳光下闪闪发亮并散发着芳香。

“我给女王写过一封信。”詹妮说。

“你写了什么？”

“我问她是否可以跟她一起生活。”

“她怎么说？”

“她说得考虑一下。”

“你觉得她会答应吗？”

“不太懂为什么不能。”

一辆车在我们后面哔哔地按喇叭，听起来很愤怒。我们听到潘妮夫人大声喊话：“噢，走开。不，我不会的。继续吧，退后。你过不去的。”

哔！哔！哔！

詹妮看起来脸色苍白。有人将音乐声调高了——很可能是我母亲——试图盖过对方的咒骂。

“噢，你听，”我说，伸出手指指向天空，“这是我最喜欢的歌。”

詹妮听了听，笑了：“我也喜欢。我还知道所有的歌词，我开始了。‘我看到一个男人的侧影，小丑，小丑，你会跳方丹戈舞吗？’[2]”

1　一种零食，两块饼干覆盖着巧克力涂层，中间夹有棉花糖。
2　歌词来自皇后乐队演唱的《波希米亚狂想曲》，下同。

“你不能通过！”潘妮夫人尖叫道。

“雷鸣电闪，让我战栗。”我唱道。

哈里斯先生向我们跑来：“你父亲在哪儿，埃莉？”

“伽利略，伽利略，伽利略。”我继续。

“费加罗！”詹妮厉声高唱。

“你父亲，埃莉，他在哪里？我是认真的，我想这里快打起来了。”

“我只是个贫穷的男孩，没人爱我。”我唱。

哈里斯先生骂骂咧咧地走开了。

“所以我说你表弟在警察局！”潘妮夫人大喊，连胸脯都抖动起来。

“呀，”父亲边喊着从我们面前跑过，边卷起袖子，“有麻烦了。”他说话的语气听起来心碎而恼人。

“让他走！”詹妮唱。

“我不会让你走。”我唱道。

“这仅仅是个误会。”父亲说。

“让我走！”詹妮喊。

“我们可以用一杯茶解决这件事。”父亲冷静地说。

“我不会让你走！”

“让他——”

“你们两个现在给我闭嘴！”哈里斯先生尖声大喊，拔掉了电唱机的插头。他抓着我们的手臂，走到那棵光影斑驳的悬铃木下。

“现在坐在这里，没我的允许不得离开。”他说着擦去鼻上泛起的汗水。詹妮动了动。

“你敢。”他说，随后拧开他那锡酒壶，至少喝掉了一半的酒，“我们有些任务要执行，一些重要的任务。”

哈里斯先生在当天下午两点正式举行派对，他的随身酒壶和海军号角给了他很大帮助。针对君主制的重要性，以及它如何使我们脱离了原先的野蛮世界（特别是美国人），他发起了一场激动人心的演讲。父母低头看着自己脚下，说着一些不同寻常的粗鲁话。哈里斯先生说女王是我们这个国家必须要有的传统——这话让乔和查理都笑了，还说如果君主制倒下了，他会像他第一个妻子所希望的那样去上吊。

“致陛下。”他说着举起手中的酒壶，吹响号角。

南希打扮成了伊丽莎白一世的样子。她在乔装，因为她有一部电影刚刚发行，想要避开那些热衷让她出丑的摄影师。

“嘿，美人。”她看见我了。

“南希，”詹妮推推搡搡地往这边来，“我能问你一个问题吗？”

“当然可以了，亲爱的。”

“莎莉·贝西[1]是同性恋吗？”

“我不这么认为，”南希笑笑，“为什么这么问？”

“艾利斯·库柏[2]呢？”

“不是，当然不是。”

1　20世纪下半叶著名女歌手，曾演唱《007》电影系列主题曲。

2　美国摇滚男歌手。

“那范妮莎·雷德格雷夫[1]呢？”

“也不是。”

“阿巴合唱团[2]呢？”

“哪一个？”

“全部。”

“应该不是。”

“所以没有一个人是？”

“没有。你为什么想知道，甜心？”

“这是我的课题作业。”

“真的？”南希说着看了看我。我耸耸肩。詹妮要干什么，我一点线索都没有。我的课题作业与熊猫和大象有关，主题是那些濒临灭绝的物种。

夜深了。桌面上萦绕着硬糖、香肠、洋葱和不再新鲜的香水的味道，茶蜡和人们谈话的气息增添了一分温暖，所有这些融合为一股更巨大的气息，像大潮般退落，流动。人们将羊毛衫搭在肩膀上，那些邻居——从前孤立的、害羞的——彼此倚靠在同样披着衣服的肩膀上，怀疑地听着旁人说起的酒后秘密。南希在饮品桌上替乔和查理调出一杯不含酒精、叫“二十五周年纪念日”的潘趣酒，更受欢迎的是带酒精的“五十周年纪念日”。人们载歌载舞，谈天说地，都在为一个我们从未见过的女人庆祝。

最后，车子终于被允许通行了。他们依然哔哔地按喇叭，不

1　英国女演员。

2　瑞典乐队。

过这次团结一致，不再烦躁不堪，行驶中还闪烁着警示灯，为我们的音乐配上了迪斯科式的灯光，而敞开的车窗也为酒醉后的玩笑平添了笑声和歌声。

我从未见过有人喝得像潘妮夫人这样醉。她像个垂死的人一样翩翩起舞，从这里跳到那里，偶尔消失在小径里呕吐或者小便，只是为了摆脱醉意，清醒过来，准备迎接下一杯含有高浓度酒精的潘趣酒。然而，那晚邻居都小心看护着她，而非指责，温柔地把手搭在她背上，引导她到安全的地方：一张凳子，或者一面墙，有时甚至是某个人的膝盖。那天晚上，大家都得知她的男朋友已经离开了，带着一袋他自己的东西及一些她的东西——甚至她都不清楚有什么，直到很久后，才发现是蒸蛋器、一罐黑樱桃酒之类的东西。当我走过她舞动的身影时，她伸出手紧紧抓住我的胳膊，含糊不清地说了个词，大概是“孤单”。

随着电唱机播完最后一首歌，腊肠卷也全被吃完之后，詹妮跟我和母亲一起寻找潘妮夫人。街道上几乎空无一人，委员会很快便将人行道上的桌子折叠起来搬走了。

我们在街道上来来回回走了好几次，以防她躲在灌木丛里，或者没上锁的车上。在我们第二次朝小径走去的时候，我们看见两个摇摇晃晃的身影，借着街灯，我们看到哈里斯先生抱着詹妮的母亲。她看起来有些害羞，擦了擦嘴，弄脏了口红，像是小丑的嘴巴一般，忧伤而不好笑。詹妮一言不发。

“我只是在帮助这个女人。”哈里斯先生说着将衬衫塞进去。“这个女人”，他说，而整晚她可是他“可爱的海莉”。

“当然。”我母亲说，听起来不太信，“好了，姑娘们，把海莉扶回街上，我很快会跟上来。”于是我们扶着潘妮夫人离开，她均匀地搭在我们身上。我回头看，母亲正生气地戳着哈里斯先生的胸膛说：“如果你胆敢再这样乘人之危，老天也会看不过去，你这个嚣张的浑蛋。”

母亲和父亲一开始在楼梯附近没看到潘妮夫人，直到她在走廊呕吐起来。詹妮尴尬地转过脸去，直到父亲那令人安心的笑容让她不再那么孤单。清理中，她一直很安静，就像一个愚笨的门徒一样听着母亲的指令：一碗热水，毛巾，床单，毛毯，空桶，一品脱[1]水。谢谢你，詹妮，你做得非常好。父亲扶潘妮夫人到沙发上，给她盖上了紫色的床单，睡着后，母亲轻抚并亲吻她的额头，就好像照顾一个孩子那样。

“詹妮，我今晚打算留在这里，”母亲说，“你跟着埃莉和阿尔菲回我们家。不要担心你的母亲，有我照顾她，她不会有事的。她因为高兴而喝多了，这在大人们之间是很常见的，她没有做错什么，詹妮。只是为了快乐，就是这样。当然了，她今晚很快乐，不是吗？”

但詹妮什么都没说。她知道母亲的话不过是像脚手架般支撑着一面摇摇欲坠的墙。

我们缓慢的脚步声回荡在整条黑暗的街道上。詹妮握住我的手。

“我希望我妈妈像——”

“别。”我严厉地说，打断了她。我清楚她接下来想要说的话，但那天晚上，那些话语会刺穿我这愧疚的心。

1　1品脱约等于568毫升。

回首过往，从康沃尔旅行回来之后的那个复活节，父母就已经非常明确地决定要搬家了。南希说，这是他们的二度蜜月，他们需要重新连接，为了再一次找到彼此。他们走进家门的时候，容光焕发，散发着一种能量，一种我从未感受过的能量，像是不再束缚于熟悉或责任的爱。当父亲坐在我们身边，宣布他已经决定辞掉工作时，我感到如释重负。在过去的十八个月里，渺茫的期待一直让我们的心悬着，现在终于转变为果断的行动。

父亲在六月底结束了工作，他避开了所有的告别与庆贺，开车到一个荒废的停车场，默默流泪到深夜。警察找到他的时候，他趴在方向盘上缩成一团，双眼通红，如同被沸水烫伤而发肿。当警察打开车门时，他只说了一句："原谅我，请原谅我。"一位离开亨敦[1]才三个星期的年轻警察看到如此让人震惊的忏悔，犯罪小说里的情节立即跳到他的想象中。他认为父亲谋杀了家人，

1 英格兰东南部城市。

于是打电话叫了一分队警车快马加鞭赶到家门口。房门砰的一声被人撞开的时候，母亲猛地惊醒，昏昏沉沉地冲到楼下，担心那种让人难以忍受的消息再一次找上门来了。

“怎么了？”她用一种既没有帮助又不消极的语调说。

“你是凯特·波特曼夫人吗？”警察问。

“我是。”母亲说。

“你认识一位波特曼先生吗？”警察说。

“当然认识，他是我的丈夫。发生什么事了？”

“没什么大问题，但他看起来有些痛苦。你能下来同我一起到警局把他接回来吗？”

母亲跟着去了，看见父亲在荧光灯下脸色苍白、身子打战，那位和蔼的警察局局长照看着他。他身上披着一张灰色的毯子，手捧一杯茶，那杯子上有西汉姆联[1]支持者俱乐部的徽章图案。母亲说，不知怎么的，那让他看起来更可怜。她拿走他手中的杯子，放到地板上。

“你的鞋呢？”她问。

“他们从我这儿拿走了。”他说，“这是办事程序，以防我对自己做什么事。”

“做什么？绊倒你自己吗？”她说，随后他们都笑了，知道这一切都会好起来的，至少在那一刻是的。

朝停车场走去时，她停下来转过身对他说：“离开这儿，阿尔菲。是时候离开她了。”

她，指的是琴·哈格里夫斯。

---

1 英格兰足球超级联赛球队之一。

父亲当时正为钱伯斯[1]工作，他被邀请为X先生的变童案辩护。这是他的第一例此类案件，作为父亲的全新身份，以及那双年轻的肩膀上所担负的责任鼓舞了他。他将为X先生的辩护视作一种追求，一种抵抗诽谤行为的高尚天职。

X先生是个知名人物，一个非常绅士又值得尊敬的男人，以至于父亲认为，为他遭受这样令人发指的指控辩护义不容辞。X先生结婚四十年了，没有什么婚外情的传闻，也没有对婚姻的怨言，他与太太的结合是大家仰慕的模范。他们生了两个孩子，男孩参了军，女孩进入了金融业。他是许多公司董事会的大股东，同时是一位艺术赞助商，也为大学里的穷困孩子提供资助。但最重要的是，他是我父亲想成为的那种成功人士。

有一天，一位叫琴·哈格里夫斯的年轻女士走进帕丁顿格林警察局，这是她三十年来第一次卸下精神负担，揭露那些使她在夜晚不得安寝的秘密。当她的母亲勤勤恳恳地打扫X先生房子外围时，年仅十岁的她遭受了X先生的持续性侵。要不是有一项可以定罪的证据，警察本想置之不理：琴·哈格里夫斯能够准确地描述出攻击者小指上所戴戒指的纹理，并注意到了那上面的微小裂缝。

父亲后来告诉我，在琴·哈格里夫斯选择站出来起诉X先生的那一刻，她的一生已经完了。他一方面迎头痛击，一方面巧妙回避，最后她萎靡不振，对包括自己名字在内的一切都再无把握。陪审团当即宣判X先生无罪，他忙不迭地将他那只冰冷有力的手插进父亲稚嫩的手掌中。

1　国际权威法律评级机构。

之后最糟糕的事发生了。父亲当时正领着X先生经过走廊，忽然，他们看到琴·哈格里夫斯坐在长凳上，正等着她十分钟前离开去拦出租车的好友。父亲试图将他的客户往后推，但就像在拖拽一只看见血迹斑斑的狐狸而吠叫的猎犬般，毫无作用。X先生挣脱开，大摇大摆地往前走过寂静的走廊，鞋跟像手指般发出傲慢的咔嗒声。整个过程中他没有大喊或者发泄他的愤怒，相反，他转向琴·哈格里夫斯，向她耳语并眨了眨眼。在那一刻，父亲什么都清楚了。南希说父亲当时就停在那儿，靠着墙，尝试将自己从那身皮囊中脱离出来——在他的余生里，他一直在尝试做这件徒劳的事。

两个星期后，传来了琴·哈格里夫斯自杀的消息，她从二十楼跳了下来。刹那间，父亲对所有东西都失去了信心，尤其是对他自己。

父亲在柏油路面跪下，车辆来来往往。人流中轻柔而沉稳的嗡嗡声与他的过往相互辉映。六月里的清风扬起他的衣衫，也吹干了他潮湿的肌肤。

母亲轻抚他的头发。

“我爱你。”她说，但父亲没办法去看她。这是他崩溃的终章。那一刻，他的杯子枯竭了，它等待着更多选择的到来。

六月慢悠悠地过去，迎来了七月。太阳升得更高，天气也更炎热，就好像白天多了四个小时一般。我真希望我戴上了帽子——查理上个月送给我的那顶二手白色板球帽。我那天去晚了，一路跑得气喘吁吁。我感觉到滴汗沿着背部流落，并想象着它是冰凉的，而不是黏稠发烫的。我将手伸进口袋，压住叮当作响的硬币，马上就把它们换成一根或两根冰棍。

詹妮在游乐场绊倒后，头发卡在了围栏上，陪她回家后，我才刚回来。一大簇头发像绵羊毛那样掉下来，她疼得尖叫起来。她认定自己已经秃了，但我告诉她，在她适宜使用那样的形容词之前，新头发都长出来了。这话让她冷静了十分钟，直到她躲进她母亲怀里，号啕大哭。

我转过街角朝巴士站跑，哥哥已经在那儿站着等我，并指了指手表。

“你迟到了。”他说。

“我知道，但詹妮·潘妮差点死了。”我说。

“巴士来了。”他并不关心我的生活琐事，伸出手臂拦下发出嘎嘎声的179路巴士。

我们上到二层。他想坐在后面，而我想要到前面去，我们只好分开坐。直到巴士到了查理·布朗环状交叉路口，我认了输，又走回后面的座位。那里满是污迹和烟头，成了每个上学小孩的幻想天地。“爱丽萨的安迪”“乔治是个大肥猪”“麦克有一根漂亮的阴茎”，我简洁明了地读起来，同时猜想谁是乔治，谁是麦克，谁又是安迪，丽萨是否喜欢她。

我站起身，朝那扇打开的窗口望过去。空气静止不动，让人不舒服。我也不舒服。哥哥又在咬手指甲。高兴的时候他会停下来，现在又开始了。这是他长大之后不再适宜的行为举止，不管是出于紧张还是舒适，他都还依赖于此，这让他看起来有些幼稚。他已经一个星期没见查理了。查理从学校里请了假，他没有生病，也不能说出原因，不过他晚点会告诉我哥哥的。现在到了这个“晚点”的时间了，说不上为什么，我对此替哥哥感到遗憾。

下车的时候起了微风，这让我们充满希望。我们欢快地沿着林荫路往前走，街边传来割草机低沉的嗡嗡声，自动喷洒装置的水珠轻弹在我们和路人身上。这时，我们看到一辆庞大的搬家卡车停在房子外面。我们放慢了脚步，拖延即将明了的事实。我问起哥哥一些问题，试图让他开心些，他没有搭理我，我清楚缘故。烈日炎炎，人变得容易受刺激。我也一样。

我们停下来，看着熟悉的物品被搬进卡车里：那小小的银色电视机是查理房间的，他的滑雪板，还有一个来自法国的独立红木梳妆柜。哥哥紧握着我的手。

“也许他要搬到离我们更近一些的地方。”他说，勉强微笑起来，但我没说什么。忽然，查理从屋里向我们跑来，我从没见他如此振奋过。

“我们要离开了！”他兴奋地说。

“什么意思？”我哥哥问。

“爸爸和我准备去迪拜，我已经在那边的学校报名了。”查理看着我，而不是哥哥。

我什么话也没说。

“他得到了一份新合同，在一个新的国家，我们没有选择。”

“你可以过来跟我们在一起。”我说。

“你什么时候走？”哥哥终于松开了咬在嘴里的手指，开了口。

“明天。”查理说。

“那很快。”我的胃开始缩紧。

“也不是，我已经知道好几个星期了。”

“你为什么不告诉我？”哥哥轻声地问道。

“看起来不重要。”

“我会想你的。”哥哥说。

“嗯。”查理说完，把脸转过去。

“这里真的很热，你知道的。”他又说。

“这里真的很热。”哥哥重复。

“我们会有仆人。”

“为什么？”我问。

“我可以跟你一起去。”哥哥说，查理却突然大笑。

两个男人搬着一张皮革扶手沙发经过我们面前，哐哐当当地把它放置在卡车后面一个银色的花盆边。

“你为什么笑我？”哥哥说。

“他能跟你一起走。”我说，握起哥哥的手，“如果你也这么想。只是要打一个电话而已。”

“我会问问我爸爸，也许某天你能过来看看我。”查理说，将双手抱在胸前。

“滚蛋！”哥哥说，“我宁愿去死。”说完即刻转身离开了。

我们在路上大阔步地走着，在持续的暑热中健步如飞，我辨认不出哥哥脸上是汗水还是别的什么，很快他就把我甩得远远的。我没有力气再走了，停下脚步，坐在一面潮湿的墙边，摇晃的水管间歇地喷着水。我很期待能听见有人敲响窗户，生气地将我赶离这面私人的墙，但没有。我听见查理的脚步声朝我走来，但我没有抬头，因为我毫不在乎，我恨他，恨他的抛弃。他来到我身旁坐下。

“你想怎样？”我说。

“我不知道。”查理说。

“那就走开，”我说，“你是个白痴，白痴白痴白痴！”

“埃莉，别这样。”

“白痴。”

“我只是想体面地告别，就是这样。”

我转身给了他重重一拳。

“再见！”我说。

“哎哟，埃莉！你干吗这样？”他说，揉搓着肩膀。

“如果你不知道，那么你实际上比看起来愚蠢得多。”说完我再次朝同一个地方打了一拳。

“你为什么要这么对我？”

“因为你不该这么对他。”

“我必须要小心。”他说，“你知道我爸爸的，他为人怪异，一直看管着我。替我告诉你哥哥，告诉他……一些能让他开心的。”

“滚蛋，你自己跟他说。”说完我起身走上斜坡路，忽然有了精神，忽然强大；忽然变了。

如果父母能有那么一刻停下来，在屋里安静地待一会儿，他们本该听见哥哥心碎的声音。但除了即将萦绕着我们、来自康沃尔的海浪声与鸟鸣之外，他们什么都听不见。只有我跟南希安慰哥哥，将他一点点拼凑起来，让他重新打起精神，将他那布满泪痕的苍白脸庞从枕头下面抬起，慰藉他，这个世界虽没给予他什么（比如爱而不得），却仍旧有意义。就算是南希也找不到合适的字词去安慰或解释。这是生活的一部分，她很抱歉他那么年轻就受到了现实的重击。

暑假开始的时候，南希带我们到卡尔特修道院广场散心。她让我们一直保持忙碌状态，不停地进出博物馆、艺术画廊和咖啡馆。哥哥对一切都没有兴趣，但渐渐地，他的伤口开始愈合。他看着七月末的阳光，选择再给生活一次机会。

“你什么时候发现自己是同性恋的？”当我们沿着泰晤士河走着，赶赴南岸建筑群去看一场黑白电影时，哥哥问南希。

“比你大一点的时候吧，我想。十六岁？我不是很确定。我很早就知道我不想要什么，而不想要的又太多，所以我的选择变得容易一些。”

“但这不容易，不是吗？”他说，“这很糟糕，所有事都得藏着。”

“那就不要这样，”她说，“不必藏起来。”

“有时候我希望自己跟其他人一样。”他说。

南希在他面前停下来笑了笑：“不，最好不要，你会讨厌变成跟大家一样的人。不要欺骗你自己，宝贝。”

“胡说。”他忍住不笑，剥开一片口香糖，观察着从他前面经过的黑发男人。

“你在看他。”我说，用手肘轻轻推他。

他不理我。

“我看见他看那个男人了，南希。”我说。

“闭嘴。”他继续走着，双手塞进太过紧身的牛仔裤口袋里，母亲说过那条裤子会导致他不育的。

“那，你也曾心碎吗？”他冷淡地问。

“啊，上帝，当然！”南希说。

“事实上，她的名字叫莉莉·莫斯，”我说，终于能打断他们的对话了，“最重要的一个。所有人都知道那段，乔。她对南希不忠，并试图带走所有值钱的东西，不过，她没能得逞，是吗，南希？”

“嗯，没有。”南希说，“虽然她侥幸拿走了一串昂贵的钻石项链，如果我没记错的话。”

“我永远不会再爱上什么人了。”哥哥坚定地声明。

南希微笑着伸手搂住他：“乔，永远很漫长，我打赌你不会这么做。”

“我会的。赌多少？”

“十英镑。”她说。

“好。”哥哥说，随后他们握了握手。南希继续往前走，清楚地知道那十英镑迟早有一天会归她。

“我们要搬家了。”在我们享用一顿丰盛的英式早餐时，父亲忽然这样宣布。我跟哥哥相互看看，继续进食。后门打开了，八月的高温让蜜蜂一时猖獗，兴奋的嗡嗡声适时地打破了因我们的淡漠而致的沉默。

父亲看起来很失望。他原以为这个令人振奋的消息能激起更热烈的回应，他不禁怀疑是否真的了解自己的孩子，这个想法在接下来的年月里也多次困扰过他。

“康沃尔，”他满腔热血地说，还扬起双臂，就好像他刚刚射进了一球，“哇！”

母亲离开烤架，跟我们一起坐在桌子前。

“我们知道这很唐突，”她说，“但在复活节假期的时候，市面上出现一套房子，我们一下子就清楚，这是我们想要的，是我们理想中家的模样。就这样买下来了。”

她停下来，以她刚才所说的荒谬决定来唤醒我们。但没用，我们仍在恍惚中进食。

“我们需要你们的信任，就是这样。”她说。（又是那本书里的话。）

哥哥推开盘子：“好的，什么时候？”

“两个星期后的今天。”父亲带着歉意说。

“没问题。”哥哥说完，笨拙地离开餐桌，留下两片未被动过的熏肉薄片，朝楼梯走去。

哥哥躺在床上轻弹着一根绕在手臂上的橡皮筋，肌肤上渐渐隆起交错的红色条痕。

“你在想什么？”我在门口问他。

“没想什么。”他说。

“你想去吗？”我走进去，在他身旁坐下。

“为什么不？”他说，“我已经受够这里的一切了。”他转向敞开的窗户和他将要抛弃的窗外景色。从清晨开始，天就变成了深紫灰色，闷闷的。现在开始变得更闷了。

“詹妮·潘妮怎么办？”我对他说。

“她怎么了？”

“你觉得她能跟我们一起走吗？”

“你觉得呢？”他说，转向我，用橡皮筋弹我的膝盖。

“哎哟！”我说，“不太可能。”

“埃莉，她当然不能跟你走了，她住在这儿，跟她那位像牛一样愚钝的母亲在一起。”说着他又翻身面向窗户。

“我要怎么告诉她？”我说，忽然感到恐惧与不安。

“不知道。”他说着在起雾的窗玻璃上画下一条直线，“我们需要一场风暴来清洗空气，那会让事情变得容易些。”他无意提出的话似乎应验了，第一声轰轰雷鸣滚过远处的地平线，野餐觅食的鸟儿都受惊飞走了。

随即下起了倾盆大雨。雨滴大大的——几乎是雨夹雪——渗透了干燥的花园，水沟里的水很快就溢了出来，冲过堆满尘土的小路，流到泥坑里，形成水洼。一道叉状雷电照亮了天空，紧接着又是一道，直击杨树树篱间的地平线。我们看见哈里斯先生跑到晾衣绳那儿，但为时已晚，他的牛仔裤已经湿透了。我们跑下楼梯，穿过后门，又是一道闪电，同时传来消防车的声音。哥哥走到笼子那儿，将我那颤抖的兔子抱出来。

“该死的，”在我将“上帝”贴近胸口时，他说道，“我差点死在外面。”

“对不起，”我说，“真的很对不起。”

“对不起什么？”哥哥大喊。

附近人家的狗狂吠起来，孩子们尖叫着跳跃着，又欢乐又害怕。雷声阵阵，摇晃着地面。住在后面的菲斯克先生，跑出来缚牢帆布，难弄的边缘在风中翻腾着，像是要逃之夭夭。我们站在花园中央，毫无遮掩、毫无保护地看着我们所背靠和紧邻的混乱生活，邻居的生活。我们又一次看见了我们所处的生活，它完全动摇了我们的冷漠。父亲做的雪橇，我们带去了学校，所有人艳羡不已；萦绕于心头的秋千，我们在那里坐过、摔过，挥洒过泪水。我们也看到，一次次板球与橄榄球比赛磨光了最下层的草皮。我们还记得搭过的那些帐篷，在里面度过的许多夜晚——我们作为探险家，去到那些想象中的国家。忽然有那么多东西要告别。暴雨过后，破云而出的阳光点亮了我们这一方世界，我看见她就在那里。她的脸湿透了，透过栅栏盯着我看。没一点笑容。就好像她已经知道了一切。

“过去吧。”“上帝”说。

“为什么？”詹妮问，将毛巾从脸上拿开。时钟在寂静中发出清脆的嘀嗒声。她楚楚可怜地隔着餐桌看我。我渴望哥哥再次出现，将此刻令人焦虑不安的场面带回我所熟悉的样子。我的椅子越发沉重。橙汁，太甜了。我们从前的无拘无束，变成现在的局促不安。一切都变得不一样了。

“为什么？”詹妮问了一遍又一遍，泪如雨下，“为什么？为什么？为什么？为什么？为什么？”

我无法回答她。

“是因为我吗？”

我感到喉咙发紧。

“当然不是，”我说，“我的爸爸妈妈决定的。”

“你们要去哪里？”她双手紧紧抓住“上帝”，而他使劲挣扎。

“康沃尔。”

“你可能会死的。”她说着，让“上帝”掉在地板上。

他生气了，逃跑到一个盒子里。

她猛然倒下，手肘撑在双膝上。

“亚特兰蒂斯怎么办？”她问，“那些我们将要一起去做的事呢？”

“它有可能在康沃尔，”我说，“也许我们会在那儿找到它。”

“它不会在康沃尔的。”她说。

“为什么？”

“因为它不能！那必须是属于我们的一个地方。你还不明白吗？不是其他人的什么东西。”她因愤怒而跺脚，哥哥跟她玩的时候也常常能感受到她的愤怒。这是种危险而过剩的能量，会出乎意料地将玩耍转变为战争。

“不要离开我，埃莉，”她恳求，“求求你不要这样，”她又说了一遍，“你不知道会发生什么。”

但是我能说什么呢？我伸出手，姿态愚钝而夸张。

“我真的爱你。”我笨拙地说。

但这话很悲哀。

“不，你不是的！”她大喊，“你只是喜欢每一个人。”说完，她站起来拔腿就跑。

我跟着她到后面的栅栏，喊着她的名字，恳求她停下来，但她一直往前跑。她回到家关上了那扇百叶窗。她会躲在窗后不再见我，直到我离开。

我们从未要求看看照片，也没有询问关于那个村庄或我们将要去的学校，甚至是接下来的生活的事；相反，我们信任父母，就像他们所期望的那样，让他们带领我们前往一个未知的地方、未知的将来。我站在自己卧室的门口，看着整个房间，感觉很悲伤，又奇怪地超然；我把旺布尔玩偶奥里诺科[1]、梳子、照片，以及那个装着小玩意儿的盒子——它不值一文却满载着令人惊奇的回

1 旺布尔是小说中虚构的一种尖鼻子、毛茸茸的小动物，由英国童书作家伊丽莎白·贝里斯福德创作。“奥里诺科”是旺布尔中的一员，是个喜欢食物与睡觉的懒虫。

忆——统统装进最爱的背包里。我又放进了泳衣跟太阳镜，但没带人字拖，打算以后在海边再买一双新的。我意识到留下一些旧物会令我很满足。对一个九岁八个月大的孩子来说，有机会开始过上新的生活看起来并没什么特别。我披着一条海滩浴巾坐在床上，已经收拾好并随时准备离开。还剩下十二天又三个小时。我闭上眼睛，倾听海鸥的呼唤。

搬家公司完成了所有事务，专业地打点好一切，将忙乱最小化。在他们拉下卷帘门之前，我看着卡车里的东西想道，多年来我们并没有拥有太多。我们的物品少而实用，几乎都被舍弃了。我们没有演奏用的钢琴，没有让墙面变得优雅的壁画，石板地面上也没有用来增加温暖的厚重织毯——光脚的时候，冰冷而粗糙。没有能将光影很快地投射到角落里的落地灯，没有那种大大的、用来装亚麻和薰衣草香囊的维多利亚风格木箱——冬季里还得费尽心思为它除湿。没有，这些我们都还没有。要到日后才有这样的装饰。

在父亲从握手、好心祝福的人和那些带有揶揄意味的道别那里脱身后，他对我说："还有五分钟，埃莉。"我将"上帝"装进他的盒子里，放到后排座。在我用毯子盖住他时，他看了我一眼说："留下些东西在这里。你必须留下些东西在这里，埃莉。"

"但要留下什么？"我说。

"一些东西。"

我抓住哥哥，和他一起跑回空房子，我们的脚步声在裸露的地板上听起来响亮又突兀。我停下来看着四周。消失是多么容易啊。仅仅是走掉，离开这里。而这里，是我曾经的家。

“走吧。”哥哥喊，我跟在他后面。

哥哥合上小小的红色饼干盒，并将它埋在墙边栅栏下面荫蔽的地方。哥哥用砖块压在上面，又弄了些污泥与树叶做伪装。

“你觉得它会被人发现吗？”

“不，不会，”他说，“除非他们知道了……你放了什么进去？”

“照片。”我说，“你呢？”

“秘密。”他说。

“这不公平。”

“对。”他陌生地看着我。我觉得他会胳肢我，甚至会打我，但他没有。他伸手抱着我，这感觉很奇怪，就好像要跟我告别似的。

我从未想过她会来给我送行——我已经把这个期盼抛到亚麻布与浴巾之间的某个地方，但当我听到她那不规则的跑步声时，内心雀跃起来；她喊着我的名字——几乎是一声尖叫——我跑向了她张开双臂的怀里。

“对不起，我来晚了，”詹妮喘着气说，“因为头发的关系。”

我们静静地站在那儿看着彼此，害怕说出的话会伤害到对方。

“我穿了一双新鞋子。”最后她轻轻啜泣着说。

我拉起她的手说：“很好看。”她穿着一双红色鞋子，脚趾部位有小小的白色雏菊，我非常喜欢。我告诉她，那是我见她穿过的最好看的鞋子。

“我特地穿上给你看的。”她说。

“我知道，谢谢你。”我忽然感觉很难受。

“我觉得我们以后没有机会再见到彼此了。”她抬头看着我说，带着泪痕的脸蛋变得通红。

“我们当然会再见，”我说着伸出手搂住她，闻到了她头发上散发着的我熟悉的炸薯条气味，“我们连在一起了，”我说，“密不可分。”（这是哥哥在前一天晚上对我说的话。）

我是对的。我们还会再见到彼此，但只有一次——总之，在还是孩子的时候——之后，我们的生活便像河流一样各自奔流。我在车里向她招手并大喊：“后会有期，我会想念你的！”但我不知道自己在喊什么。“你是我最好的朋友！记得写信给我！”当我回头看着她的时候，我们的街道渐渐变得模糊，就像一颗在隧道里的光点，直到我们转弯的那一刻，詹妮与街道都消失了。我感到肺里的空气，连同生命本身，都被吸走了。

当我们拐离主干道和因为假日而造成的拥堵车流后，眼前被树荫环绕。我们朝着河流的方向沿单行道走，急剧地左转，再右转，跟随写着“树港”的破旧路标往前开。

傍晚时太阳依旧炎热不退，阳光穿透高悬的枝叶，犹如破碎的镜子反射出的斑驳光点轻弹在脸上。我呼吸着新鲜空气，它很潮湿，一种温热的潮湿。我想我已经能闻到大海的气息了，也许真有可能，因为会涌入下面那条小河的潮水正翻涌着。

“我们快到了。”我向后靠着轻声对哥哥说。在六个小时的车程中，他终于有兴趣坐起来了。他开始咬手指甲。

“不要紧的。”我说。他看着我笑了起来，将手从嘴巴上移开，认真地看着外面的绿色世界。我打开盒子，让“上帝”出来看看他的新家。

“你在这里会很安全的。”他悄悄地说。

在右急转弯之后，路面不再平滑，很快，汽车在碎石、沙砾和被压实的尘土上摇摇晃晃。最后，我们在一扇年久失修的木门前停下来，左边的门柱上刻着“树港”。雕刻的字迹及边缘都长满了一层青苔，它们使这些字母在暗沉的木板上呈现生动的翡翠绿。父亲熄掉引擎。我屏住呼吸，不希望妨碍到鸟鸣和森林里的生活。我仍然是一个观察者，还不是一个参与者。

“我们到啦，”父亲说，“我们的新家，树港。”

我们先是看到搬家卡车与清洁工人，随后进入视野的才是房子：大而方正，在阳光下呈灰白色，独栋建筑。房子旁边的阴影里，另有一间破旧的外屋。里面荒废的空地上，一棵小树朝着天空兀自生长。

我走下车舒展身体，在房屋的影子里感到自己的渺小。这是那种富人的房子，我站在那儿注视着它的优雅和雄伟，忽然想起，我们也算是吧。

我将“上帝”系上导绳，跟着他踏过草坪朝河流跑去，小心翼翼地踩在脆弱的停泊木板上。这些木板已经腐烂了，长年累月因为盐分、湿气和无人看顾被腐蚀了。岸边系着一条小船，漏了洞，半沉在水里，但它紧紧守着家园，犹如一位无家可归的长者。

“你觉得怎么样？”哥哥忽然出现在我身后。

我吓了一跳，迅速转过身。这里是圣灵、精灵和其他一些轻盈生物的天地，不会出现这样的脚步声。

“看！”我指着河流说，“有一条鱼！”

哥哥在码头趴下，温柔地将双手放进冷水中。鱼儿迅速地游到另一边去了。我看着他凝视着自己在水中的倒影，波纹在他指尖的转动间慢慢荡漾开来。我听见他深深地叹了口气。一种哀愁的声音。

“我多大了？”他问。

“十五岁，”我说，“还很年轻。”

一只翠鸟飞过河面，在对岸着陆。我以前从未看见过这种鸟。

五月的第一天，清晨的空气努力地想驱散我的悲伤。它吹过树林间，带来一股清新，与八个月之前的风完全不同；当时的森林静止不动且发出一股腐味，那味道就像拒绝好转的浓重云雨一样侵占了我们的房子。

数十年来，房屋一直避光，很快湿气就吸附到我们的衣服上、床上并侵蚀我们的骨骼。在一次午餐时间，我们到这儿的五个星期之后，母亲恼火地下了最后通牒：我们要么移动房子，要么移动森林。在这样不常有的时刻，父亲下了决心，出门给自己买了一把斧头。

身形单薄的父亲抓起斧头的样子看起来笨拙又凶险，他似乎受到一种炽烈的呼唤，一个人紧紧抓着斧头走进森林，没有要求任何人的帮助，也没有用更实用的链锯。这是他的任务，他说，该由他一个人完成。而哥哥则提醒我，他是在忏悔，需要到一个离群索居的地方去。

林中空地变得宽敞后，那些稀薄的橡树逐渐远离了我们的房子，同时也带走了蚊虫飞蚁。渐渐地，阳光比以往更早照射进窗台，光线穿透厚厚的树冠照射下来，一株新芽冒了头，也许是一种花——风信子？——是以前从没见过的。很快那些砍下来的树干就成了停泊木板、书架、承载我们激烈讨论的桌子，以及码头上停泊着的一艘新小船，那是第一次令我们感到惊喜的圣诞礼物。

那一周第二次，我在石墙的后面看着校车离开。父母不知道我不在车里，也不会知道，总之，要到很久之后，他们翻修着房屋，从一片灰尘和混乱中抬起头时才会意识到。他们会跟我谈谈心——他们总是这么做——但我不在乎。那之前还有很长一段时光，只属于我自己的时光。

我走进森林深处，里面的老树相互依偎着，在高空中形成了巨大的圆顶，在此之下有一股盘旋聚拢的能量，能激发一个祈祷者的千言万语。数月以来，我都在群体边缘打转，大笑着那些我从不认为有趣的笑话，皱眉困惑于那些难以克服的问题，不料那些人却在校门后面阻挡我。“去他们的！”哥哥说，但我没这样想。我希望自己被接纳。可我还是一个外人。人们不会想念一个外人。

我坐在那张父亲为我十岁生日特别制作的椅子上，抬头看着将天空遮挡得严严实实的浓密枝叶。我会一直坐着，直到暴风雨来临才返回屋里擦干自己。我从书包里取出詹妮的信，看着她那令我熟悉的笔迹。她是左撇子，信封上，字迹边有一连串污迹。我能看见墨水在她手掌与小指之间渗开来，而要是犹豫不决或心神不定，她还会把墨水蹭到额头。但那样的时刻现在应该很少了，因为她在信里告诉我她交了一个男朋友。

因为他的突然出现，詹妮只字未提亚特兰蒂斯的事，也没有说起她与我们刚刚一起度过的那个圣诞——在树港第一个难忘的圣诞节——甚至我的名字以及我们永不改变的友谊，也全然不见，都让给了那位来自间士丘[1]的男孩——戈登·格伦利。这是爱，詹妮说。我放下信，不解地重复这个词，我仿佛觉得，就像能灵巧地打理头发一样，这样的事与詹妮无缘。他们在一场葬礼上遇见，她说，现在，戈登会带她去游乐场捉弄那个在灌木丛里和自己玩耍的男人，他也会送她去学校，还会以上帝的耐心替她编辫子。而她被诊断为患有糖尿病的事，像是事后补充一般，被写在了信的结尾。她还好，她说，但她总得在书包里放一块巧克力。我想说，她总是这么做。

“今天不用上课吗？”南希吼叫的声音穿过大树。

“南希！你吓了我一跳。”我说，语气里带着告诫。

“抱歉。”她说着在我身旁坐下。

“星期二我不去学校。”

“这样可以吗？”她用脚推了推我那鼓起的书包。

“詹妮·潘妮交了一个男朋友。”

“真的？”她说，“那真是糟糕。”

“嗯，”我说道，用指尖拉起衬衫上一根松脱的线头，很快就拆掉了，“我想我不再喜欢她了。”

“因为什么？”南希问。

我耸耸肩：“就是不喜欢。”

“你是吃醋了吗？”

1　位于伦敦。

我摇摇头。“我只是想要回我的朋友，”我说，泪水在眼眶里燃烧，“否则我将会被遗忘。”

南希将车子从车道里开出来后，我在前排座位蹲下，车子在宽敞的路面上加速飞奔。

“畅通无阻。”南希说。我坐起来，看见左边有一大片金灿灿的油菜地；后面看不见的地方，就是大海。微风拍打着耳朵和头发，我大口大口地将风吞下。我们向左转入一条狭窄的单行道，在每一个转角处我都按下喇叭，警告接近我们的车子。但其实没有任何必要，我们一辆车也没遇见，除了一位女士和她的狗，我们经过时，她和它紧靠在树篱旁。我待会儿就能吃上冰激凌了，这一切都会好起来的；我很快就能吃上有两层雪花的冰激凌，自己并没有那么糟糕。

“早上好，南希。早上好，埃莉。”科普塞先生说，“有什么能为你们效劳的吗？”

科普塞先生在海滩后面有一个小小的凉亭摊位。他一年到头都开店营业，不管天气有多么糟糕。有一次南希问过他为什么不休息。他告诉南希，如果离开大海，他什么都不是。

我们坐在老地方，眺望着岩滩。海水涌上来了，从公路到海边到处都是板岩石片、海藻，以及鹅卵石。我抬头看着峭壁上的那栋房子，看起来奇奇怪怪的。三天前，一场猛烈的风暴与海浪撞毁了花园，杂草沉淀下来，一次，一只死去的海鸥掉落在草坪上。要重现那无价的海景视野，必须要擦去窗户上吸附着的盐分浮渣。

这是那一年当中最令人出乎意料的一场风暴，门、百叶窗都被不留余地地吹得脱落下来。大风汇聚在山谷间，带着它所掠取的所有生命残骸：发出恶臭的死鱼、潮湿的渔网、虾头、渔夫的小便，还有汽油味和恐惧的痕迹。一种势不可当的恶臭就像重感冒一样堵塞着我们的鼻孔。

“那是一场邪恶的狂风。”母亲说。父亲也赞同，小心翼翼地在难闻的空气中放了一个屁。

“南希，等等我！”我边喊边跑在她后面，在崎岖的海滩上蹒跚追赶着。南希带着一个帆布工具包，里面因装满石子而发出沉重的咚咚声。我不知道她为什么有这样的包，我本可以问她，但更愿意等待：她总是充满惊喜，而这天也将会变成有惊喜的一天。她在最远的一座峭壁阴影中停下来，解下包，随后取出一把木锤与凿子，费力地擦洗着一块像碟子一样大的深色厚石片。我协助她一起完成，很快，我们身边就有了一大堆像薄饼那样的石片。她坐下来，拿起最上面的一个石片，放置在她脚边一侧。

“好了。”她说着，谨慎地将凿子对准石片。敏捷地轻敲两次后，两片锋利的石片像一本书的两半那样摊了开来。

“什么都没有。”她说。

“我们要找什么？”我兴奋地问。

“找到的时候你就知道了。”她说着又拿起一个石片放在合适的位置上。

三个小时之后，岸边的潮汐随着南希的心情一同转变，一种失败感和受挫的热情交织着，就算是新鲜出炉、夹着果酱的司康饼也无法鼓舞她。她被一堆堆薄碎片与未获得回报的努力环绕着，没能那么幸运地找到她寻觅的东西。她站起来，说到此结束了。

“再试一个，南希。”我拿起最后一个也是最小的碎石说，“来嘛，再试一个。”

没有任何迹象表明这一个就会有所不同。木锤以同样的力道下落，凿子也保持着完美的精确度。没有什么不同，除了南希的表情之外，因为当我们把石片撬开后，她明白自己找到了。在碎石的中间，蜷着一个盘成螺旋形的化石印痕，它来自另一个时代，几乎与这个世界一样古老。我喘着气，手指轻快地一圈圈抚摩着它的螺旋槽，随后紧紧把它攥在胸前。

“埃莉，没有什么东西会被长时间遗忘。有时候我们只是需要提醒这个世界，我们与众不同，我们仍在这里。”

1979年5月2日

亲爱的詹妮：

听到你很快乐，我很开心。感觉上，戈登人很好，有人能陪伴你我也很高兴。我比任何时候都更想你。我不喜欢这里的学校，目前还没交到新朋友，但我想，我再也认识不到像你这么好的朋友了。这是我在海滩上发现的化石，它让我想起你。南希说这化石很罕见，也很珍贵。她总是能说出好的一面。我希望你会喜欢。替我保管好它。

爱你。

你最好的朋友，

埃莉

另外，很抱歉你得了糖尿病。

不止一次，父母跟我们说到他们对床和早餐的计划，不止一次，他们透露出想要为那些通常不会与我们共享生活的人提供住宿的反常欲望。随后，我们就看到了杂志上登出的那则生动广告，它及时赶上了夏季旅游季。

“那么，你们觉得怎么样？”他们说。

上面有半页是我们心爱的家的照片，旁边醒目地写着“田园般、特别、宁静”的字样——一个我们费心费力地耗了近一年的精力，才变得田园般、特别、宁静的家。

“我们是需要钱吗？”哥哥轻声问道。

“不是，当然不是。”父亲说，“这么做不是为了钱，纯粹是因为我们有这个能力，并且这会很有趣，是一场冒——险。”

我以为只有幼儿园的老师会这样说话。

“想一想那些我们将会遇见的可爱的人。”母亲说着，双手紧紧握住脖子上那条粉色石英片吊坠，那是她在圣奥斯特尔[1]的黏

1 康沃尔第一大镇，旅游业发达。

土矿上发现的。

我和哥哥看着彼此，想象着陌生的先生与太太举起杂志广告说：“亲爱的，看看这个房子，看起来真不错，我们到那儿永远住下来吧。”

我伸手去抓哥哥的手，但他已经在咬手指甲了。

第一对客人是卡特先生与卡特太太，我们刚为浴室涂上密封剂，他们就开着一辆米黄色的玛丽娜轿车[1]停了下来。母亲猛烈地挥动一瓶香槟迎接他们，就好像手里握的是父亲那把斧头。

听到母亲大声说“欢迎光临！你们是第一对客人！”时，他们后退了一步。随后母亲带他们走进客厅，介绍乔跟我。我只是嘴里嘀咕着挥挥手，因为我们之前就决定了，我要假装失聪。

“阿尔菲！”母亲突然在走廊大声喊。父亲穿着一条劣质的红色运动短裤慢跑进来。他还不如就光着身子走进来，反正也一样令我们这对客人感到不适。他微微弯腰，伸出手，发出一声拉长了尾音的“嘿——”。

“亲爱的，要香槟吗？”母亲问，并递给他一个过大的香槟杯。

“那还用说。”

哥哥跟我相互看着，嘲笑他那“那还用说”以及“嘿——”的说话方式。

“这滑稽的模仿作品怎么样？”父亲举起《卫报》，给他们看玛格丽特·撒切尔的照片，“已经在任两个月了。”

“事实上，我们都认为她非常了不起。”卡特太太用一种清

---

1 莫里斯·玛丽娜，英国兰利汽车集团旗下品牌。

脆的河口口音[1]边说，边用力调整着内衣肩带，“她干得很好。”

“我也确信她会做得不错。”母亲看着父亲，坚决地说。

“如果你们需要什么，尽管问，不要客气。”父亲说完，喝下一大口批量打折买回来的酩悦香槟[2]。

“事实上，我们现在最想先洗个澡。”卡特先生说着，将满满一杯未喝过的香槟放到桌面，摩擦着双手，感觉肥皂已经在他掌心里了。父母都呆住了。

“洗澡？”父亲重复，那语气就好像他不确定洗澡到底是一个什么东西。

“是的，洗澡。”卡特先生清晰地说。

“对。”父亲拖延着时间，但也无法拖延到三十五分钟后才说出那个词。

“事实上，你们知道什么比洗澡更好吗？”母亲无缝地接过话来。

“淋浴？”卡特先生说。

“不，”母亲说，“是到花园看一看。”于是她带领着两位疲倦的旅客到河岸去，但他们脸上尽是困乏与无趣。密封剂一干，母亲立即握起他们的手，热情高涨地说：“洗澡时间到啦！”卡特先生与卡特太太惊恐地看着母亲，以为她要加入到他们当中。

他们没有恶意，只是不想跟我们扯上关系，想要待在房间里拥有一些私人空间。不管天气如何，他们总是起得很早，每一天

1 也称港湾英语，英国东南部或泰晤士河一带的口音。

2 法国香槟品牌。

都吃同样的早餐。母亲的麸片与橙汁从来无法引起他们的注意；父亲在晚上九点后也从来不能动摇他们。他试着在晚上看电影、打牌，或者品尝红酒，但没有任何东西能让他们从舒适的二人世界中脱离出来。他们不是父母期盼的客人，他们本来渴望客人都能成为朋友——一个天真而不切实际的渴望——但他们多年来一直坚持怀此渴望。

“埃莉，为什么卡特先生跟你讲话时又慢又大声？”有一天早上我帮母亲洗餐具时，她问我。

“他以为我是个聋子。”我说。

“什么？为什么？”母亲把我拉向她，我依偎在她柔软的怀抱里，“人与人之间是多么不同又不可思议，不是吗？埃莉，永远记住，不要放弃任何人。”

我当时并不真的知道她的意思，但我答应说我不会的。我就像一只饥饿的飞蛾紧贴在她身上，她的衣服飘散出来的香气让我一生怀念。

事情发生的那天，只有我跟哥哥两个人。父母去了普利茅斯预订炊具，留下我们去海滩捡一些有用的金属碎片与贝壳制作风铃。那天早晨，万里无云，一派朦胧的纯蓝使万物沉眠，连歌唱的画眉也静下来了。

起初我听见了一声尖锐的刹车声，而不是被重击的碰撞声。你知道，“上帝”太小了。卡特夫妇都没看见他，车轮就这么碾了过去。哥哥用他最爱的丹宁衬衫——南希在美国给他买的那件——盖住他的身体。他看起来就像被遗弃的包袱或者商品，被丢弃在小路一边。

“我真的很抱歉，”卡特先生从车里下来，“我没有看见它。”

“它”。卡特先生说，而不是“他”。

哥哥用衬衫将“上帝”裹好，站了起来，就像抱着一个婴儿那样慢慢靠近我。“上帝”的体温仍然很暖，圆圆胖胖的身子原本结实得很，现在却软绵绵的；他成了一只失去了灵魂的生物。我抱着他，能从衬衫感到他的温热一直蔓延到我腿上，当我低下头看时，脚上全是他的鲜血。

“我能做些什么吗？”卡特先生说。

“你做得已经够多了，”哥哥说，“结账然后离开。”

“离开？”卡特先生说，“你不认为我该先跟你父母谈谈吗？”

“不，眼下不需要了。”哥哥拿起父亲的斧头，“他妈的滚吧，你就是一个谋杀犯，我们从来就不想你来到这里，滚开，立即滚！我说立刻滚！”

卡特先生跳进车里。

我看着那辆米黄色的玛丽娜噼啪地滑进那条满是石砾的小路，齿轮在一挡和四挡之间全力转动，直到它在弯道消失，留下难以自抑的我们。哥哥放下斧头，双手颤抖着。

“我不能忍受任何人伤害你。”他说着，随后走进棚屋里找盒子。

第二声铃响时，她就接了，仿佛她知道我会打电话，仿佛她一直站在电话旁等着我；在我还没说什么之前，她就开口说：“‘上帝’去世了，是吗？”我从没问过她是怎么知道的——也不愿去追问——于是坦诚地说："嗯，他死了。"立即向她说了来龙去脉。

"埃莉，这一篇章结束了。"她只说出了这句话，她是对的。有"上帝"的生活对我来说有着深远的意义，而现在他的去世也是如此，给我留下了无法填补的空洞。詹妮·潘妮总是对的。

黑暗中，我躺在床上，哥哥走进来说："他回来看你了。"他还有脉搏，真是不可思议，哥哥说。他把兔子放到我手里时，我才感受到。他的脉搏是真的在跳动，上帝睁开了眼睛，用爪子抚过我的脸颊。

"他回来跟你告别。"

但我脑海里一直想的是，那他就应该留下来。

翌日，母亲温柔地对我说："你想要将'上帝'埋在一个特别的宠物墓地吗？"

"为什么？"我问。

"那样他就可以跟其他动物在一起。"她说。

"事实上，他并不喜欢其他动物，"我说，"我想让他火葬，保留他的骨灰。"

尽管在70年代末这是一个不寻常的要求，但母亲一直在这个地区搜寻兽医诊所，直到她找到一家同意这么做的。

追悼会很小也很私密，我们在他空旷的笼子边围成一团，每个人都说着美丽的悼词。南希写了一首名为《当你认为这一切都结束之后》的诗，相当好，特别是最后两行，她念起来就像在舞台上一样充满戏剧感："如果你觉得看不到我，那么请闭上眼睛，我就会出现在你面前。”南希对这方面的事情很擅长，她总是能在追悼会或其他改变人生的场合上说一些恰当的措辞，让人们好过一些。她参加过不少追悼会，她的大多数朋友都觉得追悼会上不能没有她。她能记得别人忘记的东西。她记得安迪·哈曼在塞尔弗里奇百货遇见了妮娜·西蒙尼，并提议与她到“天堂”唱一曲二重奏，只要她那周能大驾光临，来一下维利耶尔街。她也记得鲍勃·弗雷泽最爱的歌是《麦克阿瑟公园》，而不是大多数人以为的《我爱你，宝贝》，以及他最喜爱的花其实是郁金香——但凡有自尊的同性恋都不会承认自己喜欢的花。她对我说：“记忆，不管多么细小或者微不足道，都是定义我们的篇章。”

乔说的话我很喜欢，他说“上帝”不仅仅是一只兔子，而更像是上帝。父亲也谢谢“上帝”的陪伴，使我这些年过得很快乐，这话让母亲流泪了，我从未见过她这般哭泣。后来，父亲说那是因为她仍然在跟她的父母告别。

母亲将“上帝”的骨灰放进一个法国薄荷糖罐里，用一根红色的橡皮筋将它紧紧封闭。

“埃莉，你打算把骨灰撒在哪儿？”她问我。

“我还不太确定。”我说，“一个比较特别的地方。”

在还没决定之前，我将骨灰放在梳妆台上，挨着我最爱的梳子。到了晚上，我看见有光芒在我漆黑的卧室中轻轻舞动，我知道，那一定是他。

“来。”哥哥说着，第一次将舵柄交给我。前方就是河流分支，我操控着方向，让船往左边去。河流在这里开辟出了一片茂密的林地，长满了矮小的橡树、山毛榉和美国梧桐。令我惊喜的是，这里还有一群加拿大黑雁，它们排成独特的队列急速地游走。

很快，河道变窄，水流湍急，外悬的枝条上挂着因为之前涨潮留下来的杂草与漂浮残骸，密集而多节的根茎攀爬在泥滩上，就像饥饿的蛛形纲节肢动物。我从未想过会有这样一段河流，它让我的想象力好似拴紧的绳索一样紧绷。

“很好，”哥哥说，“你做得很好。就待在中间，让船在水深的地方行进。”我继续往前，偶尔听见船体与浅滩碰撞的声音。

我将手窝成杯状，放在眼前。阳光穿过水面，照亮大小不一的泡沫。这是夏末的一天，大自然与哥哥都有所回应。他在船板上躺下，将渔夫帽挡在脸上。

他慵懒地说："到了之后叫醒我。"他的举止让我感到自己责任重大，不确定是否能安全返回。

我看着他打瞌睡。这些天他似乎长大了很多，比我大得多，就好像他一直在这片风景中成长，也能够一直生活在这里。但明年他就要离开了——一个突然的决定，他将到伦敦去完成学业。

我看着手表，时间尚早。我们要为晚餐去购物，但客人在几个小时内不会回来；于是我关掉引擎，让船只随着水波漂荡。我躲开树上的枝杈，它们伸出来的角度有些危险。我听见岸边传来鸭子微弱的嘎嘎声。

"还顺利吗？"哥哥躲在帽子下问。

"很好。"我说着，拾起一支船桨以提防在浅滩后面忽然出现的海豹。

一只秃鹰在炎热的高空飞翔。我看着它在一片粉色与紫色的欧石南花丛前盘旋，随后猛扑向山腰间，再出现的时候，爪子紧紧抓住一只受惊的野鼠。

一条灰色的胭脂鱼游向船的一侧，寻找同伴。它很大——我想，该有四到五磅重——和哥哥在我们刚刚来到这儿的第一个秋天里抓到的那条相似。

他十分乐于取出鱼儿的内脏，先用刀切开鱼鳃，然后沿着鱼腹割下去。被丢掉的那些内脏顺流而下，很快就会被一只耐心等待的苍鹭捷足先登。哥哥将一个细小的半透明球状物放在我手掌上。

"这是它的眼睛，"他说，"就算它死了，也还能看见。"

"闭嘴。"我说着将那颗眼珠弹到水中。

他咧开嘴笑，看起来比过去几个星期更开心了。我们在码头附近临时生起火煮鱼，我说，如果我们现在遇到了海难，我们也能够自行解决问题，不再需要任何人了。他微笑着，但他的眼神流露出他需要那个人。没有什么自我满足能驱散他心中对我们都不再去谈论的那个人的渴望；那个人曾让他破碎不堪。他心里永远缺失了一片，没有谁能够填补。

我将船停靠在树枝下面，在前方的灌木那儿，我看到了西洋李子。我和妈妈很快就能做果酱了。我很喜欢做果酱。它代替了课业。

“乔，”我说这话的时候完全没想太多，“查理会喜欢这个，不是吗？”

“滚蛋，埃莉！”他忽然站起来，我被他的尖锐吓退了两步。

之后我失去平衡，跌倒在船一侧，弄丢了舵柄，受伤了。肩膀很疼，我捂着胳膊，用力揉搓，忍着眼泪让它倒流进喉咙里。我期待哥哥能看到我，过来帮我，但他没有；相反，他像凝望着太阳一样渐渐眯起眼睛，仿佛宁愿失明也不愿看到我背叛的脸。没有了舵柄，船只漫无目的地漂荡，挤进了铺满鹅卵石的浅滩。

“看看你干了什么。”他说。

“对不起。”我仍然揉搓着胳膊。

“真是蠢。”

说时间能让他痊愈那完全是谬论。时间仅仅让他隐藏起来，将过去的经历收纳在文档里并标上“查理和他”。

我们安静地等待涨潮，我轻轻摩挲着眉毛上的伤，发誓不再提起查理的名字。对我来说他已经死了。他再一次从我们的生活中消失了，进入了我们的失忆区。然而，十二月的那个晚上，他出乎意料地回来了，他的名字突兀地再次出现却不是因为我们。

雾凇清冽的味道惊醒了我，我迅速起身关牢窗户。我看着外面一片奶白色的景象：纯洁无瑕，寂静无声，奇异地一尘不染——除去一只为了生计找寻食物的孤燕蹒跚的痕迹。冬天已经来了，那天清晨恰好穿过这片尚未准备好的山谷。万物都变得缓慢。动作、思想，甚至是呼吸。直到有人尖叫着喊我的名字，就像一把锯子切断了这片白茫茫的景象，让我恐惧地迅速跑下楼。电视里正播放着：

> 这位十六岁的男孩名叫查理·亨特，资料已被证实。他大概在晚上十点被绑架，当时，戴面具的男子闯入贝鲁特市郊外一栋被认为很安全的房子内。他同他父亲——迪拜一家美国石油公司的高管——在一起。他们当时正探访好友。事发后一封勒索信留在了现场，但目前还未得到确认。没有组织宣布对此次绑架负责，我们也无法确认这次绑架是出于政治原因还是财务需求。若有进一步发展，我们会跟踪报道。

画面忽然切换，播报员开始谈论燃料的价格。父亲调低了电视音量，屋里一片寂静，只有电视画面仍在我们脸上闪烁着。

“老天哪。”南希说。

“我无法相信，”母亲说，“查理？我们那个查理？”

“前锋的查理？”父亲说。

“是乔的查理。”我带有支持意味地说，却得到相反的效果，乔跑回房间去了。

“我来吧。”南希站起来，跟着乔。

她坐在他的床上。

“我希望他死了，南希。”哥哥哽咽着说，“我总是希望他已经死去，就像戈兰先生一样。”

我站在门后看着他们。等待着一句能缓和当时处境的指令，或者一份只有我能做、类似让我从房间跑到厨房的差使。但什么都没有。

“你在说什么？”南希轻轻地问。

“现在这个想法可能会实现。”乔说。

“不会的。”她说。

“我怎么能有这样的想法？”

“我们只是这么说，”南希说，“并不真的希望那样。只是因为伤痛、愤怒、疲倦和其他更多糟糕的事。这并不代表事情真的会发生。你还没有那个能力。”她亲吻他的额头。

“我什么也不在乎。他不一定要属于我，我只是想他能被找到，希望他安全，就这样。他不一定要属于我。”他将枕头挡在脸上，我听见他喊，“请找到他，啊，上帝啊，请找到他。”

我先是闻到了妈妈的香水味，随后转身看着她犹豫不决地走上最后几阶楼梯。她跟我一起站在门外，我们恰好都听到了他的真心话。

他将枕头从脸上拿开：“我真的很爱他。”

从大报到小报，查理那张斑驳不清的照片都很抢眼，要不是因为这样的机缘，能再次看到他，看到那张黝黑而英俊的脸庞在海滩边微笑着，真的很开心。只要他们的心没有经历那么多坑坑洼洼，我们有一天也许会再次前往那一片海滩。他看起来很高兴（比我们高兴），浑然不觉他所经历的暴力与侵害。我在猜想绑架他的绑匪认为他值多少钱，换作是我父母，又会认为我值多少钱。如果价值与善良、用处或给人们带来好运这类的事有关，我想我年纪更小一些的时候也许会更值钱一些。

当天晚上，我躺在床上聆听猫头鹰的鸣叫。我看见查理在漆黑的地下室里，被绑在墙上，周围都是骨头。地板发出阵阵恶臭，还有一杯脏水。所有东西都在黑暗中蔓延，黑暗的背面闪烁着绿光。我听见了圣歌，一个祈祷者的呼唤。一阵尖叫。我坐起来，原来是一只狐狸。

他们切下了查理的耳朵，用手帕包起来，送到他父亲的公司去，并说将会在圣诞节切下另一边的耳朵，接着是他的手。

“南希，你觉得一只耳朵有多少价值？”我轻声问道。

“一切。”她说着，将我们都不太喜欢吃的奶油在蛋糕中分层铺开。

我们日夜守在电视机前，轮流转换在那段时间里让我们不适的新闻。学校对我来说处于次要地位——在新学期到来之前，我不再返校，我们的日常事务也被遗忘了。两位客人离开了，很开心的那种客人，就像我们的装饰品一样显眼、俗气廉价、不合时宜，我们像无视圣诞季一样无视他们。

“在别的国家发生什么事跟我们也没多大关联，不是吗？”他们说。

“怎么没关联？”父亲一脸疑惑地说。

母亲告诉他们早餐和其他需要的东西都可以自由取用。他们没客气，但离开的时候没有付钱。

哥哥不再进食了，没有什么诱惑能撬开他的胃，他从一个房间到另一个房间，踱来踱去。因为寒冷和对将要来临的事的恐惧，腰弯得更厉害了。他逐渐萎缩，内疚正侵蚀他，只有父亲明白那种心情的力量。

我大步走过草地，像早晨的太阳照进森林里，无礼地打扰冻霜，恼火地唤醒万物。空气中有一股金属的气息，一种令人满怀期待的气息。我跑过生长在树下的矮灌木，令我惊讶的是，松鼠与鸟儿都仍在昏昏欲睡。我慢慢坐下来，身子打战，从口袋里拿出罐子，拆下橡皮筋。我撬开盖子，往里看了一眼。没有薄荷糖的气味，也没有别的，只有骨灰。我无法像一个祈祷者一样思考，也无法歌唱，我只是将“上帝”的一生抛撒在这片草地上。

“求求你找到他，”我说，“求求你找到查理。”

那是十二月二十三日中午。天气寒冷阴沉，整个村庄都被一则消息唤醒了：一艘小渔船被岛上的岩石撞漏了。我和父母在海岸边看着营救。母亲拿来了瓶装茶和温热的水果烤饼给那些救援者与围观者。我们看到海鸥奇怪地盘旋，充满攻击性，它们的出现给我们带来令人厌恶的不祥之兆。

我们一路心思凝重地开回家，高涨的潮水和浪花一路推着我们回家，到码头停靠，走上草坪的时候，南希和哥哥尖叫着朝我们跑来。

我们跑进屋里，电视已经打开了，母亲当即流下了眼泪。查理看起来在颤抖，但还是那个他，一样的查理。他的头发长了，十分邋遢，深陷的双眼仿佛刻意躲藏在刘海后面。没有任何采访。相反，他被一张毯子遮蔽着，被塞到了一辆车里，媒体报道含混不清，关于他的释放尚未有任何细节报道，尽管有一天我们知道绑架花掉了一百万——不知怎么那听起来还算公平。之后，他再次从我们的生活中消失，但这一次不是从我们的记忆中消失。他的名字时常出现，哥哥因此恢复了笑容，他慢慢放下了查理被作为人质的过去，也放下了多年来的忧伤。他放下一切，允许生活的可能性再次走进他的生命中。

圣诞节早上，我看着窗外的草地，想象着草地上覆盖了一层厚厚的积雪，但事实上那不过是在河谷中翻腾的薄雾，就像白色的风滚草。我爬下楼梯偷偷看了一眼起居室，圣诞树下堆满了礼物。柴火留下的气味仍然未散，这种气味使我感到饥饿，我到壁炉去看看还有没有胡萝卜肉馅饼，还有雪利酒是否喝光了。酒还剩半瓶，于是我甜丝丝地一口喝光。

我徘徊在厨房里，想要去拿些小饼干，就在我离开角落时看见有什么东西在草坪上移动。我感觉很有可能是一只比鸟或者松鼠更大的东西，于是我迅速穿上防水长靴，拿走挂在后门上的父亲的旧工作服，走到寒冷的清晨中。草地上的雾气在我膝盖的高度盘旋，我发现在模糊不清的团团雾气中所有东西都难以辨认。之后我看见了。它跳出薄雾外，在离我十码的地方停下，突出的脑袋与栗色的皮毛、长长的腿和白色的尾巴尖都似曾相识。

“我就知道你会回来看我。”我蹲伏着走近它，但它立即躲开了。我倏忽间明白了。这是一个协议，与哥哥的约定相似：我在这里，但我不属于你。之后那只兔子窜进了森林，像一场被中断的梦一样迅速消失了。

1980年到来了，父母最终也有了一些年复一年回来找他们的客人，那些人多多少少都有着跟我们相似的地方：有用而不切实际，任性而平凡。

我常常想，一般人从来不与我们待在一起，如果在一起，肯定也不会超过一个定会让他们瞠目结舌的夜晚。母亲喜欢这种季节性的“潮起潮落”，众多熟悉的面容此起彼伏，给我们带来新的故事与新的欢乐，推动我们停滞不前的日子。我们的生活如同潮汐，友谊、金钱、事业、爱情，没有什么事情亘古不变。

我第一次看见阿瑟·亨利先生，是在夏季里晴朗的一天，他当时正大步跨过村庄，留下大张着嘴的康沃尔人八卦他多彩的衣服。他当时穿着亚麻灯笼裤——一件黄蓝相间的条纹衬衫，领口系着有白色圆点的粉色领结——那领结太大了，几乎遮住了他的脖子。他一手携手杖，一手拿报纸，苍老的肌肤散发着香甜的植物气息，不时得扬手拂走那些慕香而来的黄蜂。我一直跟着他走到了游乐场，他忽然走进去玩弹珠球，而我极其不情愿地把自己的一天就这样交付给他。我看着他慢悠悠走近码头，靠近捕蟹小船和船夫身边。我看着他穿梭在手里握着烟和拉格啤酒[1]（而不是孩子的手）的人群里。他属于另一个时代，一个更有教养的年代。他的优雅与时髦充满了诱惑力，让好奇的我着迷了好几天。

再一次看见他是在森林里。他当时正高声与自己对谈（后来我知道那是在朗诵莎士比亚的作品），像一个上了年纪的精灵在这片偏僻的碧绿林地上不害羞地跳舞。这种舞蹈不是为了取悦观众，样子狂野而又稚气，起源不明。他穿着跟上次同样的衣服，但原先光亮的布洛克皮鞋[2]换成了步行鞋，手杖换成了一小片树叶。

窥视他的私人时刻令我感到羞愧，出于良心，我从一棵树后面走了出来，对他说："先生，早上好。"并以超出我年纪的自信伸出手来。

他脚尖旋转到一半，停下来笑了，上气不接下气地说："早上好，小姐。"他过来跟我握手。近距离观察下，他看起来更老，但也不是很老，大概六十岁，因为他的肌肤有保养过的光泽和早已被遗忘的浮华的痕迹，从前镜中的他，必定闪耀着日出的光辉。

"我喜欢你的外套。"我说。

"很高兴你这么说。"他说。

"这是我的森林。"我说。

1　一种桶底酵母发酵，再经过低温储存的啤酒。

2　欧美男士们经典的尖头内耳式平底粗皮鞋，是绅士的象征。

“现在还是吗？那我就是一个侵入者，还须获请你的仁慈。”他在我面前鞠躬。

我咯咯地笑，从未见过有人说话能如此富有表现力，以至于在我第一印象里，他很有可能是一位诗人。

“你住在哪里？”我说着，在长凳上坐下。

“我待在一家提供住宿与早餐的家庭旅馆，就在河流后面，东边。”他在我旁边坐下，我感受到了他疲倦但振奋的气息。

“啊。”我点头，假装知道他所说的地方。

他取出烟斗，安逸地放在唇齿之间，然后点燃一根火柴在斗钵上，用力地吸了一口，一阵带有果仁般香甜味道的烟雾从他嘴里飘散开来，让我感到饥饿。我想到那天早上母亲和我制作的那些小饼干——巧克力手指酥饼，我都能从我的羊毛衫上闻到烘焙的气味。我开始流口水，霎时一心想着回家去。

“我住在一栋白色的大房子里，就在另一边。”我指着大概方向，希望他有印象，因为我很期待他能有印象。

“我有印象。”他说。我感到脸红。

“我的房子也是提供住宿与早餐的家庭旅馆。”我说。

“现在也是吗？”他问。

“如果你愿意，可以跟我过来看看。我们有一些空房。”我说。

“可以吗？”

“如果你跟我们住在一起，就可以随时享用这片森林。合法地。”我说。

“现在可以吗？”他微笑看着我说，我即刻读懂了他的微笑意味着什么。

母亲从一开始就很喜欢阿瑟。她很满意他的光临，并允许他修缮她习惯多年的脆弱。她想念那种有长者引导的生活，有一个能在每段时期保护她远离那面“致命之墙”的人，一个能单纯地告诉她一切都会好起来的人。而他做到了，所有一切，从他到来的第一天开始。我们都不曾料想，当他扬起帽子向我们说“你好”的时候，就注定了一份丰厚且持久的感情。父亲两天前刚刚收拾过外面的小屋，阿瑟提前支付了一个月的费用，就在里面安顿好了自己。房子里令人感到恶心的油漆味还在，但这对阿瑟·亨利先生来说非常新奇，没有任何不适。走进新家时，他张开双臂高呼：“天赐的福气！”（我很快就把它作为一个我最为钟爱的词，纳为己用。）

“你觉得肉馅土豆饼怎么样？”在学校监管用餐的布伦达女士说。

“天赐的福气。”我说，代替了平日里的“不错”。

“没必要刻薄。”她说着将我盘子近旁一勺诱人的豌豆拿了回去。

阿瑟住进我们房子时已经退休了，在此之前，他曾于学术界和外交部门轮流任职。他其实很有规矩，只不过隐藏起来了，在人们面前显得漠不关心。但他确实会关心，对很多事都是。他每天早上六点钟准时起床，漫步到码头去观察大自然持续变幻的特征。他喜欢观察一些细微的事物，一些独特的东西：他会留意一只胆怯地出现在河对岸的小鹿身上新添的花纹、一棵破土而出的小树苗，也会留意黎明前最后一颗消失的星星（总是在那棵高大橡树的右边）。他打开了我的视野，每当我说自己感到无聊时，他就会牵着我到河边，教我用深情且惊叹的语气描述我所看到的一切，直到我内心重新激起对生活的热情。

他常在小屋外面的草地上练瑜伽，最大限度地扭曲四肢的同时，他还能保持冷静与专注。他说自己是在艾哈迈达巴德[1]的圣雄甘地修道院开始学习瑜伽的，因为好玩，会在燃烧的热炭地上行走来锻炼自己的专注。因为他的双眼总是闪闪发亮，没人知道他夸大真相是不是也像拉伸身体一样容易。但我清楚，我总能分清真相与虚构之间的区别。他的语调里有微妙的变化，只有我能察觉到他跨越这两种状态时的共鸣。但从根本上来说，有谁在意呢？他常说真相总是被高估的，从来没有人会因为道出真相而赢得奖赏。

一位瑜伽修行者曾经告诉了他他准确的死亡时间与环境，他据此掐指算出自己的钱财与呼吸都用完的那一天（尽管他告诉我他允许自己多留出五天的费用）。

“阿瑟，你打算怎么死呢？告诉我，你打算用怎样的方式？”

那一年，每一个星期我都问他一次，直到最后，他说：“带着笑脸离去。”一句很没劲的揶揄平息了我残酷的热情。

在他还剩下的那些年里，他打算写回忆录，再一次体验他所说的“无力的安宁”。都是关于旅行的故事：生动地详述一位绅士游历世界上那些厕所和地下酒吧的事迹。在他笔下，这些事还换了一个模样，成了针对不断变化的社会样本的有趣记录。你很快明白，阿瑟·亨利总是在恰当的时间出现在恰当的地点。当罗

1 印度西部城市。

莎·帕克斯[1]拒绝让座的时候，阿瑟刚刚走下巴士；当约翰·肯尼迪遇刺时[2]，他正在达拉斯，和一位联邦调查局特工躲在一间中档汽车旅馆里。阿瑟对那个男人爱慕不已，却只知道他名叫斯莱。当新闻里说起那致命的一枪的声音穿过薄墙时，斯莱像遗弃一件睡衣般抛下他，留他孤单一人，手腕上还留着调情用的手铐。翌日早上，清洁工发现了他，这个女人对他赤裸的身体好像习以为常，只是坐在他旁边哭泣，说肯尼迪曾经是她的美国梦。显然，阿瑟也是一样。

在周末和假日，我提供渡船出租服务，这是一种在村庄里保证我有零花钱的方法。我喜欢让阿瑟乘坐渡船，最近我也被允许出海，我们两个从海港进入无冰水面，沿着高低不平的海岸线到泰兰德[3]再返回。我开始学会解读海鸥飞翔的模式和海洋空气那种带着侵蚀性的气味，预先感知到大浪大涌。阿瑟以前从未钓过鱼，这是我人生中第一次能传授给他事情，因此我满心骄傲。我开始解开羽状的橙色系桨绳索，答应母亲我们会为当天的晚餐准备好马鲛鱼。

“阿瑟，只须让渔线绕过手指，”我说，“当你感到有拖拽感，就开始大喊并把渔线拉回来。”

“埃莉，”他说，“我要大喊了！”

1　黑人民权行动主义者。1955年在一辆巴士上被司机要求给白人让座，她拒绝了，并因此遭到监禁。1956年美国出台《民权法》禁止种族隔离与歧视，帕克斯从此被称为美国“民权运动之母”。

2　约翰·肯尼迪于1963年11月22日遭枪击身亡。

3　位于康沃尔郡南海岸。

在这个节日季，游船时间很丰裕。我在前方仔细观察水面，寻找安全航线，避开在假日里心绪不定、游移不稳的那些船只。我往下看，水中有崎岖的岩石倒影，就好像正等待的鳄鱼。上一个星期，我在这里抓到了一条鲈鱼。足足五磅重的挣扎和恐惧，但我还是一个人将它钓了上来并卖给了码头附近的一家餐馆。但今天不钓鲈鱼，我们的目标是马鲛鱼，所以需要到水更深的地方。我启动了引擎，阿瑟抓紧橙色绳索，面对任务他从来不会转移注意力。很快我们就出海了，越过岛屿，前往那清晰的海平线。

“你为什么不去上学？”阿瑟问，试图点燃他的烟斗。

“我去的。”我说。

“哦，算了吧，”他说，“你并不是经常去。”

“不需要。”我说，“我在这里能学到所有我想知道的。在大海里，在森林中，还能创造些东西。我可以制作果酱，也可以在森林里找到食用菌。我可以完成任何事，面对意外的灾难，也能确保自己存活。”

“那你期待那意外的灾难来临？”

“阿瑟，我只是说我准备好了。”

阿瑟想了一会儿，深深地抽了一口烟，那香甜的坚果味气息随风飘向我，我张开嘴巴，大口吞下浓厚的烟雾。

“大自然是伟大的教育家，但不是唯一的教育家。不参加学校的课程是你的损失。”他说着躺下，将钓鱼线稳固地放在脚底，“不要太迟了，埃莉。不要错过受教育的机会，即使年少时可以后悔。”

“我喜欢学习，”我说，“只是不喜欢学校。我曾经很喜欢，现在不一样了。阿瑟，我还想有玩伴，但班上的每一个人都急着长大。他们告诉我，我跟他们不一样。我知道。但跟他们在一起的时候，这种感觉不好受。”

“我就不一样。”阿瑟说。

“我知道，但你的感觉是对的。”我俯下身子将手垂在冰凉的水中，“我很难过，因为我很不受欢迎。”

“亲爱的，受欢迎这种事呢，有着太多被高估的成分。”他看向远方说，似乎迷失在他自己的一个私密世界中。

“什么成分？”我有些困惑地问道。

“你多大了？”他问。

“快十二岁了。”

“埃莉，不要停止玩耍。”他边说，边用一张他前一天晚上熨烫过、硬挺的白手帕擦手，“不要停止玩耍。”

我改变方向，转离岛屿，向更远处前进。我们吃力地漂流着，轻柔的引擎声听起来有些紧绷。

“阿瑟？”我用一只空闲的手挡在眉前，“不用担心我。最后我总会没事的。你知道的。”

他拍了拍膝盖说：“埃莉，我在你这个年纪也说过同样的话，看看现在的我。”

“很好，很不错啊。”我笑着说。

“这样吧，”他陷入更深的思考当中，“事实上，你母亲想让我问你一些事。”

“哦？”我说着，在一个锁定的位置调整舵柄，解开另一根钓鱼线。

“你喜欢在家学习吗？”他说。

“谁教？”我猜疑着，同时系上最后一个结。

“当然是我了！”他说，那烟雾飘散到我脸上，我咳嗽了一声。

“我会从普通水平开始教你。英文——文学和语言，数学运算，地理，当然，还有我最爱的历史，以及法语和德语。你的母亲在村里认识了一位朋友，可以为你提供艺术方面的支持。那么，你觉得呢？很显然，这没得谈，而且你必须十分努力。要还是不要呢？”

“要。”我迅速回应，没注意挂在边上的渔线。那条线消失在船尾的泡沫里，五条马鲛鱼正尽力扑进海水深处。

太阳西下，我们的渔获量完成了。我关掉引擎，让船只随当下的安静时刻漂荡，波浪拍打着船两边，一只海鸥从头上飞过，峡谷传来收音机微弱的声音。我紧张地将锚固定在岸边。绳子迅速地松掉，我小心翼翼地使我的四肢远离它，脑海中，孩子们因手脚任性好动而被拖向死亡的故事历历在目。不过它忽然放慢了速度，我这才感到放心。

一辆摩托艇划过，我们在尾波中轻轻摇晃，待它的发动机声响越过山崖、慢慢沉寂下来后，阿瑟解开保鲜纸，递给我一块维多利亚海绵蛋糕，我的最爱。果酱从蛋糕两旁溢到我手里，我舔了舔手，一种草莓、奶油和鱼混合在一起的奇妙味道。我看了一眼保鲜纸，想着我们要不要把最后一块蛋糕分掉，正要说出这个想法时，远方海面上传来钟声。

“不要告诉我附近有一个教堂。”阿瑟望了望四周空荡荡的水域，从他的保温瓶里斟了一杯茶。

“不是，不是，事实上那是一只在水上的钟，就在那边。”我边说边指着那条模糊的线——实则是一座灯塔，“没什么人知道，但我知道，阿瑟，我看到过。”

“真的？不错，我喜欢这声音。相当怪异，”他说，“忧伤。在哀悼所有那些消失在大海里的事物，我猜。”

“我猜也是。”我说，从未那样想过。

那对于我来说是一场冒险。也许对大多数人来说那是虚假的，但我与哥哥都亲眼见过。一年前，一只黄铜钟罩忽然出现在迷雾中，如同从天国的某座尖塔上不小心掉落下来，随波漂荡。没有人向这只钟罩祈祷，只是我们在那儿，就在它的右边停泊着。

“真是诡异。”当时哥哥说。

“不只诡异呢。我们不该到这儿的。”我说着伸手触摸那粗糙而冰冷的金属。哥哥准备启动引擎的时候，钟罩忽然敲响了音符，我吓得摔倒并流下了眼泪。我告诉哥哥我被绳索绊到脚了。但我没告诉他那只钟罩鸣响时，金属面倏忽间变暖了，就好像它非常渴望人类的触摸，而突然发出的声音，其实是在诉说它的痛楚。

“阿瑟，你相信上帝吗？”我吃着最后一块蛋糕说。

“你是问我是否相信一个在云层深处留有白色胡子的老人，用一到十的道德标准来评判我们这些凡人吗？天哪，亲爱的埃莉，不，我不相信。否则，我那些不洁的历史，在很多年前就已经将我驱逐出这个世界了。但是，如果你问我是否相信神秘事物，是否相信生命本身那些无法解释的现象，是否相信这世上还有某种更强大的东西来阐述我们生命中所有的不合理，让我们为之奋斗，给予我们谦逊的信念，给我们机会从头来过，那我会回答：‘是的，我相信。’它是艺术、美和爱的源泉，是对人类最大的仁慈。于我而言，这就是上帝，是生命，是我所信仰的一切。”

我再一次听见从波涛那头传来的钟声，它似乎在召唤着什么。我舔舔手指，将保鲜纸滚成一个圆球。

“你认为一只兔子可以被称为上帝吗？”我漫不经心地问。

“完全没有什么理由可以反驳一只兔子不能被称为上帝啊。”

又是十二月了。我的生日。这一天也是约翰·列侬被杀的日子[1]。当时一个男人走近他，将他射杀在位于纽约的寓所前，太太还在旁边。就这样杀掉了他。我不太能理解，这件事持续困扰着我。

“天妒英才。”詹妮·潘妮在电话那头说。

“为什么？”我问她。

但她假装听不到，假装信号不好。每当她没有答案的时候，就会这么做。

当天晚上，因为悲痛欲绝，我很早就上床了，甚至没有吹灭我的蛋糕蜡烛。

“这世界上已经有一根蜡烛熄灭了。”我留下礼物改天再拆，这一天已经没有什么值得庆祝的了。

---

1 约翰·列侬于1980年12月8日被杀害。

我在一个小车站前等哥哥。我在桥上看着对称的路标，看它往左还是往右，到伦敦还是到彭赞斯。我一大早就到这儿了。我喜欢早早到来，期待着会有不可能发生的事，比如列车会打破时间表，却从未有过。清晨的空气灰暗而冰冷。我向双手哈气，热气从嘴里涌出。寒气很快穿透鞋子，落到脚趾上；它们现在必定是青白的，只有洗个热水澡才能恢复过来。

我有整整三个月没看到乔了。他将自己藏在学校生活和那些从我这里偷走他的伦敦街道里，只给我留下一堆装在A4文件袋里、上面标着“私密”的信件。他写到，他很擅长经济学，还有艺术。他参加了合唱团，也重新开始玩起了橄榄球，现在他觉得能安定下来了，也变得更快乐了一些。我以为“玩橄榄球”是他在向我暗示他找到了新男朋友，但不是；他是真的又玩起了橄榄球。看起来，爱，像记忆一样遥远。

这个车站里什么都没有，没有小餐馆，没有候车室。站台上只有一个小棚，也变得可有可无了，要取决于风的方向。我在车里兴奋地等着，听着艾伦那盘克里夫·理查德[1]的磁带，他的歌我已经能倒背如流了，如果真是倒着唱，可能还会好听点。艾伦也喜欢克里夫·理查德，但更爱巴瑞·曼尼洛[2]。他说他在监狱的时候，巴瑞的歌词给了他希望。“甚至是《科巴卡巴那》[3]？”我问。“特别是《科巴卡巴那》。”他说。

艾伦给我们当司机已经有一年了，他以圣人一样的耐心，用渡船运送我们的客人。在我们雇佣他之前，他无法找到任何工作；他对父亲诚实地说出了他的过去，而父亲相信第二次机会的救赎力量。他支付艾伦全薪，唯一的告诫是，他应准备好日夜任职。艾伦同意了，薪资与社会地位，还有太太和孩子，重新回到他的生活。

红白相间的信号标志忽然在前方呆滞地扬起。一如既往地，我先看到了烟雾，接着是那黑木桶般的车头，像是任谁也阻挡不了的恶霸般闯过乡村。头等舱在我脚下穿过，紧接着是餐车厢，之后是两节客车厢，又一节，直到列车缓缓进站，我开始练习见到乔的时候要说的话。列车刚停下来，车厢门砰的一声打开，我就看见了他的手臂。他将旅行皮包扔了出来（显然，那都是出于对学校的愤怒），随后他戴着圣诞帽和太阳镜出现了。

“乔！”我大声喊着跑向桥尽头，他沿着上坡路朝我飞奔。

“站在那儿！”他喊着，与大风抗衡着。在前向座位坐了三个半小时后，他试图让心跳恢复正常。我感到自己被举到了清晨

1　出生于印度的英国籍男歌手，被称为“英国猫王”。
2　美国创作歌手。
3　巴瑞·曼尼洛的一首热情欢快的歌曲。

灰色的天空中，随后便跌进他穿着羊毛外套的胸膛。我闻出他擦了须后水。我给他买了须后水作圣诞礼物，该死。

“嘿，”他说，“你看起来很不错。”

“我一直想念你。”我说着，在他的太阳镜上掉下一滴眼泪。

每当哥哥回来，艾伦就会沿着风景更美、路途更远一些的路线开回家去。这给了我们时间八卦父母，也让哥哥能重新认识下他以前所熟悉的旷野、灌木篱笆和远景。有时候，我会发现艾伦从后视镜看着我们，因为对于大多数家庭而言，他们都会保护隐私，在关上家门回到安全的范围之前不会谈论太多。

“南希亲了妈妈。”我对乔说。

艾伦的眼睛变得很大。

“什么时候？”乔很兴奋。

“大概一个月之前，她跟安娜分手的时候。”

“她真的很伤心。”乔说。

“悲痛欲绝。”我说。

“她分手的事上了报纸。”

“是吗？”我说，“我不知道。好吧，不管怎样，南希当时在露台外面哭泣，母亲抱了抱她。南希抬起了头，拉过妈妈，吻上了她的嘴唇，还有舌头。”

艾伦踩了刹车，他挂不上三挡了。

“不是吧？”乔说。

“以及，”我试着屏住呼吸，“她们没有动。看起来就像待了很长时间。母亲没有动。”

“还有呢？”乔问。

“还有，”我说，“当她们离开彼此的时候，都笑了。”

“之后呢？”

“之后，”我说，“母亲说了句‘啊’，然后她们都大笑起来。”

艾伦暂时停了车。

“你猜后来怎样？”我又说。

“怎样？”乔说。

“我告诉了爸爸。”

“真的吗？”艾伦说，视线忽然离开了路面。

“对。”我对艾伦说。

“那他怎么说？”乔问。

“他大笑，然后说，‘最后！至少我们都走出来了！’”

“不可思议。”乔说。

开进大门时，艾伦把倒车镜磕掉了。

哥哥看着他的房间，看看有没有什么不同，他不在的时候我们有没有改动什么。但一切如旧，和他离开之前一样，仿佛处在被中断的时刻里：急急忙忙抓了包去赶火车，打开了的防臭剂（现在已经干了）在等着他归来，一份报纸，还是三个月前的，在他床边摊开。我坐下来，看着他打开装满了脏衣服的背包。

“你知道迈克尔·特韦兰去世了吗？”我说。

“知道。”哥哥叠起一件干净的衬衫。

“淹死的。”我说。

“我知道。”

“我们参加了他的葬礼。”我说。

“噢，怎么样？”

“他们很奇怪，不是吗？”

“我猜也是。”他说。

“所有人都凝视着棺材。”我说。

“我不清楚他们是否找到了他的遗体。”他说。

“没找到，所以大家都盯着棺材吧。”我说。

“也许吧。”他说。

“我好奇里面会是什么。”我说。

我拿起一本杂志打开到中间的插页：一个深褐色肌肤的男人裹着一块很小的浴巾。过去每当哥哥回来，我常常拿这种画给他。他很有可能会把杂志给阿瑟，阿瑟就会说：“噢，你这个淘气鬼。”

“前两天我看见贝丝在村里。”我试图大点声。

“贝丝？”他停下来，看着我。

“迈克尔·特韦兰的妹妹，你可能不太认识她，”我说，“她更小一些，跟我年纪相仿。”

我看着他叠一件套头衫。

“她还好吗？”他说。

“她看起来很难过。”我说，“能够理解。”

他走过来坐在我旁边，好像知道我的想法。

“埃莉，不会有事发生的，”他说着，伸手绕过我的肩膀，“我哪里都不去，我不是迈克尔。”

“换作是我也无法承受。”我说，“她看起来难过极了。”

父亲得意地举起霓虹灯广告牌，让把灯都关掉。

“我们……旅馆……房间……”母亲说着，在黑漆漆的屋子里试着看清闪耀着绿光的连笔字。

“我们的旅馆永远有房间。”听起来父亲有一点被惹怒了，“这是我的圣诞广告词。去年夏天我就说过，我要计划点特别的。”

当时我们在厨房里制作柠檬冰，他告诉我们，计划在圣诞期间实行“免费入住”。

“我们家的大门向所有人开放，不管是有钱人还是穷人。”父亲说。母亲告诉他她爱他，并带他到花园里，献上了一个安静的吻。对于这样一个众所周知非常不喜欢有组织的宗教的男人来说，他的慈善让每一天都越来越像圣诞节。哥哥看着我，晃了晃脑袋说：“这只会招来一匹驴、一个马厩，还有一个活的婴儿。”

“别忘了还有东方的星辰。”阿瑟说。

“然后就是我了。”南希说着走过门口，点燃一支香烟。

父亲重新打开灯，说准备将广告牌安在那条有着一匹挥着手的骆驼与一丝不挂的圣诞老人的霓虹灯的小路上方，问有没有人愿意一块儿去。很奇怪，没人愿意。

圣诞期间，我们唯一的客人是维维恩·科勒德女士，或叫她金吉，她喜欢大家这样称呼她。她是阿瑟最亲密的朋友，第一次来这里是在四个月之前，当时她伤了腿，也伤了心（但两者并没有任何联系）。她是雪莉·贝西[1]的扮演者，有一头红色的头发

1 英国著名女歌手，曾演唱《007》电影主题曲。以下三首同为雪莉·贝西演唱的曲目。

和雪白的肌肤，即使不是最好的，也是最特别的那一个。当她唱《金手指》的时候，她会在你鼻前卷起食指，你被吸引过来之后，会注意到她的手指涂成了金色；当她唱起《大富翁》的时候，她会向空中抛撒大富翁纸币；但是当她唱《容易做的事》的时候，在我们用金箔装饰得浮华的屋子里，所有人都流下眼泪。阿瑟说他也愿意成为像她那样的女人，于是他装扮成小丑，表演了《苦中寻欢》。

阿瑟与金吉聚在一起时，他们形影不离。好多年前，他们第一次在伦敦相遇，当时他们的脸还很光滑，没有岁月的痕迹。到后来，他们几乎分享一切，包括在贝斯沃特街[1]的一间公寓以及一位叫罗宾的男芭蕾舞者。他们之间有很多恶趣味的玩笑，但不会令人不适，他们的调侃亲密又深刻，他们表达“我爱你”的时候也并不会让人感到尴尬。

平安夜那天，金吉下午五点钟来到我家，只提了一只装满香槟的箱子。“以及一条要换的短裤。”她偶尔会这样对阿瑟耳语，逗弄着他缩到起居室的暗处。

“艾伦，谢谢你。”她说着，将一张折起来的五英镑纸币递到艾伦宽大的手掌上，“圣诞快乐，宝贝。”

“不需要给了，金吉。”艾伦说，试图将纸币放进她大衣口袋里。

“你可以给你的小女孩买点东西。”金吉说。艾伦说他会的，但没有告诉她所谓的那个小女孩其实是个胖乎乎的艾伦

1 位于伦敦。

小子。

艾伦开着车离开了。“我喜欢艾伦。”金吉转向父亲，若无其事地问，“他因为什么事进去监狱的？”

“金吉，别让我为难。”父亲说道，紧紧拥抱了她。

每个人都想知道艾伦犯了什么罪，但父亲跟谁都不说，包括母亲。

“你好啊，我的宝贝。”我带着干净的毛巾走进金吉的房间时，她问候着，“过来坐这儿，告诉我你的近况。”她拍拍大腿，让我坐在她宽阔的膝盖上。我总是担心自己会将她压碎，但看到她粗实的大腿后，我就知道不会了。

“有交到新朋友吗？”她说。

“没，”我说，“还没。乔说我是个不合群的人。”

“孩子，我也是，但这没有错。”

(她并不是，不过她这样说我很感激。)

“詹妮 · 潘妮呢？假期她会过来吗？我终于能见到她了吗？”

“不会，她妈妈说她不能来。”

“真是奇怪的人。”

“嗯，你知道，她现在来月经了。”

“是吗？那你呢？”她问。

“还没，在等。”

“好吧，你等得有点焦虑。那些血淋淋的东西将会堵塞你的短裤好几年。起来。”她笨拙地调整着裙子的位置，“你那位坏哥哥呢？”

“他还好。”我说。

“还是同性恋吗？”她说。

“嗯。这显然不是阶段性的。”

“好吧，希望他过得好。”金吉说，“那你呢，有没有交男朋友？”

“没有。事实上我不想要。”我说。

“为什么呀？”

“嗯，”我说，“之前有一位男孩对我感兴趣，但我感觉已经晚了。”

“哦？”她说，“之后呢？他离开了吗？”

“差不多，”我说，“他淹死了。”

“噢。”她说。

“他叫迈克尔。”我说。

“好吧，还好你没有跟他在一起，呃？”她说，“否则你现在很可能不在这儿了。”随后她在手提箱里到处翻找，显然找不到有什么能说的了。金吉就是这种人：只有在唱歌的时候，才不会因情绪而局促不安。父亲说这就是她唱歌的原因。

“来，”金吉递给我一份包装精美的礼物，“我自己包的。”

“给我的吗？”我问。

“还能有谁？”她说，“这是一个戒指。”

“天哪。”

“这是我母亲的，但我现在已经戴不进去了，太胖了。我觉得你也该拥有一个。”她看着我说。

（言外之意：我爱你，我希望你身边有一些我的心爱之物。）

我打开盒子，看见一只镶有宝蓝色钻石的戒指，映着天花板的灯光，像地灯一样照着我的脸庞。

“金吉，这太贵重了。”我叹气。

“最好你现在就享有它，而不是等我去世之后。”她说。

“噢，我会的，太漂亮了，谢谢你。”

“不必谢啦。”她说。我亲吻了她的脸庞，并告诉她，她是这个世界上我喜爱的人之一。我看到她脸上泛起了红晕。

南希很罕见地没跟我们一起过圣诞，但我们原谅了她，因为她同一位叫朱丽叶的女人到格斯塔德[1]滑雪去了，希冀山里的空气能调整好她的心情。午餐之后，我们给她打了电话谢谢她的礼物。电话那头，她听起来那么高兴（醉了），父亲在餐桌前小声告诉我们说母亲也许有些吃醋了。

“所以，她有什么是我没有的？”母亲对着电话说。

“女朋友。”南希直接回复。

我离开时，他们还在餐厅喝着白兰地，吃着巧克力，聊着过往的圣诞故事。我悄悄来到走廊，脚下的石板冰冷无情。我一直等待着这个时刻，此时詹妮·潘妮会给我讲讲她这一天。

每一年我都在同一时间打给她，约略在午餐后，因为圣诞节早上她从来不会早起——也许她是世上唯一一个不会在这一天早起的孩子——因为她说更愿意躺在床上，用这个时间去思考。

“思考什么？”我问。

“关于世界，关于人生。”她说。

“还有礼物呢？”

“不，”她说，“每一年我都知道自己会得到什么。一件工艺品，比前一年的更大、更好一些（并非如此），还有一件我妈

1　瑞士滑雪胜地。

妈从七月就开始编织的针织衫。”

她与我们一起度过这里的第一个圣诞节，那个多年来我们一直反复谈论的传奇圣诞节。哥哥与她一起乘火车到来，她只背着一只小小的背包，装有要换的牛仔裤和内衣，来看她长久以来渴望的风景。他告诉我们，在离开埃克塞特[1]之后，詹妮就已经被车窗前的景色所吸引，并拥抱着海岸线——从未如此近距离靠近大海——浪花拍打着她的额头和她闪耀的笑容，她一点没动，也不颤抖，直到光亮的海岸线消失在树木与峭壁之后。

她一来，就和我跑到草地上，跳进河里游泳，兴奋的尖叫声让一直享有特权的我们很羞愧。因为，在那一刻，本应是与生俱来该有的权利，于她却是难以企及的财富。在冰水里待久后，她的嘴唇变成了蓝紫色，牙齿打着战，我们知道，她的快乐一直在蔓延，那将会是值得铭记的一刻。

圣诞前夕，我们带着她穿过黑暗的客厅，让她打开圣诞树的灯光，当她这么做的时候，高兴得全身摇晃。树上的灯光有不同的形状，大小各异，五彩缤纷，在黑暗中将一个仿造的虚幻世界转变成光彩夺目的现实。她说：“那些愿望会在这样的房子里实现吧。”

夜深了，我们躺在床上，她告诉了我她许的愿望：希望有一天能跟我们生活在一起。在漆黑中，我们一起聆听外面传来的雪橇铃声，尽管我们都已经长大并且不再相信圣诞老人，但我看见她笑了，开朗又温和。我很感谢自己有一个愿意站在寒冷与黑暗中的哥哥，他摇起一只教堂铃铛，只为让詹妮感到满足。我们做

---

1 英格兰西南部城市，德文郡首府。

了一切，让她能在那个圣诞节里感到快乐。

翌日清晨，我早早唤醒她一起下楼，我们看见装满礼物的枕套、被咬过的胡萝卜肉馅饼、喝了一半的雪利酒和从灶台掉落在地毯上的煤烟灰。我留意到她被眼前一幕惊住了。她边流着泪水边说："圣诞老人从来没有探望过我。我以为他从不知道我住在哪儿。"

我拿起话筒，现在我已经熟记她的号码了，一连串的5和3就好像有韵律的诗歌一样，而且在她说话之前，铃声简短且清晰。

"是我。"很高兴能听到我最好朋友的声音，"詹妮·潘妮，圣诞快乐！"

"埃莉，我不能说太久。"她轻声细语。

她的声音很低，我几乎听不清她在说什么。

"怎么了？"我问。

"一切都完了。"

"什么？"

"我们必须要走了。"她说。

"什么时候？"我说。

"现在，快了。"她说。

"为什么？"

"因为我们不得不走。"

"我不明白。"我说。

"我们必须这样，"她说，"我不能再说了，我妈妈不允许，她不让我这么做。"

"可是，你们要去哪里？"

“我不清楚，她没告诉我，她说最好谁也不知道。”

“连我也是吗？”我说。

“我要挂了，她来了。我们到了那儿，我会告诉你的。”她说，“再见，埃莉。”

听筒那边挂断了，我最后说的话消失在一片无情的寂静里。

我召唤正在看电视的母亲过来——像火鸡与肉馅饼一样，看电视成了我们家的圣诞传统——告诉她关于詹妮的事。她说她也说不好是怎么回事。都只是猜疑。

“我们再等等看吧，”她说，“她们到那儿，会告诉我们的。”

“到哪儿？”我说。

“安全的地方。”她说。

金吉一直与我们待到圣诞之后，她要在除夕到海港月酒店表演。她将与一位东尼·班尼特[1]的扮演者一起领衔主演，她称呼他为T.B.，但她讨厌他，因为T.B.令她不舒服。

“他看起来一点也不像东尼·班尼特，”她在得到消息后说，“连我看起来都比他像。”阿瑟点点头表示赞同。然而，演出金很丰厚。事实上，这是我们村庄里的新年派对，想象一下的话，就有点相当于在拉斯维加斯做领衔主演。村庄成了人们盛装打扮的场所，人们穿着几个月前就计划好的盛装，从很远的地方赶来炫耀。父亲四个月之前就开始准备我的服装了，只有我跟他知道那是什么样的。我们都只是说，会比以往更大、更好看，而

1　美国爵士乐歌手。

考虑到去年我打扮成了一个大拇指，毕竟那也不会太难。

大家都慵懒地坐在客厅里，我听到哥哥怂恿金吉与阿瑟合唱一首《为什么我们在等待》。母亲悄悄走进走廊，确保我没事。

“还有一分钟。”父亲对她说，抖了抖我的服装。

问题是，我的心不在这儿。我很担心詹妮，以至于对服装的热情也随之退却；过去的一个星期，我一直守着电话，然而她一直杳无音讯。只是因为父亲那样用心努力，我最终也试着努力了下。我们一起径直走入客厅，等待灯光变暗，大家安静下来。

我穿上那件流光溢彩的灰色裙子，鱼鳍处有供手穿过的裂口，后面还拖着长长的鱼尾。我有可能是一条美人鱼，或者是三度女子合唱团中的一员，在这个舞台上，让大家不停地去猜测很有趣。随后父亲搬来一个巨大的盒子，房子里忽然静下来。他打开盒子，拿出一个用海滩浴巾裹着的形似头盔的东西。他将它戴在我头上，透过孔眼我看见浴巾的条纹图案，我认为那是一块干枯的海藻。

“噔噔！”父亲忽然拿掉浴巾，高声呼叫。大家都惊讶地倒吸了一口气。透过孔眼，我看见他们全用手捂住了嘴。

“她到底是什么？”金吉放下一杯苏格兰威士忌问道。

父亲转向我说：“告诉他们，埃莉。”

“一条胭脂鱼！”我大喊。随后大家都走开了：“哦，是的，当然。”

“两杯杜松子酒，还有一杯水给这条鱼。”这是那天晚上哥哥第五十五次那么说了。他乔扮成丽莎·明尼里[1]，看起来十分漂亮，除了那未刮净的胡子和腿毛。当我们离开房子的时候，父母看着他们心爱的儿子打扮成了女孩走进寒夜时，流下了泪水，不知道他回来会变成什么模样。父亲在很久之后谈到这件事时，说这是他们作为父母收到的一份意外礼物。

当我们去取饮品的时候，阿瑟聪明地假装生病，坐在火炉前占据好位置。哥哥搬动我的座位，让我稍微远离火焰，提醒我身上穿着的是易燃物，小心燃烧。我想，就是在那个时候，我发现那个旺布尔在角落里看着我们。他很早就跟随着我们，因为我在快乐水手那儿看到他，当时他在那儿与一只狗发生争执（是真的狗）。他现在孤独地站在时钟旁边，时间正指向七点三十分。

阿瑟用手肘推推哥哥说：“旺布尔，十点钟（方向）。”在

---

1 美国全方位艺人。

我想说“不，现在是七点三十分”时，那个旺布尔已经朝我们走来了。

“嘿，”哥哥说，“我是丽莎，这是鱼。”

我摇摆着鱼鳍起身，在纸糊的头套——我觉得它突然变重了——下打了个哈欠。

“我是佛莱迪·摩克瑞[1]。”阿瑟说，有些紧张地固定好胡子。

“我是奥里诺科。”他说奥里诺科的时候，声音非常深沉；如果旺布尔声音都像他一样，小孩子会被吓到的，也不会成为他们喜爱的小动物了。

他叫保罗，来自曼彻斯特。当他脱下头套时，露出了一头褐色短发——也有可能是长的，我不太记得了；但我知道他是那个美妙夜晚里气氛突然为之一变的关键。我试着让自己保持清醒，去听他们低声说着的玩笑话——他们避开了我，但都没用；我不再是他们的一部分，我开始闭上了眼睛，随后，一大波醉醺醺的酒客高声叫喊着聚集到这家还在营业的“友谊地久天长”酒吧里来。对詹妮的忧虑、香槟、随后饮下的秘密交易的酒让幼小的我思绪混乱，之后我记不清发生过什么，包括回家的过程、阿瑟带着我走过前门交给母亲这些。我不记得金吉在石板上跳过踢踏舞，或阿瑟给大家讲的关于玛格丽特公主[2]的逸事。我唯一能记住的是，父亲跟我道了晚安，对我说“埃莉，新年快乐”。

我在四个小时后醒来，饥饿又清醒。我下楼时还能感到屋子

1　皇后乐队主唱。

2　斯诺登伯爵的夫人，英国国王乔治六世和伊丽莎白·鲍斯-莱昂的次女，英国女王伊丽莎白二世唯一的妹妹。

里的温暖。客厅到处是空酒瓶与彩带，金吉的鞋和羽毛披肩窝在椅子上。我走进厨房给自己灌了一大杯水，到碗柜拿出一块马德拉蛋糕[1]。当我将杯子放到滴水板上时，透过窗玻璃，我看见一个像我哥哥的模糊身影跑进森林里，一个憔悴的身影在林木线那里紧随其后。那必定是哥哥，月光下我清晰地看到他还穿着高跟鞋、戴着假发。我将剩下的蛋糕塞进嘴里，拿起母亲的外套和靴子，悄悄溜进一月的寒冷中。

我拿起一根手杖，尽我所能地沿着森林边缘奔跑。我被绊倒了两次，直到眼睛适应黑暗；我重新追随前面发出的枝杈断裂的声音，避开灌木丛的枝叶。我当时一点也不害怕，想象自己是个保护者而颇具勇气。左边传来一阵笑声，在一排高大的橡树后面，我靠近树干蹲下，小心翼翼地将地面成堆的蕨类植物分开。然后，我迅速地呕吐了。

我坐在床上，看着放在梳妆台上的旺布尔玩具。这是我从之前的生活里带来的，七岁那年詹妮送给我的生日礼物。当客人走了，蛋糕也吃完之后，她才把这份礼物送给我，说道："这将会是你得到过的最好的礼物，我将它交给你。"

现在，我看着它，不再会去想詹妮，或她用的包装纸，抑或她附在围巾上的那首诗——《最好的朋友》；我想的是哥哥，在模糊漆黑的森林中，一个确定无疑戴着旺布尔面具的人插在四肢伏地的哥哥身后，并用浓重的北方口音说着"新年快乐，乔。新年快乐，啊，啊"。

1　英国传统食物，以马德拉酒为原料制作的一种蛋糕。

我起身，将这个玩具塞进一只闻起来还有洋葱味的旧塑料袋里，放到橱柜最下层，与我那些旧鞋子待在一起。下个星期我会将它带到一家慈善商店，它会坐在橱窗里，就在磨损了的大白鲨复制品与生锈的银色吐司架之间。它会在那儿待上几周。算是惩罚。

我从没告诉哥哥那天晚上的所见。很多年后，在我们两个已经成为成年人之后，他已经不记得这件事了，就像其他许多事情一样。在码头上，我谈起来，他把脸埋在手里，笑着说："跟一个旺布尔做爱？"

我也从未收到关于詹妮·潘妮是否安全的消息。从未接到过任何电话或者信件，告诉我她在哪儿，又为什么逃离，或者她现在在做着什么。在她消失之后的一段时间里，我打过她的旧号码，一个男人接听了电话，大喊大叫，吓得我赶紧挂了，寻思着她干了什么。

大概在一年之后，有一天我坐在床上想起詹妮，试图用心灵感应召唤她。房间里很安静，太阳越过树木，数字浮现在眼前，并持续重复着，指令深思熟虑而意义深远。是她，我很确定。我拿起电话时双手都在颤抖。我按下号码，等着那头响起她的声音。但不是她，我听到一位女士在问："金瓶梅餐馆，请问想点些什么？"原来是一家在利物浦提供外卖的中餐馆，一个在几年后才同詹妮有短暂关联的地方。

是新年将詹妮吞噬掉了。我只能接受，不得不让她走。但每一年的这个时候，我都能听见她那困扰般的低语："我们到了那儿，会告诉你的。再见，埃莉。我会告诉你的。"

我想念她。我会一直想念她。我时常想，如果接下来的许多年我们能一起经历，那会是怎样的情景？会有什么不一样吗？她身上发生的那些事我能改变吗？我们是秘密世界的守卫者，失去了彼此的陪伴，这个世界便将只剩孤独。在许多年没有她的日子里，我过得十分艰辛。

/第二部/

1995

布里克斯顿[1]生气了，布里克斯顿燃烧了。这是我在二十七岁生日后的第七天该去报道的事件，但我没有去，至今我也仍然无法很好地解释。我以前也有过相似的时刻，比如突然没了自信或变得冷漠，但从没有这么恐慌过；这恐慌攫住了我，使我惊惶，觉得自己与这个世界都是错误。我没告诉任何人，关了手机躲在南希那儿。我丢了工作，不过这不是第一次了；我编造借口，也不是第一次了。所有事情都变得一团糟，就在这时，我收到了詹妮的明信片。就好似她知道，就好像她像以前一样，一直在聆听、等待着我。我的救生索，我的詹妮。

我推开门，坐在阳台上眺望十二月阴暗的清晨，卡尔特修道院广场上传来孩子们玩捉迷藏的尖叫声。我搅拌着咖啡，用羹匙小口啜饮。今天很冷，可能还会更冷，远方昏暗的天空渐渐染上了淡黄的光；大概在年底之前还会下一场雪。我用毛毯紧紧裹实

1　位于伦敦南部。此处指1995年发生在此处的骚乱。

自己。我看到一个女孩躲在一棵大树后面，过了很久才出来。

距离那个怪诞的圣诞节已经过去十五年了，往事厌倦了我们，关上了那些易碎的门。“你不会记得我的。”她这样写道。但当我看到信封上一直没变过的黑乎乎的印迹，还有潦草的笔迹时，我当然知道她就是詹妮。尽管她写“你不会记得我的”，我仍然很开心。那张卡片是她自己做的，她向来热衷于手工艺品。那时候，如果她到学校时头发上有凝胶或闪闪发亮的东西，我们就知道她做了什么——生日卡或者圣诞卡。每个人都暗暗希望自己足够幸运，能收到那些被嘲笑同时又富有创造力的成果，因为它们看起来真的不错，仿佛在说：“你很特别，我选择了你。”

但只有我能收到这样的卡片。

这是一张用蓝色卡纸折成的简单卡片，前面点缀着鲜花和酒，接着是山、微笑和像是勒索信的拼贴字母，不过拼的是“生日快乐”。字里行间，我仿佛又看见她穿着那双她最喜欢的鞋子，站在人行道上向我挥手，那时她九岁，我也九岁，我们向彼此发誓要保持联络。

我再看了一眼信封。父母将信件转寄到南希在卡尔特修道院广场的公寓，我暂时住在这儿。而最初，这封信寄自布里克斯顿监狱。

那天早上，海鸥的叫声格外嘹亮，我在一片安宁中被惊醒。夜里，杯子里的水浮了一层极细微的灰尘，我拿起来一并喝下。房子很安静，但暖气让室内变得憋闷。我起身推开窗户。虽然是春天了，气温仍然寒凉，没有一丝微风，远方的树后也没有一丝云彩，我就像这个早上一样，悬浮着，动也不动，等待着。我看着阿瑟在下面一点点抬起身体做倒立式，那条红色丝绸短裤（曾经是我父亲的）滑到了腹股沟的位置，露出腿部的肌肤及骨骼的结构。我之前从未看过他的腿。它们看上去天真无辜，像是走过了不一样的路。

年龄似乎对他来说没有什么意义，但他还是拒绝透露他离开尘世的时间和境遇。我在家时的大部分清晨，都会与阿瑟一同坐在河边，我看着他凝视对岸，如同死亡在朝他招手、挑逗他，他便微笑，仿佛在说“不是今天，我还没准备好”。

他的渊博使他摆脱了恐惧，但也给我们留下了等候的重担。他会让我们有所准备吗？他会突然从我们的生活中消失吗？在他人生最后的章节里，我们会扮演残忍的角色吗？一无所知。但我坚信他是一个没有翅膀的天使，出乎意料而不顾前后地来到地球，来到这里。我咳嗽的时候，他的双脚仍静止不动。

下楼时我瞄了一眼金吉的房间，她光秃秃的脑袋枕着枕头，看起来像一只被抛弃的鸡蛋。她睡得很沉，呼吸声很重。在整个化疗期间，这是她最好的状态了。她还有力气和快乐，只是没有了头发。

最后一轮化疗很残忍。从医院到南希家只有五百码，金吉也需要乘坐出租车，她的脸依靠在车窗框上，每一次撞击都令她胃部翻滚。她喜欢在阳台上休息，缩在鸭绒被里勉强保暖；每天她昏昏沉沉，除了喝起来会觉得甜的茶之外，她也不再关心别的。

我悄悄走进金吉的房间，捡起地上的一件羊毛衫。母亲每天为她准备好衣服，因为做出一个决定变得越来越难，令她感到惊惶，只有母亲注意到了这一点。在金吉的世界里，不再分左右，生命只是径直向前的。我将门关上离开了，她现在最需要的是睡眠。睡眠与运气。

我茫然地走进厨房，关掉收音机。大多都是对邓布兰惨案[1]的报道。起因。责备。让人灼痛的猜测。我看着母亲喝光杯中的最后一点咖啡。她站在水槽边，一束黄色的柔光照在她一侧的脸旁，勾勒出她的轮廓。母亲也上年纪了，岁月待她尚好。她选择顺其自然，像是消灭那令人头疼和烦人的杂草一样，打消了虚荣的念头。

---

1 1996年3月，一名持枪男子闯入苏格兰邓布兰的一所小学，开枪打死16名小学生及他们的老师，随后自杀身亡。

她那天在等着她唯一的客人，一位她称之为A先生的人（但我们都知道他是波尔佩罗[1]那家酒馆的比格·大卫）。十年来，她已然成为一名合格的临床医师——但在我们还年幼的大部分时光里，她还不太合格。她在后屋接受问诊，事实上，那个房间是前厅，这取决于你从哪个方向进来。

我们都知道A先生偷偷爱着母亲，他把自己那十分不合时宜的行为隐藏在三十镑一小时的问诊与捉摸不定的移情状态里。每次他都给母亲买一束花，母亲每次都拒绝。每次他都带着梦想而来，她却把他带回现实。我们听见外面传来自行车轮轧过鹅卵石的声音，母亲透过窗户瞥了一眼。

“又是玫瑰。”她说。

“什么颜色？”我说。

“黄色。”她说。

“那他今天很开心。”我说。

“上帝，救救我吧。”她说。

门铃响了。

“埃莉，我这里一结束，我们就走，确保金吉起了床，你也准备好。”母亲以她临床医师的声音说。

我微笑。

“怎么了？”她问。

“那一品红呢？”

“噢，放回走廊去，我晚点会处理。”说完她径直离开了房子。

1　康沃尔郡东南部的一个村庄，旅游胜地。

自从一月以来，她就一直想摆脱那盆一品红，但它很顽强，一直没枯萎，每个星期她都将它摆在餐桌上，想着要拿它怎么办。“就留在室外吧，”父亲说，“或者丢进垃圾堆。”母亲却不愿意。这是植物，差一步就能成为人类的植物。到了下个星期，它又出现在走廊。

“你好呀，亲爱的。”阿瑟做完瑜伽，跳着进屋，紧紧抱住我。我感到一股黏附在他湿透的运动衫上的冰凉。

“嘿。”我回应，尽量让自己不要往下看他的腿。

“要我去叫金吉起床吗？”他碰了碰茶壶看看是否还温热，随后塞了一把茶叶进去。

“噢，谢了，”我说，“需要帮忙吗？”

“我的天使，今天不用，我自己可以。”他说着将热水倒进壶里，再盖上盖子。我递给他那只印有伯特·雷诺兹[1]的杯子，他的面孔已经模糊，仅能看到一部分。金吉喜欢伯特·雷诺兹，她喜欢留有胡子的男人。

“这会让她醒来的。”阿瑟说，随后小心翼翼地带着茶壶与杯子走向门口，又停下，好让父亲先进来。

“非常时髦。”阿瑟说着消失在走廊里。

“谢谢。”父亲整理着领带。

尽管父亲很少穿起西装，但他看起来确实不错，穿衣风格无可挑剔。我看到他满意地对着玻璃门看自己，前一天晚上我也看到他这般神情，他当时正安静地阅读一本旧法律书，我就在想是不是两条河流要汇聚到一起了。当然，我也听到了点什么，主要

1　美国男演员。

是母亲说的。她告诉我父亲最近在“重读鲁波尔”[1]，还说得很隐秘似的，难怪我宁愿相信“鲁波尔”其实是一种违禁药物的暗号，而不是一本有趣的书。“亲爱的，这不仅仅是一本书，”她说，“这是一种生活方式。”

父亲为朗诵最后一句台词清了清喉咙，结束后低头看着鞋子。除了鼓掌并躲在噪声之后，我别无可做。

“你觉得怎么样？”父亲问我，“说实话。”

我喝了一口咖啡，试着想一些友善积极的话，比如告诉他没有选择念诗是个好选择，但又想到他作为神父，阅读是他的职责。

“很糟糕。”我说。

“我知道。”

“不是指你。”

“我知道。”

“反正很糟糕。”

“我知道。”

胖胖的小艾伦已经长大成为人父，太太为他诞下一名女婴，叫艾莲娜[2]（他们本来期待是个男孩）。孩子延迟了三个星期才出生，重十磅十盎司[3]，这点看上去很明显。家人因为小婴儿齐聚在圣奥斯特尔，一头惊人的卷发显然是艾伦太太那边的家庭所特有

---

1 指英国推理小说《法庭上的鲁波尔》。

2 艾伦夫妇本想生男孩，沿用 Alan 的名字，在得知是女婴后将名字改为 Alana。

3 1 盎司约等于 31 克。

的。他们看起来都像是来自那不勒斯，而不是佩林特[1]。南希指出孩子像肥胖版的雪儿[2]，一阵令人不适的沉默过后，她小心地笑了笑，人们才知道她只是开玩笑。（多年来，南希已经对低于三英尺高的人失去了兴趣，除非他们是白雪公主中的小矮人。）

老艾伦常常邀我父母参加这类聚会，他依然觉得自己受了莫大恩惠，这如同背上遭了一记鞭打般明晰可见。南希被邀请只是因为她是个明星。每个人都喜欢与明星接触。就在这种越来越喧闹的聚会中，发生了一件意外——一些人也许会说，是冷漠——转折，小艾伦递给父亲一支烟，邀请他成为艾莲娜唯一的神父，这让小艾伦太太那边的家人十分失望。随后便陷入了一阵令人困窘的沉默，不知怎么，父亲的沉默和尴尬被理解为了“答应”。“局外人！”“他到底在想什么？”“我们怎么办？”大家纷纷小声地在这座独栋小屋里议论着，直到小艾伦把太太拉到一旁，他们才停止了这场徒劳的抗议。他第一次这样坚定，已尽量谨言慎行——因为害怕——但毫不畏缩。父亲是个好人，在这个村落里数一数二。事情就这样决定了。

我们像往常一样匆忙挤进车里，已经有些晚了，但金吉说我们已经等了那个胖孩子三个星期了，所以她为我们等上一个半小时算是公平。母亲从后视镜看着金吉，我注意到她隐隐担忧的神情。那天早上金吉喝了半杯大麻茶，阿瑟把剂量用得多了些，不是母亲，因为她当时忙着破解A先生那个色情的梦。现在金吉穿

---

1 位于英格兰西南部。此处指艾莲娜继承了艾伦太太家庭一方的卷发。
2 美国女演员、歌手。

着条可爱的裙子，还有母亲给她披上的那件羊毛衫，最外面是一条羽毛披肩。母亲提醒她，我们要参加的是洗礼仪式，而不是像在“渔夫之手”餐厅中那些轻松愉快的夜晚。

“我还是要去表演。”金吉十分兴奋，露齿而笑。

“金吉，你是仪式的一部分，”母亲说，“不是去卡耐基音乐厅[1]唱歌。”

金吉咬着牙齿，将羽毛披肩紧紧缠绕在脖子上，那高耸的鼻子与秃头的样子让她看起来像一只外出捕食的鹰。母亲只是担心，金吉怕是早已找到了自己的猎物。母亲一心想着那个还在襁褓里的卷毛孩子正在洗礼盆里等着我们。

“好了，”父亲启动车子，“都到齐了吗？”

“是的。”阿瑟说。

“是的。”金吉说。

“是的。”我说。

“并没有。”母亲不满足地低下头看着双手，想到了我哥哥。每一次有人说“都到齐了吗？”她都会是这样子。

父亲向母亲伸出手，但她推开了：“阿尔菲，我没事。”

父亲耸耸肩从镜子里看看我们。我们挤在车厢里，不敢说一个字，直到最后阿瑟说：“我不清楚为什么我们一定要感到难过。他就在那儿，生活在纽约，在那些交易场所为俱乐部赚大钱；而我们在这儿，正准备参加一场洗礼仪式，而那儿的大多数人都希望我们死掉了。”

“闭嘴，阿瑟。”母亲说。阿瑟像个生气的孩子般闭上

1 著名音乐厅，位于纽约，是美国古典音乐与流行音乐界的标志性建筑。

了嘴。

金吉开始大笑。并没有什么特别的原因，仅仅是“醉”了。

邮差示意我们停车，当时父亲正要加速驶进车道，车轮已经溅起了小卵石与尘土。父亲很久没有开过车了——艾伦依然是我们的司机，在每一个斜坡他都不管实际情况，仍然使用三挡，好像那些斜坡根本不存在似的。

“现在要这个吗？”邮差在父亲面前挥舞着一捆信件与账单。

“好的，布莱恩。”父亲说着接过来，交给了母亲，母亲迅速撕开那封轻薄的蓝色航空邮件，急着看她儿子带来的消息。同时，她将一封由南希转寄过来的信件递给我。

“出发去小艾莲娜的洗礼仪式吗？”邮差问。

金吉无礼地对“小”字发出嘲笑。

“是的，”父亲说，“你应该有听到过我是神父吧？”

“我知道，”邮差说，“也听说你并不是最受欢迎的选择。”

“好吧。”父亲想要对这件事再说点什么，但止住了。

“那再见。”邮差唐突地说，转头驶向车道。

“废物。”金吉说。

“又来了。”母亲说。

“辗过他。”阿瑟说。

“拜托，看在上帝的分上！”母亲说，塞了一片口香糖进嘴里。

教堂并没有坐满，我们的迟来引起了每一个佩林特人的注意，他们已经在前排就座。金吉大声说："那是整个屋子里最好的位置。"艾伦拥抱了我们每一个人，带我们到他提前预留的位置，好方便父亲和金吉进进出出。

父亲站起身，尽他最大的能力朗诵了一首名为《在我臂弯的孩子，静静躺在你心里》的诗歌。老艾伦也发表了有趣的演讲，用词缤纷，像是"罗拉""歌舞女郎""钻石"以及"哈瓦那"一类，显然，他期待快要压弯牧师手臂的胖孩子，能以那些伟大歌曲中的女主角的名字命名。畅饮时间，空气里弥漫着《千古保障》[1]的音乐，我小心翼翼地将信件从监狱信封里抽出来读。

1996年3月11日

埃莉：

能收到你的信我真的很高兴。我知道我们重新联系上了，但还是觉得难以置信——我必须要掐痛自己来验证一下。

我们消失的那个圣诞在今时今日依然清晰，如同发生在昨天。当菲尔叔叔返回到红房子时，我们就马上离开了，前往一家废弃的停车场，母亲在那儿预订了一辆小型出租车。这一切都是为了掩护我们的行踪。一位在利物浦避难的女士给了我母亲一些建议，告诉她该怎么做。在乘火车北上之前，我想我们当时是在尤斯顿[2]的一家酒店度过了好几个晚上。在母亲身体康复之前，我们一直待在避难

---

1 基督教赞美诗。
2 位于伦敦，指尤斯顿火车站附近。

所里。在那里，我们不能打电话，不能泄露地址，以免危及他人安全。也因此你从未收到我的消息。即使我们已经有了计划，但母亲说我们过去的生活已经消失了，我必须要忘记过去的一切。关于你，关于她曾遭受的所有事。她受到了惊吓。谁也不该落入那样的境遇。而我又不能告诉任何人。我有一次给你打过电话，大概是在十年前的圣诞节，就在我们往常通话的那个时间。你说了句“你好”，我听到传来的欢笑声，立即挂断了。我想，是因为太难受了。听到那种原本有我在、我也本可能拥有的生活。

我已经结婚了。并不是幸福的婚姻，尽管我曾以为会是。我只能说，我本以为它会带给我或者母亲从前缺失的所有。我不知道你是否相信命运，但我知道他曾是我的命运。

我抬起头。金吉正在高声歌唱，虽然看起来她记住了大部分歌词，但在第三首诗篇中，她加入了很多自己编造的词汇。

我很喜欢你编辑的那本阿瑟的书，还有你在杂志上发表的那些文章。你知道，我有很多时间去阅读。我在这里的厨房工作，十分安静。在我进来这里之前，我有一个叫作“安宁小径”的公司，只有我跟一位叫琳达的女孩。我做的是塔罗牌解读与按摩服务——香薰按摩、足疗、印度头部按摩疗法。我做得相当好，很成功，生活也因此变得有趣。

噢，埃莉，再次跟你写信这种感觉真是太好了。我一直试图原谅自己做过的事，但事实证明，这是最困难的。到现在，我已经服刑九年。他们说只要表现良好，我就有可能出去。每个人都说我不该服役太久，连警察都这么说，他们不认为那是谋杀……

“狗屁！”我咒骂了一句。那些佩林特人都转向我，阿瑟与金吉也是。

他们知道那属于正当防卫，所以判我为误杀。法官很通情达理，但他解释，他没有别的选择。你知道，基于一些先例，只能减轻处罚，但我很期待你的父亲还能有其他见解。

“怎么了？”金吉大声说，忽然失去了唱歌的兴趣，“怎么了？”她又问了一遍。

“我过一会儿告诉你。”我发出“嘘”的声音示意她安静，继续读信。

“现在告诉我。”她说着又开始发笑。

我希望你收到这封信能感到开心。尽管我提到了“谋杀”，请不要害怕我。我还是我，埃莉，不是别人所说的怪物。

再见。

爱你。

詹妮

另外，如果你不再愿意写信给我，我也能理解。我只是觉得应该告诉你这一切。糖尿病没什么大碍。谢谢你记得。

还有，如果方便的话请附上邮票，在这里，它们等同于法定货币。

我收好信件，金吉靠过来，握住我的手臂。

“詹妮·潘妮杀了人。”我说话的时候恰好响起了音乐。

“嘘。”我听见身后传来声音。

“什么？那个头发难打理的奇怪女孩？”金吉说。

“告诉阿瑟。”我说，于是金吉朝阿瑟移身过去，一把抓住他的脑袋凑近她的嘴，仿佛那是一个新鲜的桃子。

我用手肘推了推母亲，在她耳边低声说起詹妮的事。

“什么？”她说。

我又告诉她一遍。

“谋杀？”她说，“我不相信。”当音乐断断续续接近尾声时，她抓起我的手，对着上帝大声歌唱，“当麻烦来敲门，你是我们的守护神，你是我们永远的家。”

阿门。

之后是一段单调乏味、关于为人父母责任的朗读，谢天谢地，我父母应是没听进去，我很高兴金吉终于站起来唱歌。老艾伦跟小艾伦灿烂地笑起来，在他们眼里，金吉一直是大明星，因为她跟法兰克·辛那屈[1]一起合唱过（这是真的），因此可以说那

1　20世纪美国重要的流行音乐人物。

个大人物也算近在咫尺了。所以当金吉多此一举地走到前头鞠躬的时候，老艾伦不能自已地发出了微小的欢呼。然而，当她说这首歌献给“我们的朋友，因谋杀而蒙冤入狱的詹妮·潘妮”时，我尴尬地龇牙咧嘴，感到自己比裸着坐在那儿还难为情。大家让她随意唱，只要适合当天就行。待她唱出第一句“一无所有的我”，连我都不禁猜想她到底是怎么想的。

“一个孩子来到这个世界，什么也没有。”后来她这么说，同时喝下一大口苏格兰威士忌，好像她不知道我们在庸人自扰些什么。

这里，没有人早早就上床睡觉。闻所未闻，就像是一条无声的规则。我们只有聊到筋疲力尽，吸尽最后一点话语的残骸、再无可说，只留一片空虚、沉寂和疲倦之时，才会去睡觉。有许多次，我同母亲坐在一起看天，看着它从法国海军蓝到露出光晕，太阳逐渐侵占地平线，缓缓上升覆盖了黑暗，金黄色的光芒洒进屋子里。有时，我们也会将船开到码头河口去（有时更远），用毛毯紧紧裹着自己，等待新一天的到来。

洗礼仪式结束之后，每个人似乎都渴望离开，十一点，房子安静下来，带着轻微的孤独感。太阳下山之后春天的潮湿开始入侵，我点燃了壁炉。此刻，我能感觉到它，针织衫下凉凉的，我想驱散它，想要火焰的舒适和气味。我擦亮火柴点燃报纸，放在干柴下面，直到它们起烟，慢慢发出橙色的光芒。

“嘿。”我说。

“别挂，”乔在电话那边说，“我得换一下电话。”

我听见咔嗒声，听见他换了台电话。

“嘿。”他说，我听见他咽下了什么。

他的声音很轻，没什么力气——当他疲倦的时候就会这样——带点美国口音。他在喝啤酒，我很高兴他有这个兴致，某些事情鼓舞了他。

“有什么新鲜事吗？”他问，我告诉他关于洗礼仪式的事，以及詹妮给我写的信。

“我不相信。你在开玩笑。”

“没有，这是真的。”

“那她杀了谁？”

“我现在也还不清楚。”

“她母亲的老男友？”

“现在我有一个想法。”我说。

“拜托，埃莉，你打算干什么？”

“我能干什么？写下去，不过如此。得到真相。上帝啊，这很奇怪，乔。她是我的朋友啊。”

“是她很奇怪。”他说。

“是，但这件事呢？这不像她。她不会这样。”

“埃莉，你不了解她，你所了解的只是小时候的她。你无法把某个人冻结在时光里。”他说。

一阵沉默。

我又倒了些酒。我把自己冻结在了时光里。

“顺便说说，你的工作怎么了？”他问我。

“惊慌失措。”

“就这样？”

“解决不了。你知道我的，很焦躁。就去找南希了。没什么大事。”

“你确定？”

又一次沉默。

“埃莉，你确定？”

“是的，我很好，只是讨厌受到约束。”我说着喝完了一杯，“你今晚要做什么？”

“拿着酒杯入眠。”

“性感。”我说。

“只是这天比较糟糕，或者说这个星期都糟糕。”

我听见忧愁在他后背落下来，鸦雀无声。我屏住呼吸。

“回来吧，”我说，“我想念你，我们都很想念你。”

他没有应声。

“你知道我得在这里。”

“现在还是？”

“是啊，工作。你知道的。”

“我讨厌你的工作。”

“我喜欢钱。”

“你这个浑蛋。”我笑了笑，也喝了一口，“那不是你的工作。”

“或许吧，但什么是呢？”

我们好一会儿都没有说话。

“你需要遇见新的人。”我说。

“放弃吧。”他打了个哈欠。

“在你的合唱团有吗？”

“我们各过各的。”

“啊。”

“本来就是。”

“我知道。”

“我没有朋友。”他说，我又开始大笑。很好，我想，我们又回到了这个游戏里，而且很熟悉规则。

“我也是，”我说，“我们都是怪人。”

他撬开另一瓶酒。

“金吉怎么样？”他问。

“歪躺在那儿呢。”

他发出喝酒的声音。

“你给爸妈打个电话。”

“我知道，”他说，“转达下我的爱意。”

你该自己做，我想。

“真是糟糕的一天。”

我在火堆中加了一根干柴。

“我们下个星期会在一对配偶的婚礼上唱歌。”他说，尽可能让自己听起来开心一些。

“听起来不错。”

“嗯，会好的。就像是我们第一次正式演出。”

“了不起。”

“是啊，会好的。”

“值得期待。”

“是的。”

“我想你。”

“我也是。”他说。

火堆溅出极小的余烬，落到宽敞的地面上。我看着它们像濒临死亡的星星般渐渐消逝。哥哥有些像这些“星星”，黯然失去了他的光芒。我母亲责怪橄榄球，他经常被球敲中，受到了冲击。我认为是他替我承担着的那个秘密。我父亲只是觉得，作为同性恋，有时必定非常孤独。我想，或许这些都有影响。

1996年3月17日

亲爱的詹妮:

希望你一切都好。我无法想象你经历了怎样的生活,这让我难以提笔写下这封信。谢谢你的诚实,我没有想要避开你,相反,我想知道更多:我的朋友到底发生了什么事,后来又去了哪里?如果你愿意告诉我,我很乐意倾听。上个星期我回到康沃尔,心里一直想着你,每个人都很关心你,尤其是乔。他现在在纽约。詹妮,我想要去看看你,父亲说需要你给我寄一张探视令,是吗?我真的很想去看看你,但我不希望你会因此感到尴尬。我知道有些快——有可能太快了。我变得那么着急。我发现写信变得很难,已经可悲地不太会写了。我有太多话想要说,太多事想要告诉你了。我已经附上了邮票,还有邮政汇票。父亲说你很可能需要一些钱给自己买件羽绒被或诸如此类的东西,能让你的空间更私密些的东西。我总是想不到这些。随信附上些购物目录。如果你有其他需要，也请告诉我。

希望那里的人们能友善对你。保持坚强。

照顾好自己。

爱你。

埃莉

三个星期之后，詹妮全告诉了我。在她笔下，她的故事像是一种忏悔，但并非被迫而为，因为这是个两面的故事；意图和承诺，自由与结果，她毫无保留。

她写到那些过去的事，完全未加标点，就好像他对她的殴打与侮辱从未间歇，直到她血淋淋地跌倒在浴室地板上，他将淋浴的莲蓬头塞进她嘴里，试图淹死她。他靠过来，玩弄着水龙头，那会儿她就想那么做了，她说。当时手边什么也没有，手腕又受了伤，无力地垂了下去，她只好靠在浴室里，直到殴打结束，脚步声逐渐远去，前门猛地被关上。

“我在肉酱意大利面里放太多盐了！”她在信里写道，标注着具有讽刺意味的感叹号。这使我感到心碎。

她没有告发他。相反，那个夜晚，她缓慢而吃力地走进那条众所周知的隐蔽小径，把背包里的东西全部扔在地上，然后挪进电话亭报警。她说她被抢劫了。他们带她到医院照顾她，但是她知道他们不相信她，因为没人愿意相信那些一连串发生在她第三年、第四年婚姻里的“小灾祸”——琳达不信，邻居也不信，他们用沉默掩饰着怀疑。当男人来接她的时候，他哭泣着说，他会去干掉那个对她做这种事的浑蛋；在那个时候，她就意识到今后将会发生什么。后来就是这九年了。

事情发生的那天晚上，他回到家，发现等着他的是外卖，还是中餐，而她原本答应要给他做炖牛肉。其实，她更喜欢中餐，只是数月里一直不敢点，你知道，她得面对他的肆虐。她在利物浦的一家老餐馆里点的餐——金瓶梅餐馆，那是她最喜欢的餐馆；那里有她爱吃的菜——铺满姜蒜的辣味烩虾，这是少数能让她感到自信的东西，再搭配一杯冰的苏瓦韦白葡萄酒。尽管她的瘀痕快要消退了（伤痕已经持续了六个星期），但是眼睛下面还是有一圈灰暗，让她看起来楚楚可怜，她写道，那对她相当有用。男人坐在那儿一言不语。她给他盛饭，问他那一天过得怎样，但男人让她闭嘴。她吃了一块龙虾片，给了他一杯啤酒，他直接将酒杯摔到她头上。

她跌倒在地板上，连同一只碗、一个盘子、插有花的花瓶，以及她的筷子。（她吃中餐的时候，从来不使用刀叉；吃中餐时使用筷子的仪式感对她来说很重要。）那也是为什么她会抓起一只筷子的原因：手边只有它，一个尖尖的黑色金属杆，一份来历不明的结婚礼物。你知道，这是条件反射。他俯下身朝她吐口水，但他忘记按压住她的手臂。她将筷子刺向他，一开始她以为那是他的肩膀，后来，当她持续刺插了十五次之后，才意识到那是他的心脏。

“给。”我将信件递给父亲，他把锯子放到一边，坐到那张铺满木屑与灰尘的老式沙发椅上。他伸手到塞满东西的裤袋里摸索眼镜，直到我指着他的头，他才发觉眼镜在哪儿并拉到眼前。那是泄露他年纪的一个瞬间，我们永远不变的男孩身上那副盔甲的一个裂缝。我看着他读信件开头的问候语，脸色平静、温和。我想他还没有翻页。

我走到外面，远离工作室里木屑与油脂的味道。我像个孩子一样闲逛，看着过去他制作的一切：小棚屋、码头防波堤、邻居的攀登架、橱柜、架子，当然，还有我们的桌子。我过去常常想，他就是因为这些才一直没有一份合适的工作，因为他真的是仅仅太忙于做这些东西了。他曾经给我一些立方体木块，我那时候将它们一一刨平并磨至顺滑，直到它们像一只只鹅卵石，好看得适合做礼物。他教我辨认树木的纹理与质地，为什么橡树是浅褐色的，而山毛榉有时会是红棕色的；为什么橡树粗糙，而美国梧桐细腻；为什么白蜡树容易弯曲。我的生命中充满了这样的时刻，让我那样快乐却又觉得理所当然的时刻。但詹妮·潘妮从未认识她的父亲。她的身边，从未有过一个男人教她识别树木或者钓鱼，更别说带给她快乐了。

“埃莉。”

父亲叫我。我走进屋里，坐在沙发椅的扶手上。他将信折叠好交给我，什么也没说。我原本期待他会有很多反应：难以置信的一声叹气、理智的看法，或者别的什么；然而他只是抬起眼镜，擦擦眼睛，如同看见了詹妮残酷的生活，而不仅仅是读了那封信。我伸手搂住他，以免让他想起曾经的琴·哈格里夫斯，我们一直认为他已经淡忘了她，但也许他从来没忘记。

“她说她寄来一张探视令？”父亲说。

“是的，下个星期三。”我说。

“你要去吗？”

“当然。”

“很好。”他说，随后起身到他的工作台去。一颗钉子掉落在地，像是来自遥远地方的微弱钟声。他弯下腰将钉子捡起来——永远不知道他什么时候会需要它。

“她可能不会——”他开口。

“你能帮她吗？”我打断他，“如果我们从她的律师手里得到一些证件跟材料，如果我们能知道更多实情的话，你能帮她吗？”

“再看看吧。”他说。

但他的声音里听不出任何保证。

我排着队等着大门打开，周围即将见到母亲、姐妹、女儿或妻子的人兴奋得喋喋不休。阴影里有些冷，我不由自主地向双手哈气，因为紧张，也因为起初很冷，但现在不冷了。

“抽烟吗？”身后传来声音。

我转身，看见一位微笑的女士。

“不用了，谢谢，我没事。”我说。

“第一次？”她问。

“这么明显？”

“我总能看得出来。”她微笑着点燃一支烟，这举动使得她的嘴巴歪向一边，一脸苦相。“你会适应的。”她又说，眼睛看着大门。

“是啊。”我不太确定地说，真的不知道我能不能适应。

“你来这里很长时间了吗？”我刚说完这句话就后悔了，但她很友善，只是笑笑，她知道我的意思。

“五年了。她下个月会出来。”

“那很好。”我说。

“是我的姐姐。”

“嗯。”

“我带着她的孩子。”

“那不容易吧。”

“偶尔吧。”她说，“你的什么人在里面？”

“朋友。”

“多久了？”

“九年。”我忽然习惯了在交谈中省略多余的话。

“啊呀，”她说，“挺严重的。”

“我想是的。”

一个孩子忽然尖叫着跑向正在打开的大门。

“好了，门开了。”她说着，缓慢地抽上最后一口烟，随后轻弹到地上。那个孩子又跑回来，踩了上去，仿佛那是一只蚂蚁。

“嗯，祝你好运！”她说。我们开始往前移动。

“你也是。”说完，我忽然又感到紧张。

当然，我接受过安全检查，在机场、火车站、戏院这类地方，但这一次感觉很不同。两个月之前，爱尔兰共和军[1]又开始了攻击——一次在港区，一次在奥德维奇站的公交车上。人心惶惶。

狱警仔细检查我带给詹妮·潘妮的小包，里面不过是一些微

1 活动在北爱尔兰的武装团体，其前身为“爱尔兰义勇军”。该团体主张北爱尔兰脱离英国，与爱尔兰合并。

不足道的东西，来自外界的记忆。他将每一样物品在桌面摊开，好像它们是出售的商品：邮票、CD、一罐面霜、一支除臭剂、一块蛋糕、杂志，以及信纸。我原可以带更多东西，相信对她来说这些东西能让她的空间更大一些，日子更好过些，现实更好忍受一点。狱警告诉我探访不能亲吻，我感到脸红，随后将那些物品放进他们提供的袋子里，他便叫了下一位。

我走进探监大厅，空气寂静而遥远，仿佛也被处以与世隔绝的刑罚。我坐在被指派的十五号桌前，这里视野很好。

那位在排队时与我交谈的女士正在跟邻桌的一位男人讲话，声音低低的，一副满怀期待的样子。当我俯身从包里取出报纸时，我错过了第一批进来的囚犯。她们穿着平常的衣服，步态从容地走到亲戚朋友的面前，声音也很平常，就像是一般的问候。我朝门那边看着一张张出现的脸，忽然觉得自己有可能没有办法辨认出她来。我没有照片，而人们都在长大；我也一样。当她还小的时候，她有什么能让我记住的特征呢？头发，当然，但如果她剪了头发，甚至是染了，还有什么呢？眼睛的颜色？身高？她大笑时的声音？我无法回忆起她微笑的样子。作为一个成年人，她是陌生的。

在我们孩提时代，我常常等她——总是我在等，但我从不会感到厌烦，因为我的生活里没有那种会无穷无尽地占用我时间的事情。

“抱歉，我来晚了，”她总这么说，“又是这头发。”

说这话的时候，就好像她受着哮喘、跛行，或心脏问题的折磨，因此慢了些。我有一次在休闲公园等了她两个小时，在回家的路上才遇到她。

“你不会相信刚刚发生了什么。”她哭着说，情绪难控。

“怎么了？”我问。

“我一共梳了二十七次，才把头发好好扎起来。”她说着晃了晃脑袋。我自然而然地伸手搂住她，就像她受到了伤害，或者更糟糕——经历了生活中最残酷的事情——她紧紧贴住我，待了好几分钟，直到在我们那个不妥协的世界里再次找到安全感，才松开我说：“埃莉，永远不要离开我。”

一位女士独自穿过那扇门。大多数人都专注于对话，只有我跟另外一桌仍然等着。她的头发很短，有些卷曲，当她朝我这个方向看的时候，我笑了。她应该没看见我。她很高、苗条，甚至有点瘦，隆起的肩膀压缩着胸膛，看起来这样驼着背应该有好些年了。我不认为那是詹妮，但看她举手投足，再看她脸上的特征，我想或许在哪里见过，甚至就是她。她往我这边走，我站起来的时候就仿佛是我邀请她来晚餐，但她走过两张桌子到了我后面说：“妈妈，你还好吗？”

“雅基，你看起很好。是吗，贝丝？”

“是的，她看起来很好。”

“谢谢。爸爸怎么样？”

“老样子。”

“那个浑蛋。他向你问好。”

“也问他好。”

倏忽之间，我知道她不会出现了。在那个密闭的房间里，我仿佛听到她在说：“埃莉，对不起，我做不到。”不久，狱警走过来，弯下腰对我耳语，每个人都停下来看着我。

当时的心情，与我上一次被爽约时差不多。那个男人的拒绝让我陷入自我厌恶的旋涡，始终盘旋在脆弱的自我周围。我一直都试图变成他想要的样子，但其实不可能，因为他想要的是别人。但我仍然朝着疲倦、判断错误的方向尝试。我等着他。一直等到酒吧里人去楼空，等到工作人员疲倦地离开，等到他的缺席嵌入我心房，好确认我一直都知道的结果。

半小时过去了，我站起身，显眼地尴尬着离开。我掉了一包东西，听出来是面霜的罐子碎了，但我已经不在乎了，到了火车站，我会把它扔进垃圾桶里。

回程的火车乏味而缓慢。我厌倦了旁人的谈话，厌倦了在每一个乡村车站播放着“从伦敦到美好的乡村生活只有很短的距离”的说辞，厌倦了去想她。

坐出租车经过滑铁卢桥[1]时，一如往常，我重新振作起来。我看着东面熟悉的圣保罗大教堂和圣布里奇教堂的景象，以及在傍晚的斜阳中闪闪发亮的伦敦码头区上的高塔。上班族们来来回回，巴士显得多余，停泊在码头的古老蒸汽船上挤满了酒徒。凉爽的微风低语般穿过城市，轻轻拂过泰晤士河，晃荡的河面令阳光破碎成闪着金光的冰块。

我们经过奥德维奇站和皇家法院，开往佛里特街，在上学期间我住在那儿。当时的街道上什么都没有，现在店铺也很少（很快会有咖啡馆）；过去，如果我想吃夜宵或者喝上那令人难忘的

---

1 位于伦敦闹市区中心地带，横跨泰晤士河南北两侧。下文提到的诸多地点也都在伦敦闹市区的中心地带。

牛奶，必须要走到斯特兰德大街。我们开上布弗里街，我望向河流，看到了右下方那座雄伟壮观的建筑，挨着古老的《每日邮报》工作楼。

当时我们一共有七个人：演员、作家、艺术家，还有音乐家，分散在顶楼两层的几个房间里。我们自成一个隐秘的聚居区，远离生活在下面法律办公室的人群。我们孤独，与众不同。白天睡觉，黄昏时醒来，就像夜来香那般，芳香而繁茂。我们从未想过要征服世界，只是恐惧。我们之间也一直没有联络。不过，我们的记忆会在某个共同的地方。

我推开阳台门，往外眺望广场。眼前的景色格外宁静美丽，不可思议地让我感到自由和荣幸，而这种感觉在那一晚尤其强烈。我解开衬衫。一整天，我都感觉自己脏兮兮的，现在很想要来一杯马提尼，好好地洗个澡。为什么她不出现？为什么到最后一刻她犹豫不决？是因为我吗？我对她要求过多了吗？我非常失望，好像她握着那把开启那扇未知、重要之门的钥匙。

我坐下来，滚动着玻璃杯边缘浮起的橄榄。隔壁响起了音乐，带着我的思绪越过广场；音乐引领我再一次回到孩提时代的房间，重新发现那些曾经令我们愉快的脸庞、游戏和玩笑。

我回想起她与我们一起过的那个圣诞节，她狂热的信仰和奇怪的宣言让我们接下来的那个夜晚注定无眠。我再次看到她在海边，走在月光下的水面上，发丝在海边的狂风中杂乱纷飞，听不见我的恳求。

“看着我！”詹妮大喊，伸直了手臂，“埃莉，看看我能做什么！”面对汹涌的波涛，她没有挣扎，而是异常冷静，在她消失于漆黑的大海之前，哥哥用他坚定的臂膀把她拖举了出来。

“詹妮，你到底在干什么！”哥哥大喊，踉跄地将她拖拉到鹅卵石路上，“你这个白痴！我们都出来找你了，都很担心你，你怎么可以这样？你会被淹死在这里的。”

“我从没陷入过危险当中，”她淡然地说，“没有什么能伤害到我，没有什么能从我这儿夺走我自己。”

那一刻，我凝视着她，用不一样的眼光凝视着她。终于，一股愤怒的力量穿透了我的身体，并渐渐显露出来，有了它的名字：嫉妒。因为我已知一些东西已经从我身上夺走了我自己，代之以一种对那些消逝时光的极度渴望，那些尚未经历恐惧和羞耻的时光。如今，在我内心深处，那种意识发出了一个声音，它像一只受了伤渴望归家的动物般仰天长啸。

詹妮从未解释那天她为什么没有出现，我也从未给她压力。她消失了好几个星期，留下我的信件和忧虑，没有回复。快要到六月的时候，她重新出现了，熟悉的信封、熟悉的字迹，信封里面也是熟悉的手工卡片。这次她画了一只孤独的兔子在上面。

“埃莉，对不起，”她用细细的字母写道，“希望你对我还有耐心，抱歉。”

“抱歉，”他说，“我知道现在很晚了。”

我刚刚完成一篇杂志文章，正准备上床，看了看闹钟——凌晨三点——这时电话恰好响了，我考虑着是否不去接听，但我永远也不会这么做，因为我知道那是乔——他总在这个时候来电。所以我拿起电话说：“乔？”他说：“你猜猜发生了什么？”我说：“什么？”他笑了起来，跟平常不太一样。

“到底是什么？”我听见他那边传来人声，还有玻璃杯叮叮当当，“你在干什么？”

“在外面。”他说。

“那很好。”我说。

“你猜猜谁在这儿？”

“不知道。”

“猜一下。”他又说一遍。

“猜不到。”我忽然感到生气，“格温妮丝·帕特洛[1]？”

1 美国女演员。

（事实上，他在两个星期前的一个开幕式里遇见她，还强迫我假装是她的粉丝，在电话里跟她交谈。）

“不，”他说，“不是格温妮丝。”

“那是谁？”我调整枕头。

然后他告诉了我。

我听到一个男人的声音，不是男孩，那声音似是而非，缠绕着十八年的沉默。当他说“嘿，小埃莉”时——那是他一贯喊我的方式——我的肌肤一阵触动，犹如我在片片羽毛间飘落。

两个星期之后，阳光倾泻进窗台，充足的光线慷慨而贪婪地洒满房间，格林大街上传来喇叭声以及喋喋不休的纽约口音。我在床上翻滚，睁开眼睛看到哥哥正喝着咖啡站在那儿，盯着我。

“你在这里多久了？”我说。

“二十分钟。”他说，“你有时伸出一条腿，像这样，”他向我展示，“或者像这样，”随后又换了一条腿，“像一个原住民。”

“你真是不可思议。”我翻过身，困倦，醉醺醺，但无比幸福。

我前一天晚上到得太晚了。乔像从前一样约好跟我在肯尼迪国际机场见面，他举着一张大大的指示牌，上面写着“莎朗·斯通[1]”。他喜欢听路人对此窃窃私语，还有他们又吃惊又羞涩的期待；也乐于看到，当我蓬头垢面随意地出现时，旁人表现出的那种“啊，原来不是莎朗·斯通啊”的失望。他对于人们这种反应

---

1 美国女演员。

饶有兴味，对其把控也近乎残酷般精准。

经过布鲁克林大桥时（我们总是要求出租车司机走这条路），我降下车窗，感受着这个城市的气息，它的嘈杂、它明亮的街灯欢迎着我，鼓励我向前，就像它也曾鼓舞着成千上万想要来此寻找不同生活的人一样，这让我内心雀跃不已。哥哥就是其中一个，希望可以隐姓埋名（不是为了发财），在这里，他可以撕下过去的标签，成为他想成为的人，也不需要像我们之前那样规划与涂改着人生，而直接就可以去寻找我们自身的答案。

看到金融区的时候，我心潮澎湃，一想到乔、詹妮、查理、那些往事，我再一次感到了令人痛苦的包容；也想到存在于哥哥世界里的“他们”和“我们”，而我总是属于“我们”那一类。他指着双子塔对我说：“你肯定从没到过那儿，不是吗？”我说：“嗯。”

“你从那儿往下看的话，会感到自己几乎与外界隔绝了。那是另一个世界。我上个星期到那儿吃早餐。站在窗前，靠在玻璃上，我感觉下面的生活像在牵引着我。这很棒，埃莉。真的很棒。当你站在那儿，你感到下面那些生活离你那么遥远。生命那般渺小。”

出租车突然停下来了。“是啊是啊，你这个浑蛋差点撞到我，浑蛋！”

车慢慢开起来，哥哥向前靠近隔离网说：“师傅，现在到阿尔冈昆酒店吧。”

“没问题，伙计。”司机说着转向里道。他伸手打开了收音电台。丽莎·明尼里。一首诉说着机会、幸运——乃至成为人生赢家，以及爱不会逃离的歌。

我一到，他的名字就像一个古怪的在场监护人一样横亘在我们之间，平添了一份古雅的礼节。似乎他自己就值得拥有一整章，当我们翻阅的时候，只会看到他的名字。点了饮品，酒吧安静之后，我们终于能专注于彼此，翻开了查理那一章。哥哥吃完了一把花生，说：“你明天会看到他。”

“明天？”

“他会跟我们一起，”哥哥说，“来听我唱歌。你介意吗？”

“有什么好介意的？”

“我的意思是，这对我们来说太快了。而且你还刚刚到这儿。”

“我没事。”

“他只是想……”哥哥说，“很想见到你。”

“没关系，我明白。”

“你确定？他只是那么想。”

“我也想。”我原本还想问他们是否又成了恋人，此时马提尼送上桌来了，看起来完美诱人。时间会让我知道这一切，所以我只是拿起杯子啜饮了一小口。我说了“完美！”而不是“干杯！”因为确实完美。

“完美。”哥哥说，出乎意料地抱住我。

他变得越来越像金吉。你不得不去揣摩他的行为，因为他说话很少用词汇，他的世界很安静，一个不连贯的、碎片化的空间；他会因为一幅拼图在凌晨三点给我打电话，索要拼图的一块边角，以便他能拼完天空的部分。

“我很高兴你在这儿。”他说。我放松下来，看着他。他的脸已经不一样了：更温和了，一直以来双眼中紧张不安的倦怠感消失了。他现在看起来是幸福的。

“当然，不是吗？”我笑嘻嘻地说。

一对年迈的夫妻微笑着看着我们。

“所以。”哥哥说。

“所以？”

“我能重新再告诉你一遍吗？”

“当然。”我说。他一口喝了半杯酒，从开头讲起。

那是个石墙派对，他一直以来支持的一个慈善派对。那年他们会在格林尼治村[1]边上一座庞大的赤褐色沙石建筑举办一次活动。是那种给普通人办的很私密的活动，而门票与无声拍卖（也还有些粗俗下流的拍卖）也会带来不菲的收益。

“但你不想去吗？”我说，迫切地想知道这个我毫不知情的故事。

“是的，我不想去。但之后我记起要去看看他们的修复翻新怎么样了，因为我看上了一处新房子，需要一个建筑师；这也是另一件事了，我想你明天跟我一起去看看房子。”

“嗯嗯，好。”我喝了满满一口伏特加，感觉它在我头脑中奔涌，“现在继续。”

围墙花园里有人在表演四重奏，整个晚上乔大部分时间都在外面坐着，开心地遇见了一位叫雷的年长绅士。雷与他谈起1969年的暴动，还告诉乔他曾与凯瑟琳·赫本、马琳·黛德丽[2]共进晚餐，因为他参与了美高梅电影公司的服装设计并因自身的德国血统（母亲那边）认识了冯·斯坦伯格[3]。后来，灯光褪去，点起了

1 纽约市曼哈顿南部下西城的一个大型居住区。

2 德裔美国演员、歌手。

3 美国著名导演，出生于奥地利维也纳。

蜡烛，空气中萦绕着茶、茉莉，还有无花果的气息。音乐停下来的时候，人们走向室内聆听拍卖结果，品尝筹备者当天精心准备的日式自助餐。也是在那个时候，他们发现各自都是一个人。谁也没提出什么不合时宜的想法，只是一个安静又随意的、就像与阿瑟度过的那些夜晚。他们谈起侯司顿[1]、沃霍尔[2]，以及70年代的主题就像来宾的偏好一样模糊不清的派对。

随后，一位男子从防火悬梯走下来——一位在烛光下看起来很年轻的男子；靠近后，才发现也不那么年轻了。雷打量他，微笑着说："这位年轻的英俊勇士，你是何人？"年轻人笑了笑说："我是查理·亨特。乔，你好吗？"

侍应端上第二杯马提尼，我感到饥饿，额外点了橄榄。

接下来的几个小时里，他们畅谈往昔，之后才慌乱地走到格林尼治村的人行道上，漫步返回苏荷区[3]，幸福、迷醉，又难以置信。他们在乔的公寓里度过了周末，足不出户，看电影，叫外卖与啤酒，痛快地吮吸着那曾定义他们的失落时光。查理告诉乔，他原本不会参加派对。当时他该返回他在丹佛[4]的家，但由于航班延误，而星期一又忽然有一个会议，一位他只知道叫菲尔的同事跟他说，留下来吧，这里有派对。于是他留下来，但再也没见过菲尔，因为菲尔抛下了他去参加了无声拍卖，去竞标与一位没什

1　20世纪70年代美国设计师的代表人物，是引领美国时尚界的带头人。

2　安迪·沃霍尔，波普艺术的倡导者和领袖，艺术家。

3　位于美国纽约市曼哈顿岛的西南端。

4　美国中北部城市，科罗拉多州首府。

么名气的名人在特里贝克烧烤单独共进晚餐的机会。

乔放下手中的酒："埃莉，你猜怎么着？我认为他会搬到纽约来。"

那一刻，我真的以为自己已经问过他，他们是否会成为爱人，但也许我没问，因为我不太记得了，因为那时我们点了第三杯马提尼，当时只觉得再点一杯会是个好主意；醒来时，那第三杯马提尼的味道还残留在口中，透过刺眼的阳光，我看到哥哥端着双份玛奇朵，假装原住民那样单腿站着。

市镇住宅区坐落在格林尼治村的中心，街道绿树成荫，考虑到这里距离布利克街只有一条街，距华盛顿广场也不过两条街，算得上安静而又有些偏僻。我们看见房地产经纪人站在前方一棵高大的臭椿树旁边打电话，在逐渐消失的午后阳光下，树下尚留一小方阴影。

在去见他的最后五十码，我们忽然比起赛来，预备——下蹲——起跑；我赢了，因为我先抵达并触碰到了黑色的铁板扶手。那位经纪人看起来很困惑。我们看上去大汗淋漓，并且——最重要的——穷，好像我们连热狗都买不起，更不必说纽约的房产了。

我们爬上台阶，臭椿树的气味变得越发强烈，走进房子的时候又与潮湿的气息混合在一起；经纪人意识到臭椿传来的味道，立即说这个问题不重要。房子与我们原本想象的结构也不太一样，进去的一瞬间一片漆黑，好在还没有家具；木质百叶窗也都拉上了，伸手去拉开的时候，就卡在了中间，只有黄昏时能照进来些光线。房子其实很狭小，布局设计模仿了《小鸡快跑》里的养鸡场。墙壁上贴了条纹壁纸，整体是橙、棕、黑的主题色调，黑橡木栏杆漆得马马虎虎，如今又被一层厚厚的摩卡色的漆盖住了。我穿过走廊，随着一小段狭窄的阶梯走到上面的两层。顶层有一个洞和一个鸟巢，厨房那边有一个乏味的花园，长有杂草及高至膝盖的臭椿树，种子大概是从前面吹来的。这个房子实在是有太多问题，有太多需要改换的地方。但我站在那儿，看见哥哥悄悄地指了指手表，马上明白了这个布局，想到过去这些年它是什么样，现在又能变成什么样。当他波澜不惊地问我“怎么样”的时候，我说：“很喜欢。”真的。

我们回来的时候还不到下午六点，我快速地淋浴，换了衣服，在未来几天需要完成的一篇文章里隐藏着自己的紧张。事实上，这是我在周末报纸上匆忙（而且缺乏想象力）取名为《失物招领》的专栏——没想到这个名字最后竟延续了下来。那是关于詹妮·潘妮以及她返回到我生活中的故事，当中结合了我们之间的通信以及过去的回忆。我写信询问她对这个想法的意见（也许之后还能得到她的许可），她回信时，响亮地回复了“好！”还从我提供的选项里选好了虚构的名字，以保护她脆弱但自愿的身份。

门铃响了起来，我还没有完成文章。门铃又响了一下，哥哥在他房间里大喊。我打开前门，忽然想起头上缠着的毛巾，于是又往回走，将它迅速解下来扔到后面的凳子上，让潮湿的头发自然地垂下来。我感到很焦虑，想象着他会怎样进来。他见到我会跑进来开心地高声呼喊吗？或者只是敲门？我听到他的脚步声，然后停了下来。之后，他没有高声呼喊，也没有敲门，只是温柔地推开门，探进脑袋四处张望，随后微笑着对我说："嘿，埃莉，你好吗？"

还是一样的深色肌肤、一样的笑脸，可声音已经不再是我记忆里那种平滑的埃塞克斯口音。他还带来了香槟。我们本来要出门的，他带来香槟是因为他觉得这个时刻就需要香槟。他一只手握着香槟，一只手插入后裤袋里，对我说："你一点也没变。"我说："你也是。"我们拥抱的时候，他还握着那瓶香槟，我感到背部传来一股冰凉和硬物感。

哥哥带着开瓶器出来。他刚刚洗过澡，头发还是湿的，穿一件他们合唱团的粉红色T恤，胸口是那位有名的女士的素描，上面写着"六个朱迪"，下面还有些小字："我们会为你的晚餐歌唱。"他们每次都会为所支持的慈善机构印刷新T恤。有一年，他们支持的是一个老年团体，T恤上印着："唱歌永远不怕迟。"而这一次，他们在一辆备办食物的货车上，给那些无家可归的人提供食物。

我将酒杯传到大家面前，都倒满，我通常不这么做，我一直有些分心，也需要分心，因为当哥哥摇晃酒杯说出"敬我们，终于能够团聚"的时候，我不得不别过脸。在喝第一口酒，和他们碰杯一起说着"敬我们"之前，我就要落下第一滴泪珠来。

我一开始以为查理在帮乔处理一些财务问题，但当我走近电脑前，他突然伸手抓住我的胳膊，吓了我一跳。他说："等等。"接着他开始阅读专栏的开头部分。

"你觉得怎么样？"我说。

哥哥走进来说："出租车到了，你们准备好了没？"说着他又走进他的房间，带着一堆宣传的CD和照片。

“我想要在这里面，”查理悄悄地说，“把我写进去。”

“在这里面？”

他点头：“你曾经失去我，现在又找到了我。我也应该在这儿，难道你不这样认为吗？”

“你需要换一个名字。”我说。

“埃利斯[1]。”

“什么？”

“这是我喜欢的名字，埃利斯。”

“好吧。”

“詹妮·潘妮叫什么？”

“利柏蒂[2]，”我说，“利柏蒂·贝尔。”

我们落座在最后面的一张空闲小桌，远离那些不认识的客人，忽视那些认识的，挨着冰雕般的伏特加吧台、无限供应的迷你汉堡和肥美的面包虾。

“我想你应该结婚了。”查理说。

“没有。”我说着喝完了一杯。

一阵沉默。

“就这样？没有什么细节？没有特别的人吗？”

“没有。”

“从来没有？”

1　查理沿用了埃莉的名字。

2　Liberty，意为“自由”。

“回想起来，没有。”

“回想，天，你真像他。”他说着向哥哥招手，乔恰好出现在那张临时的红色天鹅绒幕布后面，露出一点身子，“你有自己的社交圈子。”

“不是这样的，这很复杂。”

“埃莉，我们都很复杂。你记得最后一次见我的情形吗？”

“记得。”

“你当时九岁，或者十岁，对吧？你当时真的很生我的气。”

“他从来没能从你这儿恢复过来。”

他笑了笑：“是，是。”

“事实如此。”侍应举着托盘经过，我迅速端了一杯酒。

“我们当时多大，十五？时间都哪儿去了？埃莉，看看我们。”

“就好像在昨天。”我说着又喝了半杯，“那，你们上床了吗？”

“天，你们都长大了。”

“是的。昨晚发生的事吗？”

“没有。”他嗖的一下伸手到托盘里端酒，但不小心洒到手臂上，“他不愿意。”

“为什么？”

“他回不去。”

博比是朱迪组合里毛发最重的，他走出来向大家介绍其他成员。他说到当天晚上来的那些慈善机构、房间里展出的艺术家作品，还谈到了金钱，希望能得到更多赞助。

“对了，”我回过头对查理说，“我最后一次见你不是那时候。是你出现在电视上，被塞进了车里那次。”

“啊，”他说，“那次啊。”

“对啊。”我说。但他假装没听见，恰好酒吧里放起了《舞蹈皇后》，音乐迅速响彻整个大厅。

我无法入眠，时差与咖啡隐隐影响着我，凌晨三点钟还很清醒。我起身溜进厨房，倒了一大杯清水，随后打开了电脑。哥哥睡眠的呼吸声既响又近。他睡觉从来不关闭房门。大概这是一种安全感：他需要听见家里的声音，需要时刻察觉是否有异常的声音。我轻轻地关上他的房门。今夜他是安全的，跟我，跟睡在隔壁房间的查理待在一起，他会是安全的。

就在那时，凌晨三点的黑暗里，我写到埃利斯在八月的一个夜晚重新回到我们生活中的那个瞬间，写到人们聚集在街角的酒吧买醉、互相诉说着各自的故事，写到假期到来之际，有谁爱上谁，谁又与谁即将分离。我写他回来的时候，钱包里塞着五十美元的纸币、现代艺术博物馆和大都会艺术博物馆的会员卡，还有星巴克和戴奇咖啡的积分卡。我写他回来的时候，嘴角带着一道轻微的疤痕，那是在一次滑雪事故中留下的；还带着一颗受伤的心，他并不真的爱詹斯，但詹斯是他生命中的一个人物，他深夜里的知己。我写他回来的时候，口袋里装着一封信，那是他母亲前些日子写的，比从前的信更富感情，问候他最近怎么样，希望彼此能够有更多的交流。我写他回来的时候，经历过痛苦的折磨，那是他许多年来都不愿提起的遭遇，还因此失去了一只耳朵。我写他回来的时候换了工作，离开了冰天雪地的布雷肯里奇[1]

1　美国滑雪胜地，位于科罗拉多州。

和后面的落基山脉，搬到了偏僻安静的北部，在那里见不到什么邻居，卡茨基尔山脉像鹰一样守望着他。他变成了一个同他遥远的过去完全不一样的人。

这就是我能记住的，他的回归。

1997年7月5日

詹妮:

每天早上我都带着《卫报》和《世界新闻报》走进双拱形大门，走过庭院、喷泉、停车场，以及打着点滴坐在长凳上的病人。我从不与谁打招呼，即使是门卫；我只是一个人，让故事静静地在高楼层里发生。金吉在我眼前渐渐萎缩。她的体重停留在她从前一直渴望的数值，那是她从前所谓的“好身材”，现在却只能使她维持睡眠，再无其他。

我们已经坦然接受了她的癌症，也尝试了很多方法，或者说，至少已经习惯了她周期性的药物治疗与化疗。前前后后，她已经被病情折腾了七年。但我们还是不能习惯感染和治疗对她身体和精神的摧残。她从来没有说过癌症对她不公平之类的话，但病情吞噬了她的尊严；她过去所摒弃的自怜自哀现在却回来了，这令她讨厌自己。詹妮，她越来越糟糕了，近日她让我们彻底觉知到疼痛。我真的无能为力。

她入睡的时候，我在她身边工作。我在写我们的专栏，令人惊喜的是，成绩不错。我说“惊喜”，而你总说你就是知道。现在我正写到利柏蒂和埃利斯两人一起坐火车、巴士，在工作的休息期间聊天。詹妮 · 潘妮，我的老朋友，你觉得怎么样？名望最终想起了你……

我看着窗外，夜色吞没了建筑工程与邮差公园里那些生长茂盛的树木，阴影偌大而诡异。我不想回家，这里成了我的家，护士们成了我的朋友。长夜在我面前无限蔓延，我偷听他们谈论心碎和钱的问题，还有租金、鞋子的价格，以及伦敦在发生变化之前如何使人沮丧。

我给他们讲金吉的故事，给他们看她的老照片。因为我想让大家认识这个女人，这个曾经与嘉兰[1]分享香槟、与沃霍尔有一个秘密的女人。我想让他们知道，这个女人除了手腕上的名字、号码以及出生日期之外的信息。我想让他们知道，听到丽莎在第五大道露面，或看见嘉宝[2]戴着太阳镜与围巾在上东区出现这一类的事情，仍会让她激动。她仍然为那些大明星激动，为他们那嘲弄平庸的才华而感到振奋。她也有过这样的瞬间，曾经辉煌的时

1 瑞典籍美国女演员。
2 美国女演员、歌唱家。

期，即便受到岁月洗礼也不会褪色。

“亲爱的，怎么了？”金吉忽然醒过来，虚弱地触摸我的手。

“你还好吗？”我问。

“不算太坏。”她说。

“要水吗？”

“只要苏格兰威士忌——你了解我的。”

我把一块冰凉的毛巾放在她的额头上。

“这个世界又发生了什么事？”她问。

“詹尼·范思哲昨天被枪杀了。”我拿起报纸告诉她。

“詹尼什么？”

“范思哲，那个设计师。”

“噢，他啊，我从不喜欢他的衣服。”她又重新睡回去，也许满意了，至少感受到这个世界还是公正的。

夏日的夜晚即将过去，我想要带金吉到庭院里，让太阳照到她脸上，让那些晒成褐色的雀斑一点点浮现出来。我想带她回我那位于布市[1]后面的公寓，坐在楼顶眺望凌晨的史密斯菲尔德市场，看着肉市像夜间开放的巨大花朵一样开张。我想和她一起听着圣巴塞洛缪医院的钟声，吃着牛角包，阅读周末的报纸，八卦那些我们认识和不认识的人。但最重要的是，我想要健康再一次紧紧抓住她，带她走进五彩缤纷的伦敦生活。但金吉再也没有到过外面，后来我告诉她的时候，她已经没什么留恋，因为我们已经完成了、体验了这些事，不是吗？所以其实这些都没什么意义。

1　此处及下文中出现的地点都在伦敦。

“亲爱的，我期望自己的骨灰能撒在这里。”金吉对我说，指着照片里她站的码头，河流在她身后高涨，“那样我就能看着你们所有人。”

“你喜欢就好，”我说，“只需告诉我你想要什么。”我拿起一张A4纸和一支医院的圆珠笔，掩盖自己流下的眼泪。

那天晚上，我回到家就洗澡换了套衣服。教堂后面古老的道路早已荒无人烟，那些过去的声音陪伴我走入小径，安全抵达家门口。我朝着后面的脚步声回头；一个阴影退缩到黑暗中，稍纵即逝；一阵笑声，一句交谈，一声“再会”在砖墙间回响，随即又安静下来。安静。浮夸而深情。可以一口吞掉。

我在镜子前看着自己的身体，我曾经嘲笑和否认的身体。它从来都不够好——不管是对我，还是对他人，但在那个晚上，它看起来美丽，看起来强壮，已经足够。

我拉开抽屉，把之前收好的戒指拿了出来。内圈里，字迹斑驳，隐约可见：“1952，拉斯维加斯。我们的纪念。X。”

金吉从未告诉我X是谁，但阿瑟猜测他是一个坏男孩、流氓，所以他们的回忆才会这么短暂。现在我戴起来正合适。我戴上它，在光线下高举起来。上面的钻石闪闪发亮。我像当时收到它的那个孩子一样笑了起来，冻结在时光里。冻结在了时光里。

我接听了电话，犹豫着该怎么跟乔说。六个星期之前，金吉第一次住院的时候，他回来过。他从纽约飞回来，当时他的老板不允许，并以解雇来威胁，但他仍坚持回来，因为他爱金吉。我带他走进病房，金吉看到他的时候，脸上立即泛出了难得的喜悦之情，似乎他的出现能将病魔击退。那个星期金吉看起来有所好转，真的，但那是在感染之前。乔发誓会在十月再回来看她。而现在是七月的第三个星期，电话响起了。

“嘿，乔。”我说。

电话那头一直很安静。

“不会太久了。”我说。

“知道，”他说，“当你跟她在一起的时候，打给我。”

“我会的。”

“你怎么样？”

“有点难受。”

父母和南希在最后一个星期都没有来，因为金吉让他们别来。他们请求她，希望能与她并肩作战，但她说自己“不想让他们记住她现在的样子”，而实际上，是她无法忍受告别。岁月让她变得柔弱，不能直面自己的感受。那些曾经唱过的歌词，都已成为如今的她。父母难以接受她的要求，不情愿地妥协，静静地准备接受失去她的日子。母亲理了一个很好看的短发，南希在洛杉矶接拍了一部电视剧，而父亲回到森林里，砍下一棵树。树干断裂、分离、倒下的声音，便是他一直无法说出的心里话。

金吉变得越来越虚弱，我给阿瑟打了最后一次电话，他在第二天清晨就到了帕丁顿车站。我在检票处等他，他一副摇摆不定、听天由命的模样。他看起来苍老、困惑，曾经的手杖如今成了他的拐杖。他安静地坐在出租车里，我们避开所有关于她的事情，直到我们来到弗灵顿路，他又问了我一次她在哪个病房，还需要什么。

“你还好吗？”我握住他的手问。

我们转向史密斯菲尔德市场，他点点头，说：“我跟这里的一个年轻屠夫有过一段关系。”

“是美好的回忆？”我说。

他紧紧握住我的手，我知道那意味着什么。“我还没写到关于他的事，”他说，“但我会写。应该会在第十三章开始，名字就叫‘意乱情迷’。”他尽力克制着自己。

从出租车下来的时候，他不小心绊了一下，我听见他深深地叹了口气：“埃莉，说实话，她怎么样？”

“阿瑟，她不太好。”我说着带他走进入口。

他俯身探向她，触摸着她一边的脸说：“看看现在谁有了颧骨？”金吉笑着，轻拍着他的手回应：“愚蠢的老家伙，我一直想着你什么时候会来。”

“还是我们那个金吉。”他细声说，俯身吻了她。

“你很好闻。”她说。

“香奈儿。”

“在你身上真是浪费了。”

阿瑟从包里拿出一份杏仁挞。

“看看我带了什么。”他得意扬扬地将杏仁挞送到她鼻子下。

“杏仁，”她说，“就像巴黎一样。”

“我们一起分享，”他说，“就像巴黎一样。”

我不知道金吉是否还有胃口，她已经好些天没有进食了。但阿瑟掰碎一块送到她嘴边的时候，她饥饿地吃掉了；也许只是因为能再次品尝到回忆，那些回忆令她欣慰。

我搬来一张凳子放在床边给阿瑟，他坐下来，握着她的手。他在多年前已经和自己的死亡言和了，但面对他人的死亡依然感到惊慌，所以他紧紧握着她的手不让她走。他还没有准备好让她走。

我从门边看着他们，听他们从青年聊到中年，往事翻腾；还有他们在圣安德烈艺术宫[1]附近一家小酒店里的故事，两人喝到凌晨，看着对面房间的情侣做爱。那情境非常美妙，在后来的四十年里他们时时谈起这件事。他们是最好的朋友，诉说着好友之间的故事。

我留下他们朝楼梯走去，下楼的时候，我忽然对自己的健康满心感激。我走到外面，呼吸着新鲜空气，感受着阳光洒落在肌肤上。当你安然无恙、当你还年轻的时候，世界是不一样的。它很美，很安全。我跟门卫打了一声招呼，他回以我同样的问候。

1　位于法国巴黎拉丁区。

1997年7月29日

詹妮：

最近发生了一些事，我想你会愿意知道。昨天下午，金吉在打了吗啡之后，稍微减轻了一些痛苦时，告诉我们早些时候有人来探访过。这很奇怪，因为我跟阿瑟都没有看见有人来过，我们一整个早上都在那儿。她说，那个男人带来了一些鲜花，是她最爱的白玫瑰；她年轻当红那段时期，更衣室里总会摆着这样的花，那种芳香令她感到万事皆有可能。我看着阿瑟，彼此耸耸肩，因为这里没有什么白玫瑰，只有护士前些天带来的一瓶小苍兰。但她让我们闻一闻这白玫瑰，我们确实闻到了，芳香馥郁。金吉说访客是个年迈的男人，大概六十岁，依然英俊；她觉得年纪不重要，因为他找到了她并且与她想象中的一样。他的名字是唐，她的儿子。她多年前已经放弃了他，金吉说，但当他进来的时候，她知道那就是他。你看，他带来了花。玫瑰。白玫瑰。他的名字是唐。他一直在寻找，终于找到了她。现在，她觉得很满足，很平静，可以离开了。

我们永远不知道这件事是真是假，但我想我们都不会去深究。这是一个发生且结束在同一个屋子里的故事。阿瑟说，每个人都会带些东西到坟墓里去……

凌晨四点钟，我们还在睡觉时，金吉就那样悄悄地走了，没有长长的悼词演说，没有郑重的告别。我很快就醒了——或许是直觉？——我看着她，就知道她已经走了，就好像曾经寓居在她体内的空气已被抽干，代之以轮廓鲜明的样貌。我亲吻她，同她告别。阿瑟颤动了一下；我跪下来，轻轻地唤醒他。

“阿瑟，她走了。”我说。他点点头说：“噢。”我留下他和金吉告别，走到外面去找护士。

从病房到广场需要走一百三十一步，每天上下四次，我持续走了六个星期。当然，天还很暗，只有零星的灯光和喷泉的声音。我抬头看着天空。“今夜有一颗新的星星。”要是我还很小，哥哥也在身边，他就会这样对我说；随后我便会找上四十分钟。但我现在长大了。我明白自己再也看不见她了。曾经有她的地方，如今只是一片空无。

她在戴安娜王妃去世前的一个月走了。

“那样就不会抢走她的风头了。”我们都说。

1997年9月7日

亲爱的埃莉：

昨天，整个监狱都观看了葬礼[1]。那两个跟在后面的可怜男孩。这里很安静。每一个人都有他们的悲伤。对于许多人来说，是因为那被荒废的时间——远离家人待在这里，曾经喝酒或吸毒，他们再也见不到的挚爱之人的去世。或是孩子被从他们身边夺走交由别人照顾。威斯敏斯特教堂[2]看起来很漂亮。我从未去过，也没去过圣保罗大教堂和伦敦塔。我有太多地方想要去看。

这里有很多的阴谋论。一直是这样。我说人们应该别再叫她“王妃”了，这将是一个开始。

你在上一封信里提到了戈兰先生。

---

1 指戴安娜王妃的葬礼。

2 英国的王室陵墓所在地。

我的生命中也有过一位戈兰先生。

那是我母亲的一任男朋友。

那时候，我常常约好跟你见面却迟到，其实不是因为我的头发。我真希望过去我跟你谈过生命中的所有人。我很抱歉。这里的人们在帮助我。这很好。交流。很多交流。

两天前我剃了头发。我以为我会像一个男人，但大家都说我看起来很漂亮。我感到一种奇怪的自由。发型的变化真是很有趣。

对于你上次的探访，我很抱歉。埃莉，希望你永远都不要放弃对我的耐心。

照顾好自己。

你的利柏蒂，你的詹妮

千禧年的最后一个八月渐渐来临，父亲忽然取消了所有预订，也拒绝一切预约，房间都被空出来，打着哈欠等待着，为我们——他的家人做好准备。撒完金吉的骨灰后，这会是我们全家第一次聚在一起，对于这个在客人面前就会很活跃的男人来说，有点不像他。而母亲已经开始持续监视他的每一个举动，以防他再次骤然跌落到那未知的深渊之中，那样他只会成为那不可克服之力量的一份战利品。

然而幸好父亲只是兴奋，没陷入什么灾难里；就像小时候他会在半夜唤醒昏昏欲睡的我们，看他最爱的电影，通常是西部片，或者是穆罕默德·阿里成为传奇的传记片。他的兴奋是根烛芯，点燃了我们停滞的灵魂，在那个夏天，那个灯光熄灭了的夏天，将我们拉向他。

乔和查理乘夜班机回来，我在帕丁顿车站与他们汇合，在那里，我们停留了十分钟，转乘九点整启程到彭赞斯[1]的列车。

我们断断续续地打瞌睡，靠经过的自助餐车为身体提供能量。当列车驶近海岸线时，男孩们开始喝起啤酒，我看着他们——我感到自己很多余——萌生出爱意，以及对未来的承诺和信心。但也会有些停顿，在他们的这一重聚时刻，没有什么是两个人能分享的——家，梦想，床铺——什么都没有，除了桌面上那罐不冷不热的啤酒。我的渴望悬而未决，我那关切他们的心又一次露出了不满。

艾伦像从前一样在利斯卡德[2]等我们。当他走下斜坡与我们握手、接过行李时，我看得出来他已经不一样了，充沛的精力俨然消失，一双眼睛阴沉呆滞。现在他与哥哥紧紧拥抱时，也不再脸红，不像从前那样脱开身，如今面对他人的拥抱，他会献上自己的温暖。

“男孩们，还好吗？”他说着，接过行李放进后备厢。

“还好，”他们说，“你呢？”

但没得到回应。

我们穿梭在熟悉的路线上，小路两旁紧紧簇拥着的树篱上，零星分布着黄色、蓝色和淡粉色的小花，因为度假的游客看到迎面过来的车总会惊慌失措，于是我们比以往更多地停车、倒车。我们经过一个猴子保护区，多年前，我曾在那里看到一个戴假发的人被猴子无缘无故地攻击。随后我们转入主道，艾伦轻轻地伸手拿起一张CD，吹了吹背面，放进他先进的播放器里，那是父亲在去年圣诞节给他的惊喜。

---

1 位于康沃尔郡。

2 位于康沃尔郡。

这首歌，讲了一个沮丧的男人渴望着一个女孩和她无私的爱。我们在歌曲的第二部分一同唱了起来，并在狂乱的曲调中捕捉到了其中的情绪——痛苦；而就在那不可名状的愉悦瞬间，我确信艾伦前臂上的汗毛甚至都竖起来了。

然而，就在那一刻，“曼迪”两个字刚刚出现，艾伦就忽然关掉了音乐。他说我们毁了这首歌，在剩下的行程里也没再跟我们说话。

（后来父亲告诉我们，艾伦的婚姻出了问题，或者说是他自找的麻烦，他在米兰杰夫斯[1]结识了一位性感的发型师。她叫曼迪。）

他们在私人车道的尽头等着我们，他们四个，像一道五颜六色的警戒线一样，握着高脚杯和一大壶鸡尾酒，取代了布告与横幅，并分享着一根手卷香烟。起初我们以为那是大麻烟卷，但很快意识到不可能，因为母亲还穿着上衣。

“就用这样的赝品来欢迎我们吗？”哥哥跳出车外说，每个人都在笑，就好像他刚刚给大家讲了一个世界上最有趣的笑话似的，又仿佛那真的就是大麻烟卷。

我们试图说服艾伦进屋来与我们一起喝两杯，但他不愿意，只想把行李卸下来。他往回开上斜坡，车里音乐刺耳，由于挂三挡的时候有点太过迅速，车子立即停转了。四周，一片沉重的寂静环绕着他，音乐在树木间回荡，可怜而孤绝，仿佛一个掩饰得很差的预兆。“噢曼迪。”

噢艾伦，我想。

---

1 位于康沃尔郡。

我独自走到码头，惊扰了一只午后在岸边消磨时光的苍鹭。我看着它起身，昏沉无力而无精打采，低低地飞过水面。我回头望了望房子，看到楼上窗户里的母亲像往常一样整理房间。我想起九岁那年第一次看到这个房子：墙面灰白，油漆剥落，笼罩在一片参差不齐的树影下，像是一颗疏于护理的牙齿上那破烂的牙冠，为侧面不堪一击的残垣断壁而悲伤。我想起涌进过脑海里的冒险意识，那些令人呼吸急促的假设，那种联结，一直延伸到远方的无限联结轻唤着我："跟我来，跟我来，跟我来。"

我在草地上坐下，慢慢向后躺下，直到背部潮湿，不适而潮湿，灼烧着双眼、令我疼痛的感激之情慢慢消失。最近这一阵子我总是这样，不断地回溯过去，摆脱不开。我把这一切都怪到即将到来的新年头上——还剩四个半月，到那时，时钟的指针会重新归零，我们会从头开始，能从头开始，但我知道这不可能。没有什么事情能重新来过。这个世界还会依旧，只是会更糟糕一点。

母亲从窗户探身出来，向我招手；她送了一个飞吻给我。我也回吻给她。她打算攻读文学硕士，这是她最近才发觉的一个隐秘梦想；也不再见那位A先生，破解他那任性的念头了。三个月前，他与一个来自比肯斯菲尔德[1]的度假旅客陷入热恋，迅速结束咨询，听信了爱能治愈一切（或许除了支付他没结算的账单）的神话。

我站起身，跑过草地，回到我楼上的房间。在那儿，我会拍拍枕头，抚平床单，装满水罐，摆摆花，只为了和她在一起，怀着我那永远说不出口的心事和她在一起。

1　位于白金汉郡。

“阿瑟！”

我解下系泊线圈，又喊了一声他的名字，就要放弃时，阿瑟从小屋里跑出来，背着一只像是泄了气而发青的肺一般的、陈旧的空背包。

“你确定要来吗？”我说，“你可以跟乔和查理他们留在这儿。”

“他们又睡了。”他的声音里有一点点失望。

“那好吧。”我说着，协助他小心翼翼地上船。

大家的回来使他很高兴；现在他已经快八十岁了，但在我们身边他就像变色龙一般，变得像我们一样年轻。我用力把船推离河岸。我没有立即启动引擎，而是朝着中间的水流漂移，然后我们一如往常高声大喊：“金吉，你还好吗？”我们都感到船只轻微颠簸了一下；这种对我们的迅速回应，不是因为水流、风，或浅滩，而是其他存在的证明。

船沿着岸边慢慢漂荡，我伸手去摘黑莓和早熟的西洋李。我们躲在伸出来的枝杈下面，当心父亲认为自己前几天看到过的那只巨型雄水獭；我认为那事实上只是他的想象，也是他的计谋——让我们再好好确认下，以缓解他受到的惊扰。

“我最近常常感到头晕。”阿瑟说着将手放到冷水里。

“怎样的头晕？”

“就是头晕。”

“你摔倒了吗？”

“当然没有，”他说，“头晕，不是衰老。”

“你有没有改变你的饮食？”我十分清楚他没有。他嘲笑过这个建议，对他而言，生命中如果没有腌肉、奶油和鸡蛋将会毫无价值，也全然无法想象。

他的胆固醇和血压一直都高到不能再高；他还以此为乐，就好像要有极高的技巧，才能达到这样令人头晕目眩的高度。他现在拒绝使用处方药物，因为数月之前他悄悄告诉我，他不会因这个问题而死去，所以无须吃药，说着，他又吃了一块滴着果酱和凝脂奶油的司康饼。

“你担心吗？”

“不。”他说。

“那你为什么告诉我？”

“只是把我的情况告诉你。”他轻轻地说。

“你想要我做些什么吗？”

“不用。”他说着，在袖子上擦干双手。

他现在会这样做，开始告知我一切：无关紧要的，有意义的；对话常常终结于无法回答的言辞困境。我想这也是因为我知道他的所有事，读过书里的一切，光鲜的、污秽的。我做他的编辑已有五年了，现在我们虽然远离了那些打印的书页，可我仍是他的“编辑”。

“十分钟之后我会回来这里。”我说。我拿起帆布包笨拙地爬上陡直的港口墙壁，爬到顶端后，我停下来回望，阿瑟紧张地操控着两根红色的浮标，试图以之字形驶向大海。我怀疑自己是否还会再看到他，还是他会因为生气的海岸警察没有听见他的请求而有伤自尊地被带回港口。在他的想象中，阿瑟·亨利是一名水手，能干又勇敢，但事实上只有陆地能提供这样的特征给他。我知道他只会停留在港湾入口处，持续打转，直到十分钟过去。毫无疑问，当我拿着沉重的冰块、蟹和海螯虾从梯子上下来的时候，他的前额已经冒出了汗珠，流到了瘦骨嶙峋的胸前。他立即又回到船首，那样子像是在说：别再这样了。

我们在闪着光泽的水面上毫不费力地滑行。在游客观光团熙熙攘攘挤满村庄的背景下，引擎发出的啪啪声被映衬得十分安静。

“阿瑟，给。”

他站起来，我给了他一支橙子女仆[1]。

“我还以为你已经忘记了。”

“从来不会。”我眨了眨眼。他拿出餐纸擦掉融化滴落的部分。

“想来一口吗？”

---

1 雀巢公司出品的一种橙子味冰激淋。

“都是你的了。”我说，随后左转，沿着宽阔的河流，向家驶去。

我们回来的时候，他们在草地上打盹。见查理正认真地看着自己那本《同志与强盗，侍应与烈酒》的清样，阿瑟步履轻快地走上斜坡，热切地扑通一声坐在查理身边那张没人坐的椅子上。

他靠过去说：“查理，你读到哪里了？”

“柏林。”

“啊呀，”阿瑟说，十分奇怪地理了理右腿上肥大的沙滩短裤，“你可别听，南希！”

“噢，好的，阿瑟。”南希说，头也不抬地看着手里的美国版*Vogue*杂志，“我没那样生活过，是吧？亲爱的。”

“起码没在诺伦多尔夫大街[1]一间又暗又小的屋子里待过。”阿瑟说着喜悦地躺在椅子上。

哥哥在父亲的工作室里。一开始他没有回头，所以我盯着他雕刻、凿边，摆弄一个简单的舌榫接头。他已经完成了两个，放在他头顶的壁架上。在微光中，他看起来很像我小时候所熟悉的父亲：一样的轮廓，驼着背的样子看似从不需要呼吸，仿佛呼吸会影响精确度，而精确度代表着木工活的一切。

他现在参加了夜校，学习家具维修。或者再学点别的，他说。他放弃了一切，逃离了原来的生活。他辞掉了在华尔街的工作，离开了苏荷区那套每个月花掉数千元的房子，买下了格林尼

1　位于德国柏林的一条繁华街道。

治那座有鸟巢、臭椿树和棕色过道（圣诞之后我们把它拆掉了）的联排房屋。他后来自己又装修了一番，一间又一间，一月又一月，像是对它从前状态的一种不慌不忙地致敬。这种缓慢的步伐很适合他，因为现在他的肚子上长了肉，那些肉也很适合他，但我永远不会说出来。事实上，如今只有查理才是他与过去那种生活——交易大楼、不断变化的数字，以及在“世界之窗”吃的那些早餐——的连接。查理如今在南部的双子塔工作，从八十七楼俯瞰着曼哈顿，每当我飞过纽约上空，对我而言那里都是远不可及的存在，是世界之王。

我打开灯，哥哥转向我，揉了揉眼睛。

“你在这儿多久了？”

“没多久。”

“过来，坐下。”

我走向那张磨损的扶手椅，拂走他刚刚从一块橡木上刨下来的木屑。

“喝酒吗？”他说。

“现在什么时间了？”

“喝苏格兰威士忌的时间。来吧，我找到了爸爸的珍藏品。”

“在哪儿？”

“防水长筒靴里。”

“太明显了。”我们齐声说道。

他将威士忌倒在一个有污渍的马克杯里，我们共饮一杯。

“再来？”

"不用了。"我说，呛人的热气让我肚子里一阵搅动。我那天吃得太少了。我站起身，忽然想喝水。

"等会儿。"他说着伸出手臂，告诉我向后看。我转身，看到一只很大的野兔就在门口。它一边用鼻子蹭着那些木屑与切割下来的木块，一边用深色的眼睛看着我们，栗色的毛发上粘着碎渣与尘埃。我们注视着它，年月逐渐剥落，我们再次回到小时候，一些事情也被带了过来，一些我们从不谈论的事情，一些发生在我六岁、哥哥十一岁那年的事情。我们注视着它，而那些回忆就在眼前，我们都知道，因为那一刻我们都沉默下来。

我跪下来，伸出手，等待着。那只兔子开始靠近我，我感到它冰凉的鼻子在我手上震颤，呵出温暖的气息。

"看这个。"乔说。

我的迅速转身让兔子跑走了。我起身走近哥哥。

"你在哪里发现它的？"

"后面，架子后面。一定是爸爸留起来的。"

"他为什么要留着？"

"难忘的纪念之类的？"

我在他那儿接过那只偌大的箭头，翻转过来看了看。父亲在那个圣诞节鼓励詹妮·潘妮做了这个。他帮她把零碎的橡木拼凑起来，钉成一个大大的箭头。她用贝壳和一些从海滨捡来的灰色鹅卵石装饰了其中一边，并涂上亮粉。我的手掌在光线下也因此闪闪发亮。

"她希望被找到。"乔说。

"每个人都希望被找到。"

"是啊，但我经常忘记这一点。我们猜不到她会在哪儿，我们找不到她。但她在引领我们。”

“那天晚上是在哪里找到它的？你记得吗？”

“在码头，指向下游……”

“指向大海。”

“我总认为，她消失是为了伤害自己，或者自杀。你知道的，这么明确的示意，她不想回家。但现在我明白，她仅仅是引领我们到一个地方，一个瞬间，在那里她能够向我们展示她有多么特别，多么与众不同。”

“多么受上帝垂爱。”

我内心里一阵不安。我攀越岩石到达最远处，那里陡峭的海岸与大海相连。潮水已然退却，漂向了很远的地方。在那个下午，走到岛屿那边去也不是不可能；我以前这么做过。我眺望着东方，黑色岩石在起伏翻滚的深色海水中隆起熟悉的轮廓。这个季节适于捕虾，这总能燃起我儿时的热情。水桶里装满半透明的灰色小虾，我们会在海滩上将它们煮熟。我们还会回到那些日子的——当然，不是现在。

太阳还很炽热。风中夹杂着一股熟悉的退潮后的恶臭和浓烈的海水味。我向一只奔跑的野狗投去一块小石头，再转过身，沿着我的脚印小心翼翼地折返。我意识到对哥哥和我而言那个圣诞节的回忆是非常模糊的。这是詹妮·潘妮怂恿的一场搜寻、一场发现，就像她到来的那晚引发的谈话一样。

“你们相信上帝吗？”詹妮大声问，这使我们从喋喋不休的交谈中安静下来。

“我们什么？”父亲说。

“相信上帝吗？”

“对于今晚来说这真是一个老问题，”南希说，“然而公平地说，在今年、在此时此刻还是有着非凡的意义。”

“那你相信上帝吗，詹妮？”母亲问她。

“当然。”她说。

“你看起来非常确定。”父亲说。

“是的。”

“亲爱的，为什么？”南希问。

“因为他选择了我。”

一阵沉默。

“什么意思？”哥哥问她。

“我生下来就死了。”

我们沉默下来，她随即详尽地描述起自己的出生、祷词，再到后来的复活。那天晚上，屋子里没有一个人入睡，大家都不想缺席——并不是害怕，而是她或许会向我们展示一些我们尚未准备好知悉的信息。

我坐在墙上，望着那些覆盖着杂草的平坦岩石，明白了她那天晚上是怎样走进水里的。多年前我就知道了，但如今我明白她一定小心翼翼地注意过那交错的地质构造，那条单独的小路也在当晚助了她一臂之力，让她踩上去时能短暂地安全。

我记得，我惊惶地跑到山丘上，累得喘不过气来。“她就在这儿！”我向哥哥大喊。詹妮回头看着我们，她并没有逃跑，相反，她在等着作为观众的我们到来，之后她缓慢地穿过几乎被淹没的岩石，走进迎面而来的波浪。

“埃莉，我永远都不会回家。”这是她在前一天说的话，但我没太当回事——以为那只是因为圣诞狂欢之后心里一下子空落落而已。

她在房子和花园周围都留下了便条，系在光秃秃的果树枝上。我们以为这会是个游戏——本来是游戏——但我们以为是那种最后会让人轻松高兴的游戏，互相说着“干得好！”“现在到我了！”之类的。但之后一切都变了。随着天色渐晚，我们开始担心。父母和南希进入森林，翻过溪谷，去临近的沼泽地找她，在那里，即使你小心仔细，也很可能被沼泽吞没。艾伦在通往泰兰德、波尔佩罗、佩林特的小路上找了一番。晚些时候他又取道村庄，打算沿着蜿蜒的小道开往沙镇[1]。我们当时在桥上，招呼他停了下来。我们三个，乔、我和她。

她沉默，颤抖，一副无动于衷的模样，不愿意回答我父母那些愤怒的问题。她只是坐在壁炉前，头上盖着毛毯，拒绝开口。那天晚上我父母给她母亲打了电话——他们别无选择——她将自己紧紧地封闭起来了。

“现在没有火车能让她回家，不行。不，德斯回来了。记得德斯吗？我数年前的一个前任。他现在偶尔会跟我在一起。噢，她没有说起吗？好吧，他说他明天会开车接她回来。”

德斯。德斯。

德斯叔叔就是选择她的那个人。

1　位于康沃尔郡。

餐桌被搬到了外面，铺上了报纸，固定在三盏生锈的枝状银烛台下面，融化的烛泪滴在昨天或更早之前发生的故事上。当我们拿出葡萄酒和玻璃杯，以及满盘的螃蟹与海螯虾时，天色转暗，一种令人惊怕的昏暗，我们像流浪汉围着火堆一样簇拥在蜡烛前。之后准备开餐时，又发现缺了个人，我们一直喊她的名字，直到她走出黑暗，像一个漫游的美丽幽灵，穿着白色的丝绸衬衣式连衣裙，纽扣开得很低，很难辨认这是刚穿上还是要脱下。她大步走过露珠润湿的草地，像她新接的那部电视剧里的角色，莫利·克伦肖侦探（对她的朋友来说，是莫尔）一样，大摇大摆地走着，好像她把枪藏在了令人尴尬的地方，只有少数幸运的人才知道它在哪儿。

南希靠近桌旁，欢欣地拿出两瓶香槟，就好像是她自己用了一天时间，亲自采摘葡萄，发酵，酿制，装瓶，而我们帮不上忙，只好为她鼓掌喝彩。这些声音顿时让她神采飞扬，所谓“已在剧院最后一次谢幕”的谎言不攻自破。

“开餐吧。”她说，仿佛恰巧此时，贝壳破碎的声音和人们有感于白色蟹肉入口后的甜美而发出的第一声赞叹，立即划破了康沃尔的安静。

“你很安静，”父亲靠过来给我斟满酒杯，轻声说道，“一切都好吗？”

“还好。”我说。这时南希伸手向阿瑟要了一只大大的海螯虾。几秒之内，她摘掉虾头，剥落虾壳放到一旁，又蘸上一点辛辣的蒜泥蛋黄酱，随即把肉放入口中。她舔了舔手指，说了些什么，却淹没在了咀嚼和舔舐的声音里；她像是说了句“我在考虑结婚”之类的话，餐桌上霎时安静下来。

“什么？”母亲说，试图掩藏她声音中的惊吓。

“我在考虑结婚的事。”

“你在跟某个人约会吗？”我说。

“对。”南希说，这会儿她将面包与蘸过酱的蟹肉塞了满嘴。

“什么时候开始的？”我说。

“就最近。”

“跟谁？”母亲问。

对话中断了一会儿。

“一个男人。”

“一个男人？”母亲说，不再掩盖她的惊吓，“但为什么？”

“等一下，”父亲说，“我们都还没喝醉。”

“告诉我——不是巴特勒侦探吧？”乔说。

“是他。”南希咯咯傻笑。

“不可能！”乔说。

“谁是巴特勒侦探？”母亲的音调变高了，越发焦虑。

“节目里非常火的那个年轻人。”查理说。

“但是他看起来像个同性恋。”乔说。

“他不是同性恋，”南希说，“我知道的，我跟他睡过。”

“但你是同性恋。”阿瑟说。

“这不一样，阿瑟。”南希将一只大蟹钳撕开，“我的性征是流动的。”

“你就是这么形容自己的吗？”阿瑟说着，胡乱地敲打一只螃蟹的头。

“但为什么？”母亲斟满一杯酒，在南希回答之前就差不多喝完了，“特别是在这么多年过去之后。”

“我变了，以及感觉不错。我们都感到不错。”

“不错？”母亲说着再一次斟满酒杯，脸色在忽明忽灭的烛光下显得苍白扭曲，“不错？不错从来不能成为结婚的理由。”她向后靠，双手交叉在胸前，不想再进一步讨论。

之后没人再说什么了。只是三言两语地讨论着螃蟹的尺寸，以及作为美食，海螺是不是能胜过牡蛎。要不是母亲态度软化下来，一整晚就会这么过去。她倾身向前，轻柔地说：“南希，这只是一个阶段，对吗？”

“更像是中年危机吧。”阿瑟说，“你为什么不买一辆法拉利？”

“我有。”

“噢。”

“我不清楚，”南希握住母亲的手说，“所有好女人都被带走了。”

（母亲刹那间看起来有一些高兴，脸也红了，尽管我不能确认那是否是光线的缘故。）

“以及，”南希继续说，“他从不说起他的感受，和前任也没那么多联系，他也不愿意跟我去购物，不穿我的衣服，也不学我的发型。退一步说，这很清爽。”

“南希，如果你开心，我们都会开心。大家说是吗？”父亲说，大家围在桌边零星而无力地说着“对”“我想是吧”之类的话。

“那么，恭喜，”父亲说，“现在我等不及想要看到他了。”

“我们也是！”乔和查理有些太过热情地说道。

我们扬起酒杯，正要向同性恋联盟举杯，这时，我们突然被河堤边传来的一记响亮的河水飞溅声打断，醉醺醺的我们下意识地随着那声音走到河边。

我们拖着脚步谨慎地走向码头，挤成一堆跟在端着一盏大烛台的父亲后面，黄色的火焰微微照亮黑夜中的河流。悬出河面的树枝诡异地舞动，伸出的手臂和暗中摸索的手指映现出倒影向我们逼近。我们又一次听到了飞溅声。父亲转向左方，就在那时我们看到一双受惊的眼睛，这不是水獭的眼睛，身量大小、划水姿势都不是；我们所看到的是一只面部线条柔和的小鹿，正挣扎着浮出水面。它掉下去，然后再次出现。它的眼睛盯着我，充满惊惶。

“埃莉，回来！”当我跳进波光粼粼的冷水中时，父亲喊道。

“埃莉——这很危险！看在上帝的分上，快回来！”

我涉水走向那只溺水的小兽，听见身后又传来水花溅开的声音，我扭头，看见哥哥蹚进水里向我走来，水花随着他的步态四处飞溅。我靠近时，小鹿惊慌不已，它迅速转身，朝对岸胡乱划动。它的脚很快意外地踏上一片在浅水河道中形成的沙洲，我看着它踉跄地登上泥泞的河滩，筋疲力尽。之后便消失在对面的森林里，而烛光也摇曳着沉进烛液里，熄灭了。我们被留在一片黑暗中。

“白痴。”哥哥伸手搂过我说，“你想要干什么？”

“救它。那你又想要干什么？”

“救你。”

“埃莉，如果你不想让我结婚的话，”南希在康沃尔的溪谷里大声喊道，“只须告诉我一声，亲爱的，而不必自杀。”

“走吧。”哥哥说，扶着我往回走。

我在熊熊燃烧的炉火边坐着，看着男人们在喧嚣中打着扑克牌。母亲屈身，将我的杯子倒满。也许是角度或灯光的影响，也许仅仅是因为她自己，那天晚上母亲看起来很年轻。南希必然也注意到了，因为母亲端茶的时候，我恰好看见南希注视着她，我能看出来，那样的注视浇灭了她对于婚姻原本便摇摆不定的想法（那婚姻并不会发生，因为那位巴特勒侦探在《国家寻问者》[1]杂志上不体面地“出柜”了）。

晚些时候，母亲走进房里跟我道晚安，我坐起来对她说：“南希爱上你了。”

1　美国著名八卦杂志。

“我也爱她。”

“但是爸爸怎么办？”

她笑笑：“我也爱他。”

“哦。这样可以吗？”

她又笑了笑：“埃莉，对一个出生于60年代的孩子来说……”

“我懂，只是有点沮丧。”

“不要沮丧。”她说，“我对他们的爱是不一样的，就是这样。我也不会跟南希上床。”

“噢，天哪，我不需要知道这个。”

“不，你该知道。埃莉，我们有各自的原则，一直如此。这是我们所能做的。对我们来说，它是起作用的。”

说完，她俯身亲吻我，说了声晚安。

第二天，快十点时出现了日偏食。天空暗沉沉的，很遗憾，光线的弱化就只变成了一个不太明显的现象，而不是激动人心的远古景观。我们与其他船只一起待在海湾上，数以千计的爱好者散布在四周峭壁上，他们举起有保护功能、像是3D眼镜般的仪器，观察被云掩住的太阳。海鸥在歌唱，岛屿港口也传来陆地鸟儿的啼鸣，但它们的声音杂乱混沌，毫无音律。它们感知着异常，而我在感知寒冬。逐渐减少的光线像是预示着暴风雨的来临，预示着难以言表的危害。到了十一点十五分，最后一点太阳消失了，整个天空变得幽暗、静谧，一股寒流降临到水面，降临到我们身上，整个海湾都被封锁在这片沉重的静谧中；鸟儿也静下来，一头雾水地进入睡眠。

我想过太阳消失以后这里会变成什么样子：像一个慢慢闭合的器官，瞌睡着，不再工作了。生命的尽头不会有爆炸，只会像此时此刻般渐渐瓦解，进入黑暗之中，在此生命不会醒来，因为没有这个必要。

当然了，几分钟过后，太阳又慢慢地重新出现了，直到它的颜色再一次照耀着大海和我们的脸庞，空中充满了鸟鸣声，这一次它们的声音喜悦、轻松。峭壁顶端忽然传来一阵欢呼声，还有“哗哗哗”的鼓掌声。然而我们在很长时间里都沉默着，感动于那美轮美奂而深不可测的壮观奇景。是它让我们与这个世界相连，是它让我们彼此相连。当光亮不再，我们也就不在了。

一个月后，阿瑟像平常一样在清晨六点钟醒来，但在那个特殊的早上，他的眼睛并没有同他一起醒来。我从窗户往外看，他像一个醉鬼那样困惑地走进草地。我跑下楼，走进清新的早晨呼吸空气，发现他正跪在地上搜寻方向。

“阿瑟，你怎么了？发生了什么事？”

“我什么都看不见，”他说，“我瞎了。”

非动脉炎性前部缺血性视神经病变——这是专科医师所用的术语。因为视神经中风，导致眼部血液供给减少，致使两边的视野都堆积了大量的阴影，患有心脏病的老人会得这样的病；一件很不幸的悲剧。

“心脏病，”阿瑟语气嘲讽，“一定是别的什么东西。”

母亲紧紧握住他的手。

“但我很健康，一直以来都是这样，从来没得过什么病，理所当然地，心脏也不会。”

“但你的检查结果表明有些不一样的东西。”专科医师说。

“那你可以将这些不一样的东西塞进你的屁股了。”阿瑟说完起身想要离开。

“别这样，阿瑟。”母亲将他领回座位。

医师回到办公桌前，他看着便笺，然后望向窗外，回想着归档在“巧合”（而不是红色的“警告”）文件夹之下的那些类似案例和奇怪的副作用。他又看了看阿瑟，说：“你有在为勃起功能障碍服药吗？”到了这个阶段，答案已经呼之欲出了，母亲站起身说：“阿尔菲，你来吧。”随后她离开诊室，留下父亲处理这位八十多岁老人的性欲问题及负面后果。

显然，他的回复是：“是的。”到现在已经有一年了。当然，他是我们之中最先服用的那一个，像孩子等待圣诞节一样等待着效果的来临。医师相信这有一定的联系，所谓的“其他效果”，他有所耳闻；即使医师没有证据，阿瑟也得向那些药物告别了，并且耐心等待视力重新恢复。

他们在第二天回来了，疲倦，如释重负。我在厨房等着他们，给大家倒满了苏格兰威士忌，而不是茶，因为已经是傍晚了，只有威士忌合适。

“阿瑟，我很抱歉。”我说。

“不必担心。”

“这必然不是恒久不变的。”母亲说，“专科医师说你的视力会随时回来，他们对这方面是有了解的。”

“但我必须对此有所准备。”他说着伸手去端威士忌，却摸到了盐罐，“我只是想让自己勃起，并没有使用太多药物，即使那就像一本好书一样让我感到舒适。这是一种期盼，真的。我还没走到人生的尽头。”

“阿瑟，我特别懂。”父亲说，打断了一脸不以为然想要说话的母亲，“你不是男人，”他无畏地对她说，“不可能明白。”说完，他越过桌面挽起阿瑟的臂膀以示支持。

我带阿瑟回到他的小屋里，房间仍然很暖和，充斥着前一天的咖啡气息，我领他到壁炉旁那张他最喜爱的椅子上。现在秋天也接近了。

“埃莉，一个新篇章啊。”他深深地叹气。是的，真的要迎来一个新的篇章了，我将会成为他的眼睛。

当我还是个孩子的时候，阿瑟常常带我到河边或者森林里去，给我形容四季的变换以及每个季节里不同的气味。如今，我告诉他越来越多的白鹭迁徙过来，给他描述白鹭的动静，它们在远方的矮栎丛后神情忧郁。我们还在丛林里摘蘑菇，他第一次真正感受到泥土的芬芳，感知它们的松软。我带他到小河钓鱼，起初他很安静，慢慢地，他几乎可以感受到鱼儿上钩了，手指弹着渔线时，就像在轻轻拨弄一把吉他的琴弦。

也是我，带他在十二月的一个寒夜到他的新书发布会，刺骨的寒风吹过史密斯菲尔德，追赶着流浪汉走入温暖的酒吧里。我带他走过曾经是烟熏室的那长长的白色入口，来到装修极简的那家餐馆，大家都在等着他，随着话语声、回声和人们移动的声响越来越多地涌入耳边，他一时间惊慌失措，紧紧抓住了我的手臂。我能感到他因为恐惧而颤抖，这时，母亲凑上前轻声告诉他：“阿瑟，每个人都在说这是一件多么美妙的事，你是个大明星。”他整个人终于放松了些，声音也开始放松，并大声说：

“感谢大家所做的一切，干杯！”

时候渐晚。大部分人已经离开了。父亲被一位前来用晚餐的年轻艺术家困在角落里，我听见他们讨论沮丧与嫉妒对英国人内心的重要性。母亲有些醉了，与一位曾经在俄里翁[1]工作的年迈绅士打情骂俏；她向他展示如何把一张餐巾折叠成一只鸡。他看得很专心。我从洗手间出来，四处寻找阿瑟，我以为他会被人群围在某个地方，但他只是独自坐在安全出口，孤独地躲在阴影里，眉头紧皱。我以为那天晚上他心中的忧愁盖过了兴奋——完成，且很好地完成了一个计划之后常有的扫兴和失落。但当我靠近他，我看到的是别的东西，一些更深沉的事情：他正心烦意乱。

“是我，”我说，“你还好吗？”

他笑着点点头。

“这是一个很不错的夜晚。”我在他身旁坐下。

“是的。”他低头看着双手，拴紧其中一根手指，血管渐渐隆起、肿胀，像有一条青色的虫子埋在他的皮肤下。

“我把钱都花光了。”他说。

“什么？”

“我把钱都花光了。”

我沉默了一会儿。

“阿瑟，这就是你在担心的事情吗？我们还有挺多，你知道的，你需要多少可以告诉我父母。”

“不，埃莉。我，把，钱，都，花，光，了。”他清晰地发出每一个字的音调，费力地说明，直到我理解他话语中的含义。

---

1 美国一家著名的电化学分析仪器开发制造商。

“噢，我的天。”

“是的。”

“还有谁知道？”

“只有你。”

“什么时候花光的？”

“一个月之前，准确地说，六个星期前。”

“该死。”

“是的。”

对话暂停了一会儿。

“所以你不打算死了？”

“嗯，某一天吧。”他隆重地说。

“我知道。”我说着大笑起来。但他有些难过，我停了下来。

“我又变成凡人了。人类啊。我又什么都不知道了，很害怕。”他流下一颗孤独的眼泪。

我们就这样平静地坐着，直到流浪汉离开，直到空荡荡的餐厅回荡着清洁餐桌椅的声音，而不是欢呼雀跃和干杯的声音。

“阿瑟？”

“唔？”

“你现在可以告诉我了。你原本打算怎样死去？”

他朝着我的声音看过来说：“被一只掉下来的椰子砸死。”

天一亮我就起了床，在屋顶喝起了咖啡，身上裹了一件好些年前南希买给我的开司米羊毛衫——我成年后的第一件私人物品，比外套还要贵的一件羊毛衫。我看到肉市关了门，工作人员脱掉白色制服，赶在睡前去吃一顿早餐。我完成了那个星期的专栏文章，又一次打开了詹妮·潘妮的信。

2001年9月7日

埃莉：

我重新开始了塔罗牌解读，以赚取一些外快。这东西给人们带来了希望。我不仅仅解读牌面的意思，也尝试分析背后的心理学。不过你知道，有些人从来不回望过去，而有些人又因为过去太遥远而看不见。你知道吗，在无期徒刑者中我是很受欢迎的！不管她们选到什么牌，“冲突”“权杖公主”或者“死亡”，我最近看到的都是“自由”。不过我从未在“审判”上看到过自由，对狱中的人来说，“审判”是一张艰辛的牌。

今天早上抽了一张牌——随机抽的——给我自己，过了一会儿，又为你抽了一张。我通常会抽到“调整”，或者“圣杯五”，但今天早上是“高塔”。“高塔”！我为你选择的那张也是“高塔”！埃莉！一张接一张，这概率多么难得！

它在所有牌当中是最具有能量的。高塔倒掉，一切都会不复从前。真正的治愈到来了。旧事物毁灭，新事物来临。我们不必什么都紧抓着不放，因为一切都会被这种转变性的力量毁灭。埃莉，这个世界在改变，我们必须相信。命运在向我们招手。如果我们能接受宇宙的法则，接受起伏不定的悲欢离合，那么我们将会拥有我们需要的一切，拥抱属于我们的真正自由……

我停了下来。我听得出她话语里的认真和让人信服的力量，就像她在那些年对亚特兰蒂斯的解说一样。无可置疑。催眠般的诱惑力量。我关上电脑，喝完了咖啡。

我感到焦躁不安，开始觉知到一些我近来就意识到的事：我们终于来到尽头了。写利柏蒂和埃利斯的故事已经有五年了，我感觉他们的故事已经讲完了，而我一直在推迟，拒绝道别，尤其在上个星期父亲告诉我，詹妮可以被假释之后。虽然有些事情仍有待决定，但她很快就会知道，他会代表她出席最后的听证会，带她出来，回到她离开了六年的生活。我会等待一段时间，留下最后一篇专栏，那将由她亲自完成，就在这个屋顶，我的身旁。

这天我没有吃早餐，直接前往伦敦苏荷区，想要点一份羊角面包和一杯卡布奇诺。我喜欢散步，沿着霍尔本的西面，从赞善里一直走到新牛津大街的分岔路。太阳渐渐升高，万物的影子变短，整个城市也随之苏醒，人们从四面八方涌到大街上来。我来到剑桥广场，再转向查令十字街，到国家美术馆看维米尔的画展。我一直都盼望着看这个展览，但总是在拖。就要结束了，还有六天。我甚至都没像平常那样，在泽维梅尔书店停留，或者去那家二手书店看看——我的大部分藏书都是从那个地下室便宜淘到的；都没有，我快步往前走着，躲开那些漫步观光的旅客。

我已经能看见售票处前的队伍了。展览已经卖出了大部分的票，我只好默认自己又浪费了一个机会，但当我加入到缓慢移动的队伍后，有人悄声地说下午还有票。果然轮到我至桌前，售票员说："下午三点可以吗？"我说可以。于是，我紧紧抓着门票站到了冷气充足的入口大厅，为今天的安排感到幸运。

苏荷区很安静，我在餐厅外面坐着；冬天我也常这样。送餐很慢，堆满油罐、红酒和番茄的手推餐车漫不经心地从门口进去，消失在厨房，过了有一会儿，才再次出现。对我来说，这一直是条忙忙碌碌的街道。在别的地方，几乎所有的老店都已经消失，或正在消失，贪婪的房东们等着能付给他们更高租金的名牌店进驻，其他的呢，就拜拜吧。我往左看了看：琼的理发店还在，当然，吉米、安杰卢奇的店也在，谢天谢地。他们仍然给我父母送咖啡，一种浓缩烘焙咖啡豆，邮差也很乐意递送，香气会充满他的一整天。这个街角很安全，至少就现在而言。我打开报纸，点了双份玛奇朵和一份芭喜巧克力。这里真的很安全。

很难想象，我们将要步入昼短夜长的季节，而漫长又寒冷的冬季会让我的皮肤变得灰白。我知道今年这个温和的秋日，树叶的颜色会变得缤纷灿烂，大多树木都会变得金黄与火红，像是佛蒙特州的颜色，我们去年去过那个地方。

当时，就我们三个，一时兴起，开车从纽帕茨[1]出发。我们打算去那里骑马，但最终选择了徒步，途中我们还搭载了个人，一位看起来更像是女孩的年轻女士。我们决定载她是因为搭便车很不安全——不仅仅是我，他们也这么说——她一边说“是啊是啊”，一边爬到后排座。她在我身旁坐下，膝盖上放着一个黑色垃圾袋。她身上有种很重的味道，那味道像是在说“别碰我”。我们原本在路边所期待的年轻气息，此刻消失了，那顶道奇棒球帽下方，原来是一张饱经沧桑的脸：双眼透露的疲倦和困苦都超出了她的年纪。她说她正在度假。我们知道她是在逃离。除了一大份早餐，她什么都没要。后来，我们看着她消失在一个巴士站里，对于一场冒险来说，她太过漫不经心了。离开之前她告诉我们她叫莱西，取自一档警察节目。她走了之后，我们都变得沉默。

我肯定是听见了那一声叫喊的，只不过在那个时候我没去留意。回头的时候，我记起自己听见了什么，但忘了来龙去脉。随后有人轻轻拍了下我的肩膀，指向里面的荧屏，我转身看到已经有四个人在那儿看着了。但我看不太清楚发生了什么事，因为里面太暗了，只好起身跟着走进去；我一点一点，惊恐地，靠近那个填满巨大荧屏的孤单影像：

---

1 位于纽约州。

天空湛蓝。九月里一个瑰丽的清晨。黑色的烟雾和火焰从高塔一个偌大的裂口边如巨浪般翻滚出来。字幕上显示，是纽约世贸大厦的北塔。

我的第一反应是必须打电话给乔。北塔。查理在南塔。南塔是安全的。我拨通乔的号码，直接转到了语音信箱。

“乔，是我。我知道你会没事的，但我正看着电视，无法相信眼前所发生的事。你有跟查理通过电话吗？打给我。”

飞机低低地斜飞过去，伴随着那让人难忘的轰鸣冲向目标，爆炸成一个火球，成千上万加仑[1]燃料迅速在升降梯里蔓延，彻底熔掉塔的脊椎。你的塔，查理，你的。站在我身旁的女人大哭起来。又转到了语音信箱。该死。

“查理，是我。我正在看着，打给我。请告诉我你没事，请尽快打给我，查理。”

我的电话立即响了起来。

“查理？”

是我的母亲。

“我不清楚。正在看。我也没能接通。我留了信息。嗯，当然，还在试。告诉我。我会的，当然。我也爱你。”

小餐馆里挤满了人，一片沉默。陌生的人们相互安慰着。南塔的碰撞区比北塔低，那不太妙。也许他刚好下楼买一份报纸，或者还在浴室，而不在办公桌旁。查理，请别在办公桌旁。

人们向窗户外探出身子，挥手寻求救援，竭尽全力远离向他们袭来的乌黑烟雾。我又给乔打了一次电话，还是那该死的语音

1　1英制加仑约等于4.5升。

信箱。

“是我，打给我。我们都很担心，我联系不上查理。告诉我他没事。我爱你。”

他们跌落下来，一开始只有一两个人，接着越来越多，像是受伤的弓箭手从遥远的城墙上跌落下来。随后，我看到了他们，出现在我未来梦境中的那两个人。我看到他们紧握着彼此的手，跳下来。我见证着他们友谊的最后一秒，他们一直没有放手。谁安慰了谁？谁能做到呢？是经由话语还是微笑？在那个短暂片刻，他们呼吸着清新空气，重获自由，忆起往昔；片刻的阳光，片刻的友谊。他们不会松手。友谊不会消逝。

我接起电话。

“不，我没有，”我说，“还没。”

我知道自己听起来很疲倦，我也听得出她声音里的恐惧。我尽量让她安心，但作为一个母亲，她不能不害怕。她收到南希的信息，她试图从洛杉矶国际机场飞到纽约，但机场临时关闭了。一架飞机撞击了五角大楼。

“乔，”我又说了一遍，“打给我，只是尽快一些。”

“查理，又是我，请联系我。”

周围的人们纷纷拿起电话，幸运的人联系上了朋友；其他人等待着，脸色苍白，我也是当中的一个。

南塔被卷到了地面，不计其数的纸片、备忘录、写着逝者名字的草稿漫天飞舞，直到消失不见，里面的一切也随之消失不见，他们的噩梦结束了。而现在那些留下来的人，他们的噩梦还在继续，那些留下来等待的人，守着电话默默哀悼。

我再次拨通电话。不再是语音信箱了，什么都没有了。另一架飞机在匹兹堡外失事，谣传它是被击落的——阴谋已经开始滋生。阴谋滋生阴谋。詹妮·潘妮会说。

塔已倒下。没有什么事情是一成不变的。

北塔也毁了。曾经人们捧着咖啡，微笑着赶去工作时，脑海里或许还想着午餐，又或是晚些时候做什么，因为在清晨还有“晚些时候”可想。他们经过的城市大道，如今已是月球表面一般。尘土落定之后，幸存者匍匐着爬到街上，满身灰尘，神色茫然。一个男人的衬衫已经破了，露出了流血的胸膛，但他毫无察觉，只想着将头发抚顺并梳向一边，因为他总是将头发抚顺并梳向一边——他还小的时候，他母亲就那样帮他——所以为何那天不能也那么做呢？那是他寻求正常的方式。乔，打给我。查理，打给我。我需要这一切都正常。

我原本可以。我原本可以在维米尔的画展里游荡，提醒自己那些美好的事物。我原本可以到那儿去，回归到正常生活里。我原本可以迷失在那天尚存于记忆的自我喜悦当中，因为到现在那种感觉还很近。在这个世界改变之前，我还能记得过去的一切。

我原本可以完成那些我想要做的事，如果我没有拾起电话，听见他的声音。一听见他的声音，我就开始哆嗦，他语速飞快，听起来吓坏了，但幸好没事。那天他没上班，起晚了，不想被骂。我告诉他这边的报道、我听到的一些情况，但他一直说让我停下来，而我根本没听清，因为我太高兴了。他忽然在那头大喊，我才停下来。

“我找不到乔。”他说，声音沙哑。

我坐在天台上，看着天色暗淡下去。夏天已了无踪迹。楼下响起电视的声音。我感到很冷。我裹了一条旧的野餐毯。那是父母的，我一直没有带回去，因为我不知道什么时候会需要它。它闻起来有草地和潮湿羊毛的气息。它有康沃尔的气息。我再次想起与他们通电话时那头的沉默，当他们意识到那种令人麻木的可能，当我告诉他们，你们的儿子找不到了。

我想搭乘航班到纽约，但大多数都已停飞，或者只飞往加拿大，话务员说再过几天才会恢复正常。又是那个词。我在预订名单上留下了名字。我得第一个飞过去，我得亲自到那儿去看看，因为我不能两手空空地回家，至少要带回去点什么打破他们的沉默。不管是一声尖叫，还是一个微笑。

我喝完了第二杯酒，等着查理答应给我的电话。我看着卡车到达现场，听见冷冻设备发出的柔和嗡鸣。我又倒了些酒，直到酒瓶空空。

已经好几个小时了，一定有了。我看了看表。查理说他要去乔的家，警察封锁了第十四大道，但他已经到那儿了。他说，只是去看看。埃莉，那种气息。那是他最后跟我说的话。那种气息。

我的电话响了，电量显示很低。终于等到了。

“嘿。”他的声音单薄而空洞。

“你还好吗？”

“嗯。”

“查理，怎么回事？”

“我找到了他的日记。”我几乎听不见他的话，“它指引他去了那里。”

公爵／办公室／8点30分

日记条目很简洁。用的是蓝绿色墨水，那是去年二月他从我这里带走的一支笔。当然，我们四处打了些电话，但没那么多电话可打。里面的那些人，出来的那些人，仍心有余悸，几乎不太能记得他。“是啊，我以为他在那儿。”他们说。又或是：“没有，没看见他。”我们离开时依旧一无所获，还是只能猜测。

公爵没能出来。一些人说他当时就在碰撞区，另一些人说他去楼梯间找同事去了。那很像公爵的作风：回去帮助别人。也因此，人们都叫他“公爵”。

我到达纽约的时候，屋里的东西，南希和查理都没有动过。他们不想移动什么，以防我还能找到线索，能说明他去向的被忽视掉的线索。但我看到的，只有一个塞满的冰箱，还有半瓶他最喜欢的红酒，所有这些线索都表明：乔要回家，哪儿都不去。

他们到多家医院查看过，南希到布鲁克林，查理去曼哈顿，又轮流到新泽西以及临时的停尸房去。南希在电话里留下乔的名字，清晰地说了两遍，但电话那头让她再说一遍，好像这是一场发生在电话线上的声音之战。她背靠着外面的墙，想哭，但眼泪像理解力一样卡住了，她陷入了过去的回忆。没有人能安慰她。每个人都有悲痛的故事。每个人的故事都比你的更糟糕。

橡胶与燃料燃烧的辛辣气味，还有其他说不出来的味道，滞留在鼻腔中，让人想到一幕幕恐怖的景象。查理之前提醒过我，但每一次出门还是能闻到，甚至在花园里也一样，因为什么都不能掩盖那股恶臭，因为说到底，这城市里弥漫的是震惊的气息，它像放了一周的尿液那样酸臭。我翻出乔的一张陈旧的折叠酒吧椅，擦拭干净。我坐上去之后，它便变形了。左边的合页坏掉了，他一直没有修理。

我们曾一起规划这个小花园，规划它的香气、颜色，种上一盆盆茂盛的薰衣草、飞燕草，在厨房外种上柠檬香桃、一丛丛茂密的红牡丹，还有一排排白色的树木，那散发出的香气像是在说“英格兰万岁”。当然还有蓝紫色的玫瑰，一层层缠绕着金属楼梯，像一只富有魅力的雄猫攀爬到墙壁。这些玫瑰会茂盛地绽放一整个夏天，让每一个来访的客人都艳羡不已，他们的花园面对哥哥在随随便便的热情下取得的成果相形见绌。他能用信仰的化肥在沙漠里创造出一片绿洲。他创造出了一个超出他想象的家。

一架直升机忽然从高空降落，有节奏地搅动着空气。一阵警车的鸣笛声，又或者是一辆救护车穿过城市。有什么被找到了，终于被辨认了出来。紧接着，就会是令人崩溃的电话。有什么在等待着埋葬。

乔向来懒得打理那些植物，不明白有何意义。他说："让它们自然生长。"我拿起一把小铲，挖掉一只干枯的棕色花朵。我随便地找点事做。隔壁传来了音乐声：布鲁斯·斯普林斯汀[1]之前是法兰克·辛那屈。只有新泽西男孩[2]才能登上广播。

"不久前的一个晚上，你妈妈说了些奇怪的话。"南希说着打开了外卖纸盒，但没人有食欲。

"她说什么？"我说着，伸手拿起叉子而不是筷子。

查理看着南希。

"是什么？"我说。

大家都沉默着。

"埃莉，不要往坏的方面想。"南希说。

"她说了什么？"

"她说，也许乔的失踪，只是离开和消失，你知道，当事故发生时，人们便会这么做。因为他们得到了机会的赠予，选择重新开始。"

我盯着她看。

"他为什么要重新开始？"

"我只是在告诉你她所说的话。"

"胡说。他不会这么对我们。"

"他当然不会，"查理说着用力砸开一块福饼[3]，"他并不沮

1 美国摇滚歌手，东大街乐队成员。

2 布鲁斯·斯普林斯汀与法兰克·辛那屈均出生于新泽西州。

3 一种多层的小甜饼，里面藏有福气纸条，印有祝人交好运的幽默词句、谚语等。

丧，他很开心。”

他说“开心”的时候就像一个孩子。

“这他妈的就是胡说，”我有些生气，“他不会让我们经受这种事，不会的。妈妈只是有些精神错乱罢了。”

我们看着查理读他的福气纸条。他随后揉成一团，我们没问他那上面写着什么。

“为什么她会那么说？”我抗辩道。

“因为她是一个母亲。埃莉，她需要让他待在这个世界。”

在那之后我们都没怎么说话，沉默地、气愤地吃着。我的胃很不舒服，无法消化。我试着专注在香味上——不管什么香味——以刺激自己的感官，但我闻到的和尝到的都是燃烧的气息。南希起身到厨房，问我们是否还要酒。我们说：“好。”查理喝光了杯中剩下的酒。她却没有回来。

我出去找她。她在水槽边俯着身子，面容扭曲，水龙头开着，酒瓶放在一旁，软木塞还在上面。她无声地哭泣着。轻轻的啜泣声，在流水声中若隐若现。她觉得哭泣让人羞愧，哭泣代表着悲伤，而悲伤是因为失去，她觉得自己辜负了乔。那天晚上我跟她躺在一起。她侧躺着，微湿的头发绕在脖际，泪流不止。但房间太过黑暗，我看不见她的眼睛。我父亲的妹妹正承受着她的痛苦。

“你并不孤单。”我说。

我在半夜醒来，走回自己的床上。我没有用他的房间，而查理有他自己的房间。我去了鸟巢屋，我们一起装修的最后一间屋子，里面有壁炉，正前方的窗户外，树枝轻啪啪地拍打着像是要进来。这间房一直给我留着，床随时铺好，衣柜也有衣服，我过去常买两件放里面。我想过生火，但我不确定自己能弄好；淘气的煤渣会翻滚着藏到帷帘下，不用数到二十就烧着了。我不会注意到，也找不到，那一晚没办法。坐立不安就做不到警觉，会分神。曾经不管在哪里，我都跟他在一起，偏偏在这里不是。

我听见前门被推开，又轻轻地被关上。是查理。他的脚步声在这个寂静的、凝神屏息般等待着消息的空间里回响。穿过走廊。打开静音的电视。随后关掉。又走进厨房。水流声。往杯子里倒水。接着又爬上楼梯。浴室门发出咯吱一声。厕所冲水声。疲惫的身体轰地倒在床上。这不过是日常。那天晚上却不一样，有些细微的变化。查理没有回到楼上，而是打开了后门，走进花园里。

他坐在桌前抽烟，一支蜡烛在他面前闪烁。他不常抽烟。

“如果你想要一个人待着，我不打扰你。”我说。

他抽出一张凳子并将他的毛衣扔给我。

“我爱他。”他说。

“我知道。”

“我一直反复听他之前给我的留言，我只是想要听见他的声音。我感觉自己快要疯了。”

我点燃一根烟。

“在发生这件事的几天前，我跟他谈过，”他说，“告诉他我想要的是什么，我们想要的是什么。我问他为什么不能回到从前，为什么不能跟我在一起。我知道他爱我。埃莉，他到底在害怕什么？他为什么不能做到？为什么就不能说一声答应？也许这一切会因此变得不一样。”

我留下他的问题在黑夜中飘散，它们与曼哈顿上空那些成千上万未能得到答复的问题一样：沉重，无法挽回，最后变得残酷。谁也不知道答案。

微风掠过百叶窗，似乎更凉了些。我们将盒子里的所有照片都倒在地上，挑了两个小时，才一致选定了一张，在我们眼里最像他的那张：微笑着，身后罗利饭店的游泳池波光粼粼。那是他在带走我那支蓝绿色墨水笔之后的旅程。是去年二月。当时我们在迈阿密汇合，去享受冬日的阳光。最奢侈的阳光。

斟酌好词句，我就下楼去打印店复印了一批，旁边的男人恭敬地看着。对于这种情形，他已经看过成百上千次，我不过是又一个。印完之后，他不愿收我的钱。这举动令我动容。

我需要亲眼去看看，就我自己，南希和查理已经看得太多了，他们该有个空间喘息一下，所以我一个人走过去。我一直往南走，走到他们待过的地方，走到标记着天际线的位置。我毫无防备。我躲在太阳镜后面，把自己与地狱隔开。

你见过我丈夫吗？

我爹地是个侍应

我姐姐叫作艾琳

我刚刚与我太太结婚

她不见了……

市区里的墙面上贴满了诗文、词句、照片和祷告，一直延伸到远方，连成一则奇异的寓言，充满毫无准备的绝望。人们沿着墙壁缓慢地走，读着那些文字，当消防员或者救援人员经过时，会有一阵掌声，但他们不会抬头看，因为他们都知道。他们知道不会再有生还者，比谁都知道。他们不会抬头，也因为他们太过疲倦，还不曾睡觉。他们当然无法入睡了，四周照片尽是“找到我、找到我”的呼喊。他们怎能，又怎样入睡呢？

我找到一块空地，挨着一个在餐厅工作的女士。她看起来很友好，是一位祖母，我将乔贴到她旁边。我从未期盼过会有人能找到他。我只是想让人们看到他并说：“他看起来是个不错的男人，我希望我曾经认识他。”

有人站到我身旁。

“我哥哥。”我说着，将纸上的皱痕抚平，还原他微笑的样子。

天很晚了。起码比我从前出门的时间晚。我坐在酒吧里对着那些酒瓶与灯光，还有中间我那扭曲的倒影。在我身后，是安静的流浪汉，一边思考一边饮酒，从不停歇。在我面前的，是威士忌。

我从没来过这一带，倒是可以做个无名氏。那天我洗过澡出门，多松开了一颗纽扣。这很愚蠢，也令我尴尬，但我希望有人来搭讪，一个约会或者别的什么，但我又疏于练习，和那样的世界脱节了，和那样的行为脱离了。一个男人看了过来。他微笑着，我也回以微笑，我的水准在下降。我付了账，走到外面清冷的空气中。我的心撕裂着。我已经很久没有伴侣了。

我走过那个街区，走过一对情侣、一个遛狗的人，还有一个跑步的人。所有人都有自己的方向，而我漫无目的。我转入一条整齐的林荫道，旁边一家小酒馆不匀称地闪烁着红白相间的光芒。

里面很温暖，充满蒜香与咖啡的气味。店主很活泼。我是他唯一的顾客，很可能他正要打烊回家，但没表现出来。他给我端来一杯咖啡和一块祖母馅饼[1]，问候我今夜过得如何。“你不该垂头丧气。”他说着递给我一份《泰晤士报》的文艺版。他很善良。

门上的铃铛轻轻响了。我听到一些简短的对话，接着是一阵咖啡机的嗡鸣。我抬起头。一位男人。他看着我。我想他笑了。我低下头，假装在看报。他拉开一张椅子，坐在我后面。我想再点一杯咖啡，又觉得有点怪，不想起身，感觉到他就在我身后。男人走到柜台埋单。别走。抬头看看我。我听着铃铛声。什么都没有。脚步声朝我走来。

“你看起来跟我有着相似的感受。”他说，一脸疲倦、悲情。他给我端来一杯咖啡，茶托上还有一块芭喜巧克力。

我们猛地冲进他家房门，胡乱地摸索着脱掉衣服，从地板到沙发再爬到床上，但到床上就慢了下来。私密的香水和照片，这从前共享的生活，一瞬间惊到我，遏制了我们的欲望。这时他说：“如果你不愿意，我们可以停下。”不要停下。他的嘴吻起来有肉桂和硬糖味，还有咖啡味。

我解开他的衬衫，手指滑过他的胸膛，沿着腹部向下，感觉着他起了鸡皮疙瘩的沁凉肌肤。我在他短裤的系带前停下。他笨拙地起身，甚至有些害羞。他的阴茎就在我们之间，硬挺而蓄势待发。我隔着衣物握住，用指尖勾勒着它的形状，然后抓住。他没动，没有往前，只等着看我要做什么。我抬起他的臀部，褪去他的白色短裤。我弯下身去。他尝起来有股肥皂味。

1 意大利的一种家庭风味蛋糕。

我把头埋进枕头里，阴部紧紧包裹着他向深处慢慢滑行的手指，湿润而迅疾，迅疾向前，直到他将我翻过身，换阴茎进来，看着我。这一张忧伤、温柔、美丽又陌生的脸庞。他弯下身来亲吻着我，亲吻着她。我抚摩着他的头发，平直而湿润。我吻着他的嘴，他的舌。他又把我推伏到床单上，我的膝盖紧贴着他的肋骨，紧紧抓握着这一共享的时刻，而在他向更深处移动，更快些时，双膝又迅速转向，同时身体释放出所有那些被埋葬、被隐藏的情绪，直到我感受到那股汹涌的能量。我靠近他，这个陌生人，用力咬住他的肩膀，当我的声音——他的声音——响彻这个房间之时，瘫倒在床上，全身酸痛。

凌晨五点钟，外面的生活开始了。我翻了个身，感到筋疲力尽，双腿间酸痛。我在晨光中轻轻穿上衣服，看着熟睡的他，之后走向房门。我不会留下便签。

“这不是无关紧要的东西。”他说。

“我知道。”我返回抱了抱他。这是我们需要的一次呼吸。

日子一天天过去，无边无尽，无知无觉。我走入一家小餐馆，那里没人认识我，我不必面对那句“有什么消息吗？”然后再礼貌地回一句“还没有”。我坐在窗边，看着经过的人们，看着曼哈顿上城区。三位女士手挽手地走过，欢乐地笑着，我意识到自己已经好些天没看到这样的情况了，以至于这看起来很陌生。

我在那儿写东西。写专栏，写那些失去的东西。我写到每一个消防站前的那些花朵，堆得高高的，还有那些从不熄灭的蜡烛——人们绝望地燃烛祈祷，因为时间尚早，不知道会发生什么。但当然，大多数人是知道的。他们在深夜里独自躺在床上的时候就知道，这一切只是开始，这刺痛的开始将会一直驻留在他们的现在、未来，以及回忆里。我写到店铺中那些突然的拥抱，消防人员和警察每天都要面对的葬礼，那些令街上的人们驻足敬礼或流泪的丧葬。我写到我到布鲁克林大桥边的海滨步道，坐在我们最喜欢的那张长凳上，看那消逝的城市风光；我们总是在那个地方思考和想象我们三年、五年、十年之后的生活。

但写得最多的还是他——现在叫麦克斯——我的哥哥，我们的朋友，至今已经失踪十天了。我写到那天早上我失去了什么：我灵魂的见证者，我童年的影子。那时梦想渺小而能实现，那时一便士便能带来甜蜜，那时上帝是只兔子。

南希回到洛杉矶工作了。她还没准备好，但他们打电话来让她回去工作，我说她永远都不会准备好，所以她非去不可。

“我在考虑回来。”她说。

“这里？纽约？”

“不，回到英格兰，我想念英格兰。”

“它不是最好的地方。”

“经历过这件事之后，它就是最好的。”

“到哪里都会发生这样的事。”我说，“没有什么地方是安全的，这将会再次发生。”

“但我想念你们，”她说，“每一天。”

“当你把手枪皮套戴回去，你就会感到不一样了。”

“傻瓜。”她说。

“那就回家吧，”我抱着她，“我们需要你。”

她打开前门，走下阶梯，又转过身戴上了太阳镜：“我会没事的，对吗？”

“你指什么？”

“飞行。我会没事吧？”

“你永远都不会有事的。”我说。

她笑笑。恐惧在传染。即使是免疫的人仍难幸免。

那天晚上我们到外面吃饭，就查理跟我，这是自我去那里的第一次，也是唯一一次。我们去了他们常去的地方，巴尔萨泽餐厅，坐在他们常坐的位置，人们谨言慎行，但还是问我们怎么样，查理说："我们很好，谢谢。"

我们吃了海鲜拼盘，喝了勃艮第葡萄酒，吃了牛排跟炸薯条，又喝了些勃艮第，就像他们之前一样。我们大笑着，醉意朦胧，直到餐厅的客人渐渐稀疏，剩下我们像被遗忘了一样留在角落里，周围，侍者在打扫，讲着当天晚上的笑话。就在那时他告诉了我，那样出乎我的意料。他跟我讲了他在黎巴嫩的那个房间。

"埃莉，你可以抓住任何东西，好让你继续坚持下去。"

"那你抓住了什么？"

他停顿了一会儿。

"一棵柠檬树。"

他接着说，在那个房间的高处，有扇小小的窗户，没有玻璃，只是一个敞开的空间，他唯一的光线来源。他会爬上去，强撑着，让自己呼吸到清新空气，那种香甜的气息让他感到自己没有被遗忘。他在墙面上坚持不了太久，就会掉回黑暗中，闻到自己身上的味道：丢脸，肮脏，挥之不去。

在他们割掉他耳朵数天之后，一天下午他很晚才醒来，然后爬到窗台上，看见院子里多了一棵小小的柠檬树。在逐渐暗淡的光线中，那些柠檬闪闪发亮，好美，让他流下了口水。一阵微风吹来，他闻到了咖啡、香水，甚至是薄荷的气味。在那一瞬间，他觉得安然无恙，因为这个世界还在这里，依然安好；而只要世界安好，人生就还有希望。

我抚摩着他的手。冰冷。

“我必须回英格兰了，”我说，“跟我一起吧。”

“没有他我不回去。”他说。

我知道万一他们找到了乔，找到了他的什么，会想要他的DNA。在离开之前，我走进浴室，拿袋子装了一把牙刷和一把梳子，但不是他最爱的那把，你知道，万一他回来了。我将那把梳子放在须后水旁边，紧挨一本旧旧的《橄榄球世界》。我坐在浴缸边，内心里为自己离开而把他留下感到愧疚，但我没办法，我必须回去，去修补如今我那备受煎熬的父母之间的那道裂痕。我把查理留在那里，留在那栋我们曾经花了好些时日一起装修的房子里，里面有鸟巢和臭椿树，还有在花园里挖到的古老金币。我留着查理守着电话线，给大使馆打电话，或等着他们来电。查理，遭受过创伤的老手；查理，人生有时能够好转，让人意外的证明。

一切都变小了许多。商店消失了，只留存在记忆中。熟食店、报刊店、满地木屑的肉铺，还有那家我们从未进去过的时髦鞋店，都消失了。但我没有难过，只是没什么感觉，仅仅是没感觉。我一直往前开，打了左转灯，拐进那条我们曾经居住的街道。

我没有停家门口，而是几栋房子之外。我看见了漂亮的印度纱丽，移民族群持续改变着。我想象着自己走在那条小径上，抄近路走入草丛与花床，站在门前按响门铃。我会说："我曾经住在这儿。"他们会微笑着邀请我进屋，或许还会端给我一杯茶。我会跟他们讲我们生活中的故事，告诉他们我们多么幸福，而他们会对视一下，想道，我希望他们的快乐和幸运能传到我们身上。

有人大声地敲着车窗。我看到一个陌生的男人。他看起来很生气。我降下车窗。

"你打算走了吗？因为我住在这儿，想要泊车。"

我什么也没说。我不喜欢他，所以什么都没说。我启动车子离开了。我沿着街道慢慢行驶，然后我看见了它。我在外面停下来。围墙不见了，花园不见了，一辆车停在从前繁花盛开的花床上。那里有个门廊，挂了几件滴着水珠的外套。我是个陌生人。我继续开着车。一切都不一样了。

我看了看手表。很晚了。我感到很冷，等待着房子里的灯光熄灭。那条小巷还是一样的气味，我孤单一人，看见一只狐狸。它走近了些——它们现在都城市化了——我往路上踢了踢石子，它漫步走开了，没有害怕，但有点生气。我又看了看那道篱笆。最后一盏灯熄灭了。现在我有些紧张，到处晃动着影子。那是一个男人吗？我走近那扇古老的大门。心跳加速。*快走，快走，快走*。我听见他的脚步声在碎石路上后退着。我在心里数着残余的寂静。

我轻易地解开门闩，用一块石砖稳住大门。小小的手电筒出奇地明亮，看起来花园地面上的垃圾从未被打理过，有狐狸的粪便及一只旧运动鞋，还有半只鸡的残骸。

我拨开潮湿的树叶，露出泥土。我顺着篱笆量出一只手的距离。我挖出几把泥土，终于触碰到冰冷的铁罐。我拿出罐子，把盖子擦干净，上面写着：什锦饼干（我们吃光了的）。

我没有把土填平，也没有掩饰我的踪迹。人们会觉得是狐狸干的。我想离开这里。我踢走了那块石砖，关上大门。我迅速大步走开。周围的黑暗遮掩了我的存在，我从未到过这里。

晨光中，宝丽来照片意外清晰。照片上我像个小男孩。我微笑着（也隐藏着）。我收到‘上帝’的那个圣诞节。“留下些东西”，‘上帝’曾对我说。

我捧起咖啡，又穿了件衣服，向外望着我所熟悉的成人世界。我拆开那封信。他那十五岁潦草的字迹紧紧扣住我的喉咙——看起来，不过是一堆杂乱的密码，等待着挣脱、解释。

戈兰的选择。只是还小。否则会死掉。告诉某个人，不是你埃莉，错。胆小鬼。完美会永远照顾你。永远。

我到达车站的那个下午，天灰茫茫的，寒气逼人，像是预示着我的归来并没有带来什么希望。车站十分寂静，只有另一位同我一起下车的乘客，他将所有家当都背在背上，步态熟练地大步迈向山丘，像个专业的徒步者。我让他走在前方。

我没有告诉任何人我会回来，包括艾伦，直接在汽车站外上了一辆本地出租车。事实上，我想留在伦敦，远离和乔有关的一切。因为这些景色、气味、树木都与他，也与我有关。这片风景缠绕着我们，构成了我们，支撑着我们。

我让司机在道路尽头那家古老的酒吧门前停车，就在长满青苔的“树港”两个字前。我们第一次看到它还是二十三年前，当时我们都处于一场冒险的边缘，我胆怯地渴望着重新开始我的新生活；而他带着一颗破碎的心，从未修复。

天气寒凉，我穿得太少了，但寒冷的感觉很好，让我清醒，让我能够停下来，聆听一只啄木鸟钻孔的微弱声音。我沿着山坡往下走回家，他留下的空间攫住了我，像是有某些东西在某个地方向我低语：*他还在这里*。那声音推着我走向用餐时间的寂静和掩藏的苦楚，以及从发霉的抽屉里取出来的相簿。*他还在这里*。我加快了步伐，掉下了眼泪，然后跑了起来。

他们三个都在厨房喝茶，吃着松糕。尼尔森先注意到了我，它是阿瑟的导盲犬，一只巧克力棕色的拉布拉多，一年前在我无法全天陪着阿瑟之后，尼尔森成了他的眼睛。它在门边跳跃、叫喊，我看见阿瑟在微笑，因为他明白这叫喊意味着什么，而父母起身向我跑来。在我刚回到这里的时候，一切看起来似乎都很正常，一种非常规的正常。直到我走进自己的卧室之后，裂痕才显现出来。

我没觉察到母亲在我身后；体重的下跌让她的脚步声变得轻盈，也有可能是我因为梳妆台上突然冒出来的照片而分了心。那是一张我跟乔小时候在普利茅斯海军日拍的照片，我几乎有十五年没看到过了。他当时戴着一顶水手帽，而我很想笑，但又怕摆出讽刺的样子，所以没笑。母亲拿起照片，看了看——她的指尖滑过他的脸庞，轻抚着他的眉毛。

“我们很幸运，他曾属于我们。”我说。

母亲小心翼翼地将照片放回原处。

一阵沉默。

“埃莉，我从来都不是一个疯狂、歇斯底里的人。在我的生命中，我一直很理性，所以当我说他没死的时候，这不是一个愿望或希望，而是理性的、完全清晰的想法。”

“知道了。”我拉开背包的拉链说道。

“你父亲认为我在发疯。当我说起这类事的时候，他便走开，说是悲痛令我发疯，令我说出这些话，但是埃莉，我自己知道的，我知道我知道我知道。”

我停下来，因她话语里透露出的绝望停下来。

“妈，那他在哪儿呢？”

正准备开口的时候，她看见父亲站在门口。父亲看着她，朝我走来，递给我一堆《康沃尔时报》。

“我想你会喜欢这些。”他说完便转身离开，几乎没看一眼母亲。

“等等。”我说，但他没理会我，迈着沉重而悲伤的脚步走过橡木楼梯。

我在他的工作室找到他。他弯腰屈背，突然之间老了许多。他身后的架子上，夹着一盏台灯，他的面容掩映在光亮的尘埃里，显得柔和而隐蔽，眼睛暗淡而忧伤。我走进去的时候他没抬头看我。我在一张老扶手椅上坐下，那是从埃塞克斯的排屋楼房带过来的，我们重新铺了一张鲜橙色的全棉斜纹面料。

“我愿意不惜一切，”他说，“只要能让他回来。我祈祷，也相信她，但我感到自己的内心在背叛她。埃莉，我看到了那些画面，每一天都能读到死者的新闻。”

他拾起一张砂纸，为他即将完成的一个书柜打磨边角。

“我一直以来就知道会有这类事情发生。一些事情一直笼罩着这个家庭。一些事情，只是在等着。我不能奢望更多，因为我不配有什么希望。”

他停下工作，俯身弯向工作台，我知道他又一次想谈起多年前的琴·哈格里夫斯，于是轻轻地说：“爸，那都是很久之前的事了。”

"埃莉，不是的，对她的家人来说那就像是在昨天发生的。"他说，"他们的不幸，现在成为我的不幸，这一切都在循环。"

我躺在长凳上，颤抖着，直到夜幕落下，月光挣扎着破云而出。树叶不依不屈，紧紧依附在树上，熬过气温骤降的日落。它们还没到掉落的时候，至少不是今夜。

那些看不见的生物和动静，曾经令我毛骨悚热，现在却让我感到熟悉和友善。我呼吸着潮湿的霉味、充满泥土气息的冷冽，这些味道充盈着我的鼻孔，也熄灭了内心仍旧狂怒的火花。我在睡眠中，没有负担地做着梦。我睡了很久，久到凌晨时刻才在雨中醒来。快要清晨的时候，太阳的光芒照射到森林里。我从长凳上坐起来，身下仍干燥。我感到口袋里有什么东西，伸手取出了吃过一半的巧克力。是苦涩的黑巧克力，阿瑟的最爱。每当我们外出散步的时候，我总会带上黑巧克力。我掰断一小块塞进嘴里，让它融化。对于早餐来说，它实在是太苦了，但这使我欣慰。

我听见了沙沙声，在我看到它之前我就知道是什么了。我已经好几个月没看见它了，或许快一年了。那双热切的黑色眼睛从一堆树叶中露出来，接着是栗子色的绒毛，突出来的鼻子正抽动着辨认外界。它在我面前停下，似乎想要些什么。我试着动动腿，发出嘘声将它赶走，但这一次它并不畏惧，待在那儿盯着我。甚至当电话在微弱的曙光中响起刺耳的铃声时，它也没有受到惊吓，眼睛一直没离开我。我接起电话紧张地说："你好。"它还在盯着我看。我听见詹妮的声音——如今那般成熟——她小声地说："埃莉，我不能谈太久，"就像她二十一年前说的那样，"听我说，不要放弃。他还活着，我知道他还活着。相信我，埃莉，你必须相信我。"

它一直看着我。

我没有淋浴，只是换了一件买了几近有十五年的钓鱼毛衣。它已经没有弹性了，从领口一直垂落到臀部。乔曾说这件衣服是我的慰藉。也许他是对的。不同于夏天穿的棉质衣服，这件毛衣显得粗糙而纯朴；穿上它感觉很叛逆，就像冬天触手可及。

我下楼的时候，阿瑟正在餐桌前听着他的袖珍收音机，一条耳机线在他左耳旁摇晃。另外两个人留下了一张便条："到特拉戈米尔斯去买油漆。"买油漆？我不知道是不是要感到高兴。我只是一直想着，这是一个开始。他们能一起去做一些事。

"阿瑟，要咖啡吗？"我说着撕开一个羊角面包。

"亲爱的，不用了。我已经喝了三杯了，有点心悸。"

"那最好不要喝了。"

"我也这么想。"

我弯下腰，尼尔森朝我走来。我紧贴着他，抚摩着它的耳后，给了它一块油酥点心，它想要拒绝，却没能禁住诱惑。它努力地想要认真尽责，但我们毁了它。从到来的那天起，它就认真而专注，我们看到的都是它品性最好的那一面，也这么对待它，直到它的淳朴转变成浮躁，日复一日地分心。我轻抚它的腹部，原本的平整光洁如今又圆又胖。它容纳着父母的悲伤，不管他们喂什么都全部吃下，让他们免于喂养自己那揪心的痛苦。

我端着咖啡到桌前坐下。

“你们不在的时候，这里非常安静，”他关掉了收音机，“你不在的时候我感到自己非常衰老。”

我握住他的手。

“我不敢相信这一切，我以为自己早已远离了这样的暴乱。”他拿出自己那条熨得妥帖平整的手绢，静静地擤着鼻子，“埃莉，我现在准备好了。准备好离开。我已经没了恐惧，以及对生命的欲望。现在我觉得很累，疲倦到不愿与我爱的那些人道别。亲爱的，我很抱歉。”

我吻了吻他的手：“我觉得河边新来了一窝白鹭。爸爸前些天见到了。幼鸟很快就会准备离开了，我们去找找看？”

他紧捏着我的手说：“我很乐意。”我喝完最后一口咖啡，将剩下的羊角面包塞进了尼尔森感激的嘴巴。

一阵凛冽的风吹过山谷，带来阵雨和盐的气味，海水击打着船的两侧，阿瑟高兴地大叫起来。尼尔森像是艏饰像那样站在船首，一群加拿大黑雁猛地飞起，惊得它跳下来躲在阿瑟细长温暖的双腿后面。我关掉引擎，沿着河堤划船，去寻找白鹭那巨大的巢，它们常在这一片水域的水位线附近筑巢。我们躲在延伸出来的树枝下，停下来聆听河水发出清晰的声音，然后当我们暂时停泊在一片布满鹅卵石的暗礁附近，被周围一片片皮革绿、灰绿和墨绿色的水草环绕之时，河面上突然卷起了一团有如黑色烟雾般的乌云。我差点没来得及抽出那块沉重的防水布，就打起第一道闪电，下起了雨。

“噢，我什么都看见了！”阿瑟大喊，蹒跚着走进雨里，仰头迎向暴雨，尖叫着，任由疯狂的大自然抽打着他渴望的感官。雷声轰隆隆地响彻天际，闪电在旷野与树木之间弹跳。

“阿瑟！回来！”我大喊，他差点摔倒。

雷电再一次凯旋，树木折断的声音撕裂着山谷，雨水拍打着河面发出响亮的声响，随后又被接下来的动静吞没。尼尔森躲在阿瑟腿后发抖，而阿瑟再一次对着暴风雨大喊，抱怨着他的伙计，让他备感神圣而温柔的伙计，现在却不认得他了。

我没有听见电话铃声，这不是第一次了——也许因为雷电的轰隆声，或者暴风雨时信号微弱不稳。但在暴风雨过后，在微弱的太阳雨里，我听到电话响了，铃声忽然在伤痕累累又平静疲惫的河谷间回响。

“埃莉。”那声音说。

“查理？”

“埃莉，他们找到他了。”

这是我一直等待的时刻。我捂着肚子，双腿在颤抖。我抓住阿瑟的手。他们找到了什么？他们找到了什么能认出他的东西吗？是他吗？他像似乎能读懂我的沉默，很快地补充说：“不，埃莉，他们找到他了。他还活着。”

……也许对于路人来说他只是一个坐在长凳上的人，眺望着曼哈顿下城，享受着独自安静的时刻，远离妻子，也许还有孩子，远离工作中的压力。也许他亦像一个失眠症患者，就像慢跑者一样在清晨中漫步。也许他看起来就像这样，因为他被树木挡住了，没有人走得足够近去发现他那紧闭的眼睛，也看不见从他耳朵往下滴落的鲜血，看不见缠在他卷发上那阴暗潮湿的碎片和肿胀的脸。因为他们都没走近去看，觉得他可能就是个醉鬼，在清晨坐在长凳上。没有人会对一个醉鬼感兴趣。

他是在2001年9月11日凌晨三点被发现昏迷的，在布鲁克林高地的海滨步道上，他常去那里，去思考人生。

詹妮，从他家到那儿要走很久，但他常常就这样走过去，代替跑步。他喜欢那座桥，喜欢在桥上走，从未因夜里城市的空茫和黑暗而害怕，反而因此兴奋且勇敢。能很单纯地激发他的斗志。一个想要跟他借个火的年轻男人发现了他。男人走了过去才发现他嘴边瘀青，快爆裂的头上五官红肿。男人打电话报了警，救了他的性命。

他们在他身上什么都没找到。没有钱包、电话、钥匙、现金或者手表，没有什么能表明他是谁、从哪里来。他只穿着一件粉红色T恤和旧卡其裤，还有一双棕色的哈瓦那鞋。他从来感觉不到冷。不像我。你还记得我怎样打冷战吧?

他们匆忙地将他送到急诊室，排出脑里的液体，直到肿胀退却。随后他与其他四个病人被一起送进了ICU病房，他就一直躺在那儿，等待着意识恢复，重新醒来。他一直没有动静，显然不受任何干扰，直到有一天早上他醒来了，试着将嘴里的呼吸软管拔掉。但他不知道自己的名字，想不起住的地方，也不清楚发生了什么。更不知道接下来会发生什么。现在仍是。

这就是全部了。我们刚刚得知的。詹妮，如果有更多消息，我会再告诉你。

埃莉

她的名字叫格蕾丝。确切地说，是格蕾丝·玛丽·古德菲尔德，一名注册护士，做了二十六年，还没打算退休。她的家人都在路易斯安那州，她会在休假时去那儿。

“你去过吗？”

“没，没去过。”查理在他们第一天见面的时候回答。

格蕾丝一个人住在一栋褐色沙石公寓的一楼，一个令人满意的地方，楼上楼下都是好房客。“于我而言空间足够，”她说，“孩子们很久以前便飞走了，男人也离开很长时间了。”

跟其他人一样，她本不该在9月11日那天工作。那个星期她一直都在值夜班，那天清晨她正本想着换上厚窗帘，迎接即将到来的秋天。但得知双子塔坠毁后，她便马上冲到医院里，像其他医护人员一样回到工作岗位，等待着幸存者和他们从高楼上如何活下来的幸运故事。然而，众所周知，没有那么幸运。

急诊室不需要她，所以她到位于ICU楼层的办公室去，在各个病房之间走动，一直微笑着，鼓舞士气，分发曲奇。她是最好的领班，她了解自己的员工和病人。只是，除了新来的这位不省人事的病人。没人认识他。

她依照自己很久以前一个喜欢睡觉的前男友的名字，称呼他“比尔”。当其他病人有人探访时，她会坐在他身旁，握住他的手，给他讲她自己的生活，或她前天晚上做了什么菜。她尝试在失踪人口网站上搜寻他，但毫无作用，因为失踪的人太多了。警察一直想要帮忙，但他一直昏迷，无从下手，他们的精力与资源就被引到了别的地方，到那些令人恐惧的挖掘中。

她看着他的衣服，那些仅有的物件都被装进了储物柜里，无法拼凑成他的人生。这种徒劳的无名状态让她害怕。她担心他就这样死去，没人知道；父母、朋友一无所知。“我会一直在这里陪你。”有一天晚上，一次格外疲劳的轮班结束后，她这么说。

她带来许多不同的香薰和精油，搁在他鼻子下，尝试打开他记忆的开关。她用薰衣草、玫瑰、乳香和咖啡刺激他的意识，还有她最近用的香水——香奈儿No.5。那是急诊室的丽萨从法国带回来的。她鼓励其他四位病人，如果感觉好一些可以多跟他谈话，很快，楼层间尽是战争、性爱和棒球的故事，只有护士出现时才会安静些；比起监护病房，这里倒更像是一家怀旧的古老酒馆。有时她会带音乐过来，将一只耳机轻轻塞进他的耳朵。她觉得他三十来岁，同时猜测着他平时听些什么样的歌。她播放鲍伊[1]、金发女郎乐队[2]以及史蒂夫·汪达[3]的歌——都是从她楼上邻居那里借

1 大卫·鲍伊，英国摇滚歌手。
2 美国复古朋克乐队。
3 美国黑人歌手，是一位盲人。

来的。

差不多在三个星期之后，护士贾尼斯跑过来说比尔醒了，格蕾丝马上给医生打了电话。她走进病房时，他正要去抓呼吸管，左臂迟缓无力，一脸惊慌。“没事的，”她说，“没事的。”她轻抚着他的头。他试着自己坐起来，向她要了一杯水。他们告诉他要小口慢慢喝，告诉他不要说话。他环视着房间。门边病床上的格里说：“孩子，欢迎回来。”

当他有了些体力，警察来了。

“你叫什么名字？”他们问。

“我不知道。”

“你来自哪里？”

“我不知道。”

“你住在哪里？”

“我不知道。”

“有没有我们能够联系得上的人呢？”

他翻转身子。

“不知道。”

接下来那几天他恢复得不错：吃得不错，慢慢地开始走路。只是仍然想不起任何事。他能认出双子塔是栋建筑，但不记得那是他开会、他生活中的那些人逝去的地方。他们将他撤出ICU，安排进一个单独的病房。警方那边也没有什么消息。格蕾丝一直观察着他，尽可能每天都去看看他，给他带些花，继续叫他比尔；他不介意。他们会一起谈论杂志文章，看电影。他看了女演员南希·波特曼演的一部电影，他认为自己很喜欢她，她非常有趣，如果知道那是他姑姑，那一刻他必定非常激动。当然了，他不知道。他仍然受困于当下的世界，没有过去。

待他情况好些，格蕾丝知道他最后会被转到一家公立精神医院，那会将他隐藏得更深，更进一步地陷入没有回忆的泥潭中，他就再也回不来了。

他在窗前站着，唱着他从电视里听来的曲调，一副孤单的模样。他转过身向她笑了笑。

“知道那颗牙齿是怎么没的吗？”她说，指了指他的嘴巴。

他晃了晃脑袋：“大概打架吧。”

“你看起来不像是一个好斗的人，”她说，“你太温和了。”

之后一天晚上，在他熟睡时，格蕾丝打开他的储物柜，最后一次拿出他的衣服。那是她唯一的线索。她拿起那件粉红色T恤，再看了一遍上面那位模糊的女士画像——也许是个小明星？——上面还有“六”和“朱迪”的字样，看不太清。她把T恤翻过来，勉强地读出背面那些字：用心歌唱。

她就只有这些信息。

她在电脑上输入“六个朱迪”，搜索。首页什么都没有。她拿起咖啡，尝起来已经不新鲜了，又站起来伸了个懒腰。

她点击了第二页。

关键词是“爱心”，在第十九个词条：

为慈善机构献唱的合唱团

六个朱迪是一支由男性组成的合唱团，擅长百老汇和好莱坞时代的曲目。我们是非营利组织，支持过许多慈善

> 机构，包括联合国儿童基金会、美国助老会、无家可归者联盟以及癌症研究所，还有许多个人项目，比如为肾脏移植与心脏搭桥手术募集资金。如果你对我们有兴趣，请拨打下方的号码联络博比。

天色已晚，打电话不太合适，但她还是打了。一个男人接听了，他没有生气，只是有些疲倦。她询问他是否有失踪的歌手。“有一个。”男人说。“我想我找到他了。”她说。

“他前面的牙齿有一道缝隙。”

他站在窗边，背对着我。远方的树木已经开始变换色彩。一架飞机自右往左，掠过他的头顶，在断断续续的阳光下牵引出一缕白色的烟。室外又是普通的一天。在室内，有一束花插在花瓶里，是查理前几天带来的粉红玫瑰；所有东西都是他带来的，我什么都没带。我忽然感到害羞，又或许是因为害怕。他穿着我从巴黎带回来的那件衬衫，但他并不知道；他也不知道我。

接连好几天我都在想着这一刻。从那通电话开始，当我们操纵着被风暴肆虐的船回到岸边，怀着兴奋费力地走上斜坡回到家时，父母都在。我站在他们面前，告诉他们查理所说的一切。母亲说："没关系，我们找到了他，这就足够了。"那一刻父亲看着她说："我很抱歉。"母亲抱着他，回道："亲爱的，他回来我们身边了。没有什么好抱歉的。"

查理松开我的手，示意我向前。

"嘿。"我说。

他转过来，微笑着，看起来一模一样，也许更精力充沛一些，但没有擦伤。是一样的。

“你是埃莉？”他将手伸到嘴里，开始咬指甲。是他，这是他的姿势。“我的妹妹。”

“嗯。”

我走近他，想拥抱他，他却伸出手来，我向前握住，他的手凉凉的。我指了指他的嘴巴。

“对了，你的牙齿是因为玩橄榄球。”

“啊，我一直疑惑呢。”他说。

自从他咬到那块坚硬的蟹壳，牙冠坏掉之后，我很多年没看过那道缝隙了。我犹豫着是否该告诉他。我没说出口。

他看着格蕾丝，耸耸肩。“橄榄球。”他说。

“看吧，我告诉过你不是打架，乔。”

她说“乔”的时候就好像这是一个新的词汇。

我们得慢慢来，医生说。乔像是一本空白的相册。我想将过往的照片重新放回原处，但医生告诉我，创造新的生活更为重要。“慢慢来。”他们这么说。父母委托我跟查理将他带回家，但医生说还不行。慢慢来，须在背后做工作，容许他亲自做。得慢慢来。

跟父母通电话的时候，我看到格蕾丝在走廊里。她正要解开那双得体的黑色鞋子的鞋带，不是为了时尚，而是想舒服些。我要时尚做什么？我好像可以听见她这么说。父母让我将电话交给她，感谢她，并邀请她来康沃尔，想待多久就待多久。“永远。”父亲兴奋地大喊，当然，他是认真的。格蕾丝·玛丽·古德菲尔德，一位闻起来有着香奈儿与希望味道的女人，在我的余生里，我都不会忘记你。

查理跟我已经说过再见了，此时正坐在床上等待着。

“乔先生，”格蕾丝说，“那就这样咯。”

“我知道。”

她伸出手，他便往前靠向她。

“谢谢你，”他说，“谢谢你。”

他跟她轻声说些什么，我们都听不见。

“要保持联络。看看你的那位姑姑，给我寄她的签名照。有一件能让大家抽奖的衣服就更好啦。”她大笑。

“我们会亲自送她来，到病房巡诊。”我说。

“尽她最大的努力。”查理说。

“太好啦。”格蕾丝说。

接着是一片尴尬的沉默。

“还有，别忘记了——路易斯安那州——在春天是非常美的。”

“春天快来了。”我们说。

“我永远不会忘记你的。”乔说。

“告诉过你了，你不是一个好斗的人。”她指了指他的嘴巴说。

我在这里，但我不属于你们。

乔靠在出租车的窗边，冷漠、安静、没什么互动。我们穿过大桥，灯光照亮了暮色，望着远方的景色，他的神情放松了些。

“天哪。”明亮的世界点燃了他的幻想，而我天真地意识到，这可能是他第一次看见这样的景色。

“那两座塔呢？”他问。

查理指了指。他点点头，之后我们没再说什么；没有谈及那天、他被找到的地方，或者那座他从前最喜爱的桥——会有大把时间的。相反，我们随着他的目光，安静地再次去感受这座城市的久违的魅力。

查理给司机付了钱，下车的时候我感到一阵突然的寒冷，毫无防备。

“这是你的家。”我对乔说，然后跑上台阶期望他能跟过来。他没来。他恍惚地走到路中间，上下打量着街道，我想他是在搞清楚方向。进入一个新环境，给出他是谁的线索，这些令他紧张。

查理轻轻拍了拍他的背，鼓励他走进这扇门。“来吧。”他说得很自然。

灯光在走廊亮起，我还能闻到两个晚上以前的蜡烛气味，那天晚上查理告诉了我他的期盼，两个人早早就喝得烂醉如泥。

房子很温暖，灯光投射的阴影落在壁炉与楼梯墙上，让屋子看起来出奇地大。乔跟着我走进屋里，停下来四处张望。他看着过道墙面上的照片——他花了上千元买下的三张一套南·戈丁[1]的摄影作品——他没说什么，而是跑上楼，我们听见他在每一层的楼梯平台踱步，随后下楼看看我们，之后又到下面的厨房去。我们听见后门打开，脚步声从逃生梯传来。

再看到他的时候是在客厅，我跪在壁炉前，手里握着一小堆树枝。

“我会弄这个。”他说，随后将树枝放在报纸上，等着点燃。这是他的记忆在十字路口分离出来的一个瞬间，让他明白如何生火，但他不记得上一次这样是什么时候，又和谁在一起。他对我笑了笑。他现在学会了微笑，当他不知道说些什么的时候，当想要保持礼貌、害怕造成伤害的时候——这横亘在我们之间，而家人间本不会这样介意。

“你觉得你能跟他们说话吗？”我说，“只要能听听你的声音就足够了。”

“当然，”他说，“随时都可以。”

1　美国著名女摄影师、艺术家。

我留他在房里。那些奇怪的词传了出来，譬如“家”“干得好”以及许多“格蕾丝”，我知道是母亲在跟他说话。找到乔之后，她便研读了很多资料，但谈话时也不会强求什么，她可以等很久很久，因为她已经等待过——他仍生活在这个世界就足够了。

他在厨房找到我们。然后小心翼翼地下楼，仿佛楼梯很脆弱。我递给他一个杯子。

“来，”我倒出红酒，“这是你最喜欢喝的。”

“好的。”他有些局促不安。

我们看着他喝。

“很不错，”他将杯子举到光线下，“这很贵吗？”

“恐怕是。”我说。

“我能买得起？”

“应该吧。如果你想，明天你可以去看看你的账户。”

“我有钱吗？”

“还不错。”

“够分出去吗？”

“我不清楚，”我说着耸耸肩，“你想要分出去？”

“我不知道自己想要什么。”他说，又倒满了杯子。

他一开始只是听，关于童年，还有我在伦敦的生活，但之后会突然从床上离开或走出屋外。这是最困难的一部分，那些想不起来的人、不认识的人让他一下子陷入倦怠。他的兴致，只限于格蕾丝的故事，他在医院看的那些电影，ICU病房的格里、护士，事故后的那些珍贵故事，或者随着记忆的蔓延，他逐渐康复的那五个星期。我们没参与的那部分生活。

“你在写什么？”有一天在医院复检之后，他问我。

“一个报纸的专栏。我的工作。”

“关于什么的？”

“关于你，从某种程度上说。在里面你叫麦克斯。还有查理，詹妮·潘妮。”

“她是谁？”

“一个童年的朋友。你以前认识她。现在她在监狱。她谋杀了她丈夫。”

“不错的朋友。”他大笑，毫不在乎。

这使我惊讶。

“是的，她是不错。”我轻轻地说。

我们尽可能地亲近。汽油燃烧的气味已经消散，代之以难以形容的恶臭。他看着那些失踪者的描述和照片，我知道他依然迷失着。我们渐渐分开，我看着他路过五十张、六十张笑脸，之后他忽然停下来，触摸着其中一张照片。

“埃莉。”他打手势让我过去，“这是我。”它在一位老太太的照片旁边依偎着，边缘破损；那是他的笑脸，黑白画面里，他身后的泳池闪烁着微光。他撕下照片折叠起来，放进口袋里。

“我们回家吧。”我说。

“不，继续看看。”

我看着那处空白的地方。我知道我应该感到高兴些才是。

我们走得太远了；他高估了自己的体力，很快，他因为疲惫脸色苍白。我们放慢了脚步，经过大桥时我告诉他，他曾经多么喜欢这座桥，受袭那一晚他很可能也走过了这里。我们往前散步，到我们常去的那张长凳上；那位来自伊利诺伊州的年轻人——后来我们才知道叫文斯——就在那里发现了他。

“我们常常来这里吗？”他问。

“嗯。当我们遇上问题，需要交谈时。坐在这里看看这个城市，似乎挺奏效。孩童时我们经常谈论这个城市。事实上，不是孩子，你知道的，青少年时期，这里是我们的避难所，我们想来的地方。‘纽约，纽约。’你知道，每个人的梦想。我们原本打算在这里实现全部的梦想。之后你就逃到这儿，绽放了。”

“我逃？”

“是的，我们都是，可以这么说。只是你是身体上的。”

“我要逃离什么？”

我耸耸肩：“你？”

他笑了：“很没出息吧？”

“不，不是的。”

他拿出那张折叠起来的纸张，看着自己。

“我以前是个好人吗？”

听到他提起自己的过去，感觉很奇怪。

“是的，你很有趣，友善，慷慨，执拗。但也很体贴。”

“那我有过什么问题？”

“就像每个人的问题一样。”

“那你觉得，这就是为什么那天晚上我来这里的原因吗？”

“或许吧。”

“我问查理我是否有一个男朋友。”

“他怎么说？”

“他说我从未有过男朋友。我让那些喜欢我的人都变得辛苦。你知道我为什么这样吗？”

我摇摇头：“为什么有人要这样？”

他没答复。

“我爱你，”我说，“一直都是。”

我看着他一直紧紧抓住的那张照片。迈阿密。二月，差不多在八个月之前。我曾担心那个假期太过昂贵，太过奢侈。现在想来多么傻。

“当我们还是孩子的时候，你总是照顾我，”我说，“你保护我。”

他站起来，在长凳旁跪下。

“这就是我被找到的地方，是吗？”

“你在找什么？”

“找血迹。”

“我不认为还会有。”

他蹲伏在那儿，倚靠着木板条。

“你在等待我的记忆全部恢复过来吗？”

我思考了一会儿该怎么回答。

“是的。”

“那如果没有呢？”

我耸耸肩。

“为什么对你来说那么重要？”

“你觉得呢？你是我哥哥。”

“我还是你哥哥。”

这不一样，我想。

“你是唯一一个了解我的人，”我说，“知道我们如何成长。”

“真是一团糟。”他说，“别给我太大压力，好吗？”

我正要回答，他又说：“我想我找到了一些血迹，”他靠近金属椅脚，“你想看看吗？”

“不，不太想。”

他起身，重新坐到我身旁。

“我想我需要性爱。”他说。

“那我无法帮到你。”

他笑笑。

“我以前会去哪儿？”

“我不知道。俱乐部？桑拿房？查理怎么说？”

“说他会带我去。”

“这些日子你需要做保护措施。”

“我只是失忆——不是他妈的傻瓜。”

“好吧。”我说。

我躺在床上，焦躁不安，过度疲劳，快四点的时候，我听到了前门传来的声响。我原想跟他们一起外出，但又想要分开一下，好理清头绪，摆脱我的言语背后那让人痛苦的一团乱麻。于是我听起了音乐，音乐和酒——两样都很多。可我现在躺在床上，昏昏欲睡，半梦半醒，好睡的醉意渐渐消失，代之以强烈的口渴感。

我听见楼梯上的脚步声，只有一个人。我等待着。我的房门口传来一声轻响。我起床打开了它。

“嘿，埃莉。”

“查理。”

他摇摇晃晃地，喝醉了。我带他到床上，他随即倒下，翻了个身，看起来很痛苦。

“他在哪儿？”我问。

“我不知道。中途跟别人勾搭上，离开了。”

“你浑身湿透了。”

“找不到出租车。”

*其实是，没有人愿意载你吧。*我想。

他试着告诉我那天晚上的事，关于一位脱衣舞女郎，但最后几句话几不可闻，因为他将头埋在我那尚有压痕、还很温暖的枕头里。我脱下他的衣服，给他盖上一张羽绒被，他的呼吸很快就不费力地很沉了。

我拉开百叶窗，望着外面。街道看起来油腻泛光，雨已经停了，第一拨工作的人——清洁工和邮递员——已经出发了。我起身穿上一件毛衣。自从我上次洗净它，它闻起来就有一股潮湿的羊毛味道。乔说我从来不会把它穿出去，只在家穿。那是从前的乔。

我慢慢下楼到厨房，打开后门，扑面而来一阵大地与雨水的气息，那味道让我想到康沃尔，倏忽之间，我特别渴望能回去，渴望在那片孕育伤痛也历经伤痛的土地上独自伤怀，那里，山脉以绝望之姿屹立于大海之上。

咖啡煮沸的时候，前门传来声响。乔必定注意到了灯光，他走下楼梯，靠在角落里，看起来出奇地冷静。

“嘿，”他说，“是起得早还是熬夜了？”

“不确定。要咖啡吗？”

“咖啡不错。”

我们全身包裹着毯子，坐在外面陈旧的酒吧椅上，木板的湿气很快渗透进肌肤里，但并没有不舒服。道路交通的声音缓缓爬过后墙，预示着就要迎来日出。他环视花园，似乎这使他欣慰，然而也可能是因为光线遮蔽了阴影。

“你是个糟糕的园丁，却能创造出美丽的花园。”我说，“金吉过去常说，只要你盯着一位女孩，就能让她怀孕。她爱你。”

他点头，深深地叹了口气。

“看起来每个人都爱我，我应该怎么做呢？”

我感到他的声音里爬过一丝愤怒。

“你今晚过得怎么样？”我问。

“很奇怪。我跟一个人去了他的地方，脱掉衣服之前，他说我是个淫妇，即使我是地球上最后一个人，他也不会跟我做爱。就在那个时候，他的室友走出来并目击了这丢脸的一幕。”

“很抱歉。”我试图克制住笑声。

“别忍了，想笑就笑吧。让我好过些。”

“还要咖啡吗？”

“好的。”

我又倒了些咖啡。

“所以他是谁？”我说。

“过往生活里的人？我背叛过的人？又或许是曾经喜欢我的人？我不知道。当我说我不记得他的时候，他认为我是在戏弄他。”

他拿起杯子。

“我又去了长凳那里。”他说。

“为什么？”

“我走过那座桥，如你所说的那样，我想感受它对我意味着什么，感受我该是个什么样的人。但我做不到。有什么被打乱了。我被打乱了。我坐在那儿，看着这个城市，渴望再次感受到那些最后的瞬间。我想那也许能让我记起一些事，使我害怕，之类的。但那只是一张长凳。我感受不到平静，对那个地方也没有任何感觉。我原以为那会有帮助。我反复想起某个我不能辜负的人。没有人会想要现在这个样子的我。”

“不是的。”我语气不坚定地说。

“就是这样。我甚至期盼我能回到医院，对某一类人来说那是家。在外面，没有什么是属于我的。我迷失了。”

那晚之后一切都变了。他已经失去了兴趣。现在我明白查理为什么让我而不是父母过来。到了最后，只会让人感到空虚、受伤。我必须要有耐心，这也是医生所说的，只是有时候我的耐心也会耗尽。有时他拿起芝士三明治，我会说：“你不喜欢芝士。”他的回答要看心情，但经常性地，他会看看我，说：“现在我喜欢了。”

他提到他想自己生活，不想我们围在他身边，在我们的期望中他感到压力沉重。我无法告诉父母，他们还等待着他回家。他现在整天外出，晚上嘲笑着我给他看的那些照片，并试着残酷地疏离我们。他说他甚至无法喜欢我们。医生说这是正常的。

我们租了一辆车，开到查理在纽约州北部的家。到的时候，太阳恰好落到山间。这原本很美：地平线上，不断变幻的各种色彩争相浮现，夕阳照耀着我们的脸庞。但我们一脸悲伤，车里谁也没有说一句话。阴沉的空气削弱了我们的友谊，我们只等待着一场最后的离别。

查理带乔到他的卧室，那晚之后我们没再看到他。我们不太想要吃东西，如今常常以酒代餐。我们都不开心，彼此激怒，看谁胆敢说出那些说不出口的、对命运的不满。

我们来到外面的露天平台上。一扇大窗的光照到了这一片，我们就在那里待着。我们看见远处的树林中露出一双闪烁的眼睛。是鹿吗？还是幼熊？就在上个月，查理清理杂乱的灌木林地时看见过一只。查理坐下来，点燃一根烟。

“那天晚上，博比接到医院电话，给我打过来的时候我就坐在这儿。好像过去很长时间了。”

他挤灭烟头。吸烟对他来说其实毫无作用，向来如此。“埃莉，我觉得太累了。”

我俯身搂着他，吻了他的颈背，牢牢拥住他。

“不要从我身边走开。”我说。

我无法直视他，进了房间。我知道我刚刚责怪了他。

乔两天没有露面了。但就像金吉说的那样，他最终会走出来晒太阳的。他走进厨房给我们做吐司。我们已经吃过了，但还是说要，他的表现不错，看起来有在努力。他好些天没有剃胡须，胡子长了些，我很高兴。他看起来很陌生，那样恨他就容易些。

我们在露天平台上吃饭，穿上衣服抵御着寒冷，谈论着太阳，都说很暖和。谈得很礼貌。他问我最近做了什么。“写作。”我说。

“啊哈。”他说，接着吃吐司。

我等着他再说些挑剔的、令人生气的话。我不用等很久。

“我想你是那种以写作代替生活的人，是吧？”

“滚。”我说，又笑了一下——一个镇静的微笑——南希总这么做。

“触碰到敏感话题了。”

我们相互盯着看了好一会儿，不自在地微笑着。

“我在飞行员的小屋里做书架，”查理说，“我需要帮助。”

“好的。”乔说。

他们一喝完咖啡，就带着锯子与工具箱，跨过疯长的草丛，去了跑道边的那座小楼，一起干起活来。我感到嫉妒。

我开车进城，买了晚餐食材，原本想要牛排，最后却买了蟹——也不知道自己能不能搞得定。但他喜欢吃蟹，我也喜欢，冰箱会被塞得满满的，让我们挺过接下来的日子，直到做出决定。他不想回英国，这点我们很确定。我还没有告诉父母。我怎么能说呢？南希现在跟他们在一起，还好一些。跟他们说的时候，南希会跟他们在一起。南希，总能在别人痛苦时支持着他们。我突然踩下刹车。他们都盯着我看。我差点撞到他们。我好像在梦游。不能这样了。我差点撞到一个女人和孩子。那个女人气势汹汹地朝我大喊，孩子大哭起来。随后我在街边停下，直到颤抖平息。我变得越来越糟了。

他们直到天黑才干完活。他似乎因为体力劳动而恢复了精神，做木工活、木头的感觉触发了他身体里潜意识的记忆。当他们走进厨房时，满屋子都是煮螃蟹与大蒜蛋黄酱的气味。他们合作着度过了成就满满的一天，我的被排挤感变得更强烈了。他们洗净手，聊起弄个新书架、可能铺上木地板之类的。我一边听着，一边将蟹放到报纸上，有点期望着螃蟹能突然跳到地板上，打断他们细密的交谈。我将两瓶红酒放到桌上，疲倦地坐下。

乔越过桌面握着我们的手。

“让我们来祷告吧。”他说着低下了头。

我看着查理。*现在是干什么？*

他耸耸肩。

“感恩我们所受的恩赐。”乔说，随后停下来看着我们。我们也低下头重复他的话。

“我只是开玩笑啦。”他说着拿起一只螃蟹，掰开前面的大螯。“只是玩笑。”他又说。查理大笑。我没有。浑蛋，我想。

我退缩了，一整晚都没说话，只是喝酒——我们都是，没人在意喝了多少——看到眼前的他变得成熟、开心，我越发怒火中烧。我不清楚为什么会有这样的感受。正常，也许医生会这样说，我的感受很正常。这就是我们要付出的代价，为了能让一切正常。

查理在桌子底下拍了拍我的腿，无力地安慰我；他看着我，露齿而笑，满意于这工作的一天，还有他与乔的重新连接。乔忽然停止咀嚼，捂住了嘴。我以为他是恶心。可能会是那该死的螃蟹壳，我想，他妈的又一颗牙齿。

“吐出来。”我说。

“我没事。”他喃喃地说。

“你以前很喜欢吃蟹。”

他举起手示意我停下来。手掌就在眼前。新手势。烦死了。

“你曾经很喜欢，”我说，“哦是啊，我忘了，我不该提起你以前喜欢什么，是吗？太有压力了。”

“埃莉，拜托。”他说，仍然没有咀嚼，捂着嘴，闭着眼睛，也许在思考，不想说话。我起身走到水槽边。

“我他妈的无法忍受了。”我说着，往自己的杯子倒满水。

“埃莉，没事的。”查理说。

“有事。我受够了。”

我听见乔的椅子刮擦着地板的声音，他向我走来。碰了碰我的手臂。

“乔，滚开。”我说。

“好吧。”他走开了。

“这很简单，不是吗？你什么也不去争取。你只是对什么都不感兴趣。我们，还有这一切。你不在乎以前发生过什么，你只是他妈的嘲弄我们。”

“我在意的。”

“算了，埃莉。”查理说。

“我想告诉你很多事但你从来不问。”

“我不知道从哪里开始啊。”

“那就开始啊，”我说，“任何事情，随便什么事情都可以啊。”

乔站在那儿看着我，毫无头绪，一个字也没说。他又一次捂起嘴，闭上眼睛。

“埃莉。”他轻轻地说。

“好吧，那从我开始怎样？你最喜欢香蕉、全熟的煎蛋。你喜欢在大海中游泳而不是泳池，你喜欢牛油果但不喜欢与蛋黄酱混合在一起，还喜欢生菜、核桃、海绵蛋糕、枣干和苏格兰威士忌——

调的，而不是单一麦芽，让人意外——你还喜欢伊灵喜剧[1]、马麦酱[2]、猪油蛋糕、教堂、祷告，与埃利奥特·博尔特参加弥撒之后你甚至想过成为天主教徒。你喜欢冰激凌，但不爱草莓口味，还有半熟的羊肉——不要全熟——以及时鲜的甜菜。你很怪，还喜欢船鞋跟无领衬衫、橙色的圆领套头衫，喜欢牛津多过剑桥，喜欢德尼罗多过帕西诺[3]，还有——"

我突然停下来看着他。他双眼紧闭，眼泪沿着脸庞滚落下来。

"向我问点什么。"我说。

他摇摇头。

"你出过麻疹和水痘。交过一个女朋友叫达纳·哈德利。你断过三根肋骨。还有一根手指。门夹的，不是因为打橄榄球。你不喜欢有葡萄干或坚果的巧克力，但你喜欢沙拉里有这些。你不喜欢粗鲁，不喜欢愚蠢、偏见、偏狭。问我点什么。"

他摇摇头。

"你不喜欢单排溜冰鞋、星巴克的咖啡，还有他们的马克杯。"

他坐下来抱着自己的头。查理走到桌旁。

"你不会扔飞盘。你跳不了舞。你看，这就是你，乔。所有这些。这是我所了解的那个人，通过他，你也会了解，因为连接这一切的是一个个时刻，而在许多时刻，我都在。也因此我才这般伤心。"

---

1 指20世纪50年代伊灵片场出品的著名喜剧电影。

2 用于涂抹食品的马麦脱酸制酵母。

3 两人均为美国演员。

“埃莉，”查理细声说，“别说了。”

“你知道吗，你是唯一清楚这一切的人。因为你曾经也在那儿。你见证着我的生活。有时我弄得一团糟，你总能帮我理清。至少我能看着你去想清楚，至少他知道我是个怎样的人。我这么说不是空口无凭。但我再也不能这样，因此我很孤独。所以原谅我吧。这样没什么意义，对吗？”

这么多年来第一次，我毫无准备地，离开他的庇护，走进了黑暗里，惊动了栖息的蝙蝠。

外面很冷，呼出的气息结成了白雾，我才意识到秋天已经过去，又要到冬天了。我忽然之间不知道能去哪儿，这里不是我熟悉的土地，夜色浓郁，还有奇怪的声音，是狗还是土狼在叫？我本该知道它们的区别却不知道。这是一片古老的土地，进一步走入山的阴影中，我能感觉到它的气魄与悠久历史。

我坐在荒废的旧跑道中间，从前，它是个游乐场，归属于一个富有的地主，如今柏油路面碎裂开，长满了杂草与雏菊。黑夜下的跑道如同一条结冰的河流，消失在树木后面，那是世界的尽头，一片空无。

他在黑暗中出现，勇敢地大步走来，金色的卷发映着残余的月光，头顶仿佛绕了一圈银白色的光环。他陌生的模样，让我发觉自己那般急切残忍地想要回到过去的渴望有多孤独，我知道自己不会再待在他身边了。第二天我会离开，乘巴士回到城里，再飞往伦敦，返回康沃尔向父母解释。有一天他会回来的，他会的。

他不再走，而是向我跑来，这让我吓了一跳。我站起来，准备离开他，远离他要说的话，远离那句“埃莉，等等”和他伸过来的手，很快，我就跑进黑暗中，淹没在那个什么都不存在的夜晚——除了猫头鹰的呼唤、蚊虫的飞舞和幽灵般着陆的飞机，那突突响的引擎声打破了地面荒凉的寂静。

“别管我。”我说。

“等等。”他说，把手放在了我的肩膀上。

“你到底想干什么？”我边说边在大腿边紧握拳头。

“只是……想起来了一件事，埃莉。在那边。查理说我需要问你。”

“问我什么？”我说，语气冰冷。

“‘树港’这个词，是指什么？”

我抬头看见艾伦在桥上挥手。待我们走近，来到面前，他紧张起来，说话清晰又大声，似乎哥哥失去的不仅仅是回忆，还有听力。

“乔，我是艾伦。你还是个小男孩的时候，我就认识你了。在你这么高的时候。”他用手比画了一个高度，要是哥哥当时只有那么高，他就是个侏儒了。

“从他十六岁起。”我说。

“他真有那么大吗？”艾伦回头问我。

“是的，我十一岁。”

“好吧，你那会儿看起来不像十六岁，”艾伦说，“我只能这么说。”

“嗯，很高兴知道。”哥哥说，“还有，艾伦，别担心，我记得你。”

“啊，好开心啊。”他说着拎起我们的包，领我们走上斜坡。是一辆新车，有电动天窗和他所谓的卫星导航，里面挂着空气清新剂和一张埃莲娜六岁时的照片。

乔忽然停下脚步，看着下面的小汽车站，它在阳光下显得柔和朦胧，悬挂的花盆在微风中轻轻摇荡，盆里一片荒芜的褐色，就像是它们所点缀的夏天那样，早已消失了光彩。他常常这样，突然停下来踌躇着，去理解残缺的记忆。

“怎么啦？”我说。

“我想是金吉，”他说，“就在那里唱歌。《飞跃情海》？穿着礼服？是吗？”

“蓝绿色，高开衩？”

“是的。”

“嗯，没错。欢迎你回家。”我带他上了车。

艾伦在小路尽头放下我们，我们挥手告别，他沿着车道离开，就像一把带滚轮的镰刀，切过荒凉的灌木。我能闻到空气中的盐分，河水很可能涨高了，微风掠过，欢迎我们回来。我们走在沙石路上，如今路面比以往多了很多落叶。查理一声大喊：“来赛跑吧！”于是我们假想木门是终点线，一同跑过去。查理最先抵达，随后是乔，我心不在那儿所以放弃了。他们大口喘气，感受着那些光秃秃的树木在这样一个阴天刺目光线下的景致和气息，等着我走近。我抬起头，看见一只孤独的乌鸫展开羽毛，立在一根被风吹得干枯的树枝上，喙蜷在了胸前。我向双手哈了哈气，朝门柱跑去。

“这个我记得。”哥哥说。他弯下腰，伸出手指沿着“树港”的字母滑过，皮肤上留下一道绿痕。接着，有些什么吸引了他的视线，就在那些字母的左边。我知道他看见了，知道他看到了J.P.和那颗刻得很烂的爱心，以及下方的C.H.[1]，这些字母已经有二十年了，而超过二十年的情感，隐藏了几个星期。我知道他看见了，但他没说什么，不管是对我还是查理。我们快步走下斜坡，他暂时落在后面，看着我们，目光穿透我的后背，终于想知道点什么。记忆的碎片在移动，感觉重现，悬挂在他们友谊之上未曾说出口的事情，如同盲文一样，突然以被刻下的字母的形式表达了出来。

我们转过拐角，我几乎忘记了那栋房子给我的印象，一片骨白，庄严地伫立在空地上。在那一刻它触动了我的心，并永远地留存在了那里。他们在房前排成一列——看起来是按身高，我们靠近时，或者说，当哥哥靠近时，他们再也受不了这样的礼节，父亲第一个走出来，随后是母亲，他们向他跑过来，手臂张得开开的，像开飞机一般，靠近他，大喊着微笑着，最后他们将他抱在怀里，轻轻地说："我的孩子。"

"我是你姑姑，南希。"南希在阳光下屏住了呼吸，"不过，我期待你能想起我。"

"当然，"哥哥笑了，"《滋润我心》[2]。"

"啊。"南希假装害羞地回应。

"小题大做，不要这样。"阿瑟说，试着勒住兴奋过头的尼尔森。

"南希，你在电影里演得非常好。"哥哥说。

"谢谢，亲爱的。"她笑容满面，好像颁奖季忽然到来了。

1　分别为乔和查理的姓名首字母。

2　一部讲述人们在一片干旱的内陆面临绝望的电影。

接着，乔转向阿瑟。

“嘿，阿瑟，”他说，“你好吗？”

“你想知道的我的一切都在这里。”他说着从夹克口袋里拿出一本自传来。

我能听到他们在楼下大笑，我本该起床，但身后的床垫很舒服，我想要从午后一直睡到晚上，甚至睡上几天几个星期，长久的等待已让我的眼睛变得太沉太重。但我还是起床倒了一杯水，喝了一半，然后又喝了些。

我走到窗前，看见他们从草地上漫步到码头，这时云层越来越厚，逐渐遮蔽了日光。哥哥弯下腰，看着水中的自己。查理在他旁边跪下来。我曾以为再也看不到这样的画面，它会消失在那一次的尘埃与瓦砾之下，难以忘怀，残忍又可恶，如同骨肉分离一般，生生将你扯离安全的梦境。

母亲走上楼来。我听到她上了楼梯，听到她喊我的名字，但我太累、太平静了，没有回答。我感觉到她在我脖子后面的呼吸。

“谢谢你把他带回家。”

我想要转身说点什么，但又没有什么想说的，只是这幅画面，她的儿子、我的哥哥，又一次回到我们身边。黄昏下，微弱的光芒紧紧依附着他，像是在说“永远不会熄灭”。

在那之后，他断断续续地想起一些事情来。一开始很慢，有时也很突然，甚至有次在狂风肆虐之时，他想起了曾经经历过的相似画面和瞬间。他沿着沼泽与悬崖顶端，重新发现了自己的足迹、通向海滩的秘径，还有好多年没吃过的香草冰激凌——他同时想起了水面上漂浮的那只钟。“那是真的吗？”他问。我点点头。没错。

我们，这一大家人，跟随着他，去重新发现那些消失在忙碌生活中的记忆与事件，通过他的生动回忆，我们又重温了一遍。他会听我们的故事，提问，再把一个个事件拼凑起来，在头脑里将当事人联系上，直到最终都串联起来，像是将用过的胶带粘出一幅不规则的家谱图。

他发现我们都有一个有趣的需求：每个人私心里都希望是他最能记得的那个。这很奇怪，既重要又不对。最后我意识到，也许每个人都更渴望被人记住，而不是记住别人。但在很久以前我就已经放弃了这样的想法。很多时候，他不再是我所记得的那个他；原来让他和正常的人际交往格格不入的敏感和玩世不恭早已不见，如今的他就像一个孩子，纯真、对生活充满了热情。有时候我也会想念他那些嘲讽，他的阴暗、危险和诗意，总让我如坐针毡的那些，还有那些凌晨三点钟的电话，不知怎么，我怀疑那些曾令我感到完整和安心的电话，不会再有了。

有时候，他的记忆会在判断力上垮掉，泄漏出那些他曾答应要保守的秘密。比如在我们去泰兰德的小路上，他回头问我：“所以安德鲁·兰道尔跟你上床付了多少钱？”我回答说：“并不多。”然后我就和南希手挽手走开了，远离一脸震惊的父母，他们还在想着前后文，不知道是怎么回事，绝对想不到是三十镑六十便士，也即从斯劳过去的那趟出租车费。

又或者像是这样的时刻，我们刚坐下来准备吃晚餐，他转向父母问：“你们原谅他了吗？”

他们说：“谁？”

他说："戈兰先生。"

他们说："原谅什么？"

之后他就告诉了他们。

我在外面等他们。这一晚寒气逼人，但我没太大感觉，只是坐在那儿，看一只蝙蝠飞过法国海军蓝的天空。我知道我把他们赶出了那段生活。那些年，我对他们关上了心门，就好像不想让他们知悉我毁掉的那一部分，而从前这部分，只有他们能帮我修复。我知道，这种疏远和沉默伤害了他们，现在他们终于明白了，但是代价呢？

我听到身后的门打开了。一束光从左边移到右边，然后停下了。父母出现在我面前，感到失落和不称职。母亲在我身旁坐下，拉起我的手。

"为什么不告诉我们？"

我耸耸肩，即使在那时我也没有确定的答复。

"我不知道。"我说，"那时我很害羞。他曾经是我的朋友，我真的不知道怎么说出口。"

"但在那之后呢？长大之后呢？"

"继续生活啊。小孩子都这么做的。后来我就没事了。"

"但我们从未有机会照顾你，"父亲说，"或者公平地处理这件事。"

"你们一直做得很好啊，"我说，"你们都是。事情就是会发生。谁也不例外。没人逃得掉。"

"但这太残酷了。"母亲说。

"我没事了，拜托，我们不要再想它了。"

“但你得让我去想。”母亲说，她拨开那些迷雾，回想起多年前的我。我支支吾吾地说出过去的事，但这对我来说已经没什么了。她紧紧抱住我，带我逃离那些黑暗。在她怀里的一瞬间，时间与回忆后退，我踉踉跄跄，我们确实回到了过去。这样是对的。

“我能游泳吗？”哥哥只问了这一句。我不知道他问的是可能性还是安全性，但我还是抛下船锚，把船停在一片沙洲旁，离水底只有二十英尺。

距离圣诞节还有三个星期，这一天，天气反常地晴朗，感觉夏天又回来了，气候温暖宜人，只是少了蜜蜂的嗡鸣和茂密的树叶，我们这才意识到眼下还是冬天。哥哥感觉出了冷意——还困在寒冷的十二月——脱去最后一层衣服时，身上起了鸡皮疙瘩。

“下去吗？”他说。

“不了，谢谢。”我说。

“查理呢？”他用眼神激励着查理。

“或许吧。”

他从船尾跳进水里，我们看着他在水下滑翔，犹如一只常在这一带玩耍的孤独海豹。他浮出来，吐出海水然后大笑，这对他来说又是第一次。他并不在意紧紧攫住身体的寒冷，因它又一次提醒他回归了生活，提醒我们要好好活着。我仓促地脱下衣服，拍拍查理让他快来。当我游向多沙的绿色深海，我感到寒冷带走了我的呼吸，双眼慢慢适应着这个安宁孤寂的世界。我想起我第一次发现这个世界的时候，应该是十岁或者十一岁，我穿了一件泳衣，口袋里塞满了小石头好往下沉。现在，我坐在波浪起伏的海底抬头看，我确定自己看到他们的腿就在上方盘在一起。但海水是会耍手段的。事情会扭曲，会夸大，甚至带着希望。我感觉肺部发紧——太久没练习了——急切地游向头上那道闪亮的线，在小船旁边浮出水面。我看见他们抓着船尾的绳索。哥哥的手放在查理的手上。我看到他的嘴靠过去亲吻他。终于，我看见了他们的未来。

那个午后我们分开，各自忙起搁置已久的事情。父母在屋里为他们的家庭旅馆撰写一则新的在线广告，现在他们已经准备好迎接客人。南希躺在草地上的一张折叠帆布躺椅上，旁边是尼尔森和我，她正在写一个电影剧本，关于第二次世界大战中的一个双性恋特工，她随意地叫它《双面间谍》（原本电影会在来年进入前期制作，但因为这样的名字，老天爷，就告吹了）。查理和乔在草地尽头的水边，玩一种极端的传球游戏。他们把椰子当成橄榄球，掷到高空中，小心翼翼地不让它落地，以免破裂了。

我不清楚他们为什么买它，他们只说那晚做饭会用到，会做些地道的泰式咖喱之类的，而它会让食物的风味大有不同，所以就买了——当然，那是店里仅有的——现在他们却把它当成橄榄球玩耍。最后一次扔的是乔，把它高高地投掷到空中，查理知道乔抛得太远了，远远地越过了他的头顶，而他跑回来试图接住它的时候，阿瑟恰好从小屋里出来。如果阿瑟像平常一样，出来后站定塞一下衬衫，或者他再多等几秒以放好拐杖，又或者只要他保持走动，也就没什么事。但他没有。他停了下来，感到有什么东西在他头上盘旋，也许是一只小鸟？他本能地看向天空，一抹黑影突然迅速朝他袭来，他的唇边扬起一丝微笑，直到轰隆一声巨响。阿瑟随即倒在地上一动不动，旁边是一只爆裂的椰子。

我和南希第一时间跑过去，大喊阿瑟没有呼吸了。查理笨拙地摸索着找电话，随后跑进屋里。我感受着他的脉搏，没一丝动静。

“再试一次！”乔大喊，迅速跑向斜坡。

“他已经死了。”南希轻轻对我说。

“不可能。他不会的。很久以前他就该死了。”

“什么意思？”南希说。

“都不对头。”

“你在说什么？”

“那位瑜伽修行者。”

“什么瑜伽修行者？”

乔突然朝我们跑过来。“替我计数，”他说，“三十次的时候告诉我。”随后我们看着他上下按压，希望生命重回那具瘦骨嶙峋、毫无反应的身躯。数到二十之后，他俯身做人工呼吸，两次。接着又回到胸口上按压，三十次。再回到嘴上，两次。没有反应。

“拜托你，阿瑟，”我说，“不要这样。”

“阿瑟，快回到我们身边，”南希说，“该死的瑜伽修行者。”

查理跟父母一同跑出来，累坏了的乔坐在草地上，换查理来。我帮着查理计数，三十次，再人工呼吸，还是没反应。救护车正朝我们赶来。十七、十八、十九、二十。

“拜托，阿瑟，”母亲说，“快醒来，你可以的。”

“亲爱的，”南希说，“呼吸啊，该死的！”

突然之间，我想是在第二十七下时，阿瑟咳嗽了一声，或是要呼吸；有些什么让他的身体恢复了呼吸。他抓着我的手，虚弱地握住；但就是握住了。当医护人员穿过草地的时候，他看着乔说：“把眼泪擦掉，孩子，我还没死。”

我俯身问他：“阿瑟，你怎么知道他在流泪？”

他说：“我又能看见了。”

每个人都告诉我不要焦虑，只须等待，说她在新年期间就会出来了。应该圣诞前就出来了，我知道，父亲知道，但当局拒绝了。所以我在那个冰冷的星期三现身，尽管我清楚她不愿见我——这么多年，她没见过我。但我必须要亲眼看到，我们在书信里、报纸专栏里说过的那个无形的约定——“我永远会在你身边”——能这样一点点终于实现，呼唤她的归来。

那个午后没有一丝暖意，甚至从车站里出来上的那辆出租车也是；车内的暖气坏了。

“很抱歉，这车很垃圾，小姐。”年轻司机说，“如果你喜欢的话，我可以向你的双手哈气。”

“我自己会想办法。”我说。

我拿着一小袋礼物站在线外等待着，当然没有包装——我吸取教训了。我回头看见一位拿着电话焦躁不安的年轻男人，他们很快就会夺走电话。看得出来这是他的第一次。通常，我会远离这样的交流，但那个下午我给了他一块巧克力。他很感激地接受了，甜食让他的焦虑减缓了不少。

“第一次？”我说。

“你能看出来？”

“恐怕是。”

“很冷啊，对吧？”

“冻死了。”我说着看了看手表。

“你探访什么人呢？”他问。

“一位朋友。她很快就会出来了。”

“那很好。”他说，“我妹妹要进去三年，刚刚开始。”

“那差劲透了。”

“是啊，就在圣诞之前。”他跺了跺脚说，“她们会好吗？我是说，在里面。”

“不算太坏。人们告诉我还有很多更糟糕的。”

“那就好，”他说，“我不希望她待在一个糟糕的地方。”

“她会没事的，大多数人最后都很好。”

大门开了，队列慢慢往前移。

我说：“祝你好运，嗯？”随后我们都开始往前走。

我轻松地通过安保，我现在知道程序了，他们常常会对我微笑，或问候我的健康。在这里，我被大家所熟知，很有名气，就是那个常来但总是见不到人的。推测很多：我是被抛弃的情人、被讨厌的家人、急着要传教的基督教志愿者。

不同于外面，探视大厅很暖和。装饰与去年的一样，褪了色，翘了边，并且都垂下来了。女王的肖像画没有一丝笑容，这几乎相当于叛国了。我想起我们刚搬进家里的那棵圣诞树，那棵茂密的松树从地板直耸向天花板，香气清新。我们在前几天给它装饰了一番，阿瑟爬上梯子将星星放在顶端，现在他有一双健康的眼睛能陪他安度晚年了，尼尔森做回了一只单纯的狗。

女人们开始出来了，我看见先前队伍里的那位年轻男人跟他的妹妹团聚——她是第一批出来的，看到哥哥非常开心。之后玛吉去了左边，她女儿穿着一套新的田径服。她们转过身来，朝我招手。我笑了笑。玛吉让我想起了格蕾丝·玛丽·古德菲尔德，我又一次想到她那明智的作风和得体的高跟鞋，以及，她会在二月来探访我们。如果金吉在，我想她们会相处得不错，金吉是勇士。我开始写一份礼物清单——给阿瑟一副单片眼镜，他一直想要——此时一个人影映在我的纸面上，我以为是外面的一块乌云在逼近之类的。我等了一会儿让它过去，但没有，它不动了。

我抬起头，她在那里。

许多年前的圆滚滚的身材、用来掩饰羞愧的一头乱发，还有永远宽大的衣服都不见了。取而代之的，是一个沉静的美人。但那双眼睛还是她，眼睛和笑容。

“你好，埃莉。”她说。

我站起来，抱住她。她闻起来同她还是孩子的时候一模一样，炸薯条的味道。倏忽间，那个世界就这样再次打开，那是一种味道就能开启的世界，一个最终会恢复正常的世界。我松开手，再一次看着她，她递给我一份薄纸包裹的礼物。

“打开看看。”她说。

现在，我的掌心里就立着那块化石，它有着来自另一个时代生物的压痕。没有什么东西会被长时间遗忘。

“我为你好好保管了。”

太阳低低的，橘色的流光照在这片被现代擦亮的古老城市风景。我们裹着毛毯，古旧的餐桌上点着蜡烛，夜来香散发着芬芳。我看着她，她眺望着窗外那些楼房的屋顶，俯瞰着肉市与底下的人群。我想到带我们来到这里的一路足迹，还有六年前我们重新联系上的那个奇怪日子。在她的明信片到来那天，我就走上了她的旅程。她转过头来，微笑着，指了指地平线。

“埃莉，看看，快要消失了。”

“准备好说再见了吗？”我说。

“准备好了。”她说着在我身旁坐下。我将手提电脑交给她，她开始在那上面打起字来。

致谢

完成这本书，离不开许多人的爱与鼓励。

我想要感谢我的母亲、西蒙和凯西长久的支持，他们使许多事成为可能。还要感谢我亲爱的朋友们，以及给了我很多帮助的外国朋友；特别是莎伦·海曼、大卫·拉姆斯登多年来的分享。谢谢你，莎拉·汤姆森，你是一个那般值得信任而博学的读者。

我要感谢埃蒙·贝德福德给了我一个难能可贵的机会，将我介绍给罗伯特·卡斯基。不管作为出版经纪人还是朋友，他都极其优秀。谢谢你的指导，卡斯基先生。

还要谢谢我的编辑利亚·伍德伯恩，让这本书能更好地完成；还有出版社全心全意的支持和热情。

最后，帕齐，谢谢你为我所做的一切。

后记

对于这本书，我更想表达的是哥哥和妹妹之间关于爱的故事——童年时期如何编织一个秘密，并把它带入成年生活。与之交织的，是一条友谊线，两个不相同但实际上有着相似轨迹的人，最后汇合在一起。同时这也是一本关于重新开始的书。当我们回望过去，偶尔会有一种想要停下来的感觉，想要改变某些东西；当然，这是不可能的，我们该面对生活带来的自然而然的结果。但我想要停下那个过程。我想用一种方式，让它拥有魔力，允许人们驱散那些将会发生的不好的事情，给生活带来更多欢乐。

暴力，毫无意义的暴力行为，也是这本书的一个主题。故事始于埃莉在1968年的出生，那年发生了三起暴力行为。接着是那个意料之外、夺走埃莉外祖父母的事故，然后是70年代一起政治性爆炸事件，再就是约翰·列侬的死亡和戴安娜王妃的车祸事故。这些暴力时刻，为一个无辜的家庭的生活充当了背景，像一个凸凹不平的风滚草，卷过城郊景色，温和、充满爱意又让人浑然不觉。直到那一刻，生活中的阴暗面吞没了他们，生活随即发生了巨大的转变。当然，那一刻便是“9·11”事件。我没有在书中评价那天的暴乱。它仅仅以暴乱行为本身存在，并且会一直这般继续存在，如同叙述者埃莉在书中所说的：“这将会再次发生。”如果书中的时间延至2001年之后，那么还会有2002年巴厘岛汽车爆炸案、2004年马德里恐怖袭击爆炸案和2005年7月伦敦地铁爆炸案，所有这些都会被提及。

书里写到的“9·11”事件，也许会让一些人倒吸一口气，另一些人能够接受，而更多的是一些直率的批评。我理解所有的反应，但正如某些朋友提到的那样，我从不认为自己没有权利去书写这个事件。不过，描写这样一个让人痛苦的历史事件要背负巨大责任，我知道唯一的方式只有依据尊重和坦诚，所以我写了自己在那天做的事情。完全是书中所写的那样，那天早上，我起床后便走到苏荷区，随后去了查令十字街买票，去看一场我一直想要看的维米尔作品展览。我没有像平常那样在泽维梅尔书店门口停下。我买了票，下午三点进场，接着我又走到苏荷区，去了一家意大利咖啡店，点了玛奇朵和芭喜巧克力，坐在外面看着眼前的行人。突然有人拍了拍我的肩，并引领我走到里面去。荧屏上就是那幅画面。然后我就打起了电话。那时发生的事情就是我的故事，也是成千上万人的可怕故事。当我站在那些画面前，我意识到这个世界会迅速突然地发生变化。

故事里后面这部分有时令人难以置信，也许在很多方面它确实如此，但我试图让某个人重新回到生活中。同样难以置信的还有书中前半部分那只会说话的兔子，里面有魔力的元素和虚构，需要你暂时去相信它。在长大成人这部分，兔子会在他们绝望的时候抬起它的头——就像孩子们轻松穿上的那件不容置疑的信念外套又被脱掉了。

所以，当我谈起这本书是关于重新开始，那是因为我不想以一个不可逃避的处境作为结束，留下一个家庭在悲痛中受苦。我想要给人们第二次机会，让他们可以站在不同的角度用另一种方式观察这个世界以及他们与这个世界的关系。这并不意味着“大团圆”，仅仅是另一种别样生活的开始。这不是一本讲“9·11”的书，而是一本献给家庭、各种亲密关系和所有不同形式的爱的书。